Beate Maxian

Tod dem Knecht

Die Autorin

Beate Maxian wurde in München geboren, verbrachte ihre frühe Jugend in Bayern und im arabischen Raum. Danach ließ sie sich in Österreich nieder, widmete sich Projekten im Film-, TV-, Medien- und Event-Bereich.

Als Autorin hat sie sich mit der erfolgreichen Veröffentlichung unterschiedlichster Filmdokumentationen und Bücher einen Namen gemacht, besonders auch als Krimiautorin. Ihre scharfe Beobachtungsgabe, ihr kommunikativer Redestil, ihre soziale Einstellung, aber auch ihr Humor und ihre positive Lebenseinstellung finden sich in den Arbeiten der Autorin wieder.

Mit der Kriminalinspektorin Sandra Anders hat die Autorin eine chaotisch-unkonventionelle und auch sehr liebenswerte Figur geschaffen. »Tod dem Knecht« ist der vierte Fall der Inspektorin.

Beate Maxian ist Mitglied der IG Autoren Österreich und beim »Syndikat« in Deutschland. Die Autorin war Jury-Mitglied beim »Friedrich-Glauser-Preis 2008«, ist jetzt Glauser-Preis Jury Organisatorin in der Sparte Roman.

Seit 2007 organisiert sie das von ihr initiierte Krimi Literatur Festival »Mörderischer Attersee«, das erste Festival dieser Art überhaupt in Österreich. 2010 wurde es bis nach Wien und an den Fuschlsee ausgeweitet.

Weitere Informationen zur Autorin und zum Festival:
www.maxian.at
www.krimi-literatur-festival.at
www.moerderischer-attersee.at

Danksagung

Ich danke Chefinspektor Erich Allmer
vom Landeskriminalamt Linz
und Dr. Robert Lamprecht
vom Gerichtsmedizinischen Institut Linz,
dass sie mir auch für diesen Roman
meine Fragen geduldig beantwortet haben.

Ein großer Dank auch Walter Höllermann,
der mir viel über Unterach erzählt,
und an Karl Ploberger, der mir einen Blitzunterricht
zum Thema Giftkräuter und Herbstzeitlose
gegeben hat.

Und dann möchte ich auch noch
der Bluesikone Hans Theessink danken,
dass ich seine Musik als Motivationsschub
meiner Inspektorin verwenden darf,
und meiner Lektorin Dr. Anette Kleszcz-Wagner
für die vielen Anregungen und für ihre Achtsamkeit,
den roten Faden innerhalb der Geschichte
niemals abreißen zu lassen.

Wo gehn wir denn hin? – Immer nach Haus!
(Novalis 1771-1801)

Samstag, 15. August

Maria Himmelfahrt war ein guter Tag zum Sterben.

Der heilige Feiertag fiel in diesem Jahr auf einen Samstag, er hatte wunderbar begonnen. Mit Sonnenschein, der bereits frühmorgens das Bergmassiv am südlichen Ende des Attersees in ein sanftes Licht tauchte, Vogelgezwitscher und dem Geräusch von Kuhglocken. Zusätzlich lag der Geruch von frisch gemähtem Gras in der Luft. Das Waldstück, das sich an die Futterwiese anschloss, spendete dem Feldweg Schatten, der geradewegs zur Gutsherrnalm führte.

Der alte Söllner würde in den nächsten Stunden hinübergehen, in die Welt der Toten. Seine Frau war sich sicher, dass es auch ihm bewusst war. Niemand brauchte die beiden deshalb zu bemitleiden, wie auch sie für niemanden Mitleid empfanden, schon gar nicht für Menschen ihres Alters. Der Söllner war dreiundachtzig Jahre alt und somit drei Jahre jünger als seine Frau. Damit waren sie beide in einem hohen Alter, und dann hatte man, nach Meinung seiner Frau, bereit zu sein, diese Welt zu verlassen. Sein Leben war hart und ereignisreich gewesen. Er hatte seine Spuren hinterlassen, viele Fehler gemacht und einige Menschen enttäuscht. Aber taten das nicht alle im Laufe des Lebens? Er vielleicht mehr als andere. Seine Mitmenschen enttäuschen, ihnen die Hoffnung rauben, sie desillusionieren, nur um seine eigene Haut zu retten oder sein trostloses Leben um eine Facette besser aussehen zu lassen?

Am Ende zahlte jeder seine Zeche. Ob Gauner oder Obergauner. Das blieb keinem erspart.

Auch dem Söllner nicht. Gottlob.

Er hatte gekichert, als er begriff, was mit ihm geschah, sich einen Obstler eingeschenkt und seine Frau angesehen, als täte ihm der Sensenmann einen großen Gefallen. Irgendwann war sein Kichern in breites Grinsen übergegangen. Er fühlte sich offenbar gut. Der Tod ist nicht schlimm, nur der Weg dorthin, das Sterben, hatte die alte Söllnerin gedacht, als ihr Mann die Flasche an sich nahm und damit in seine kleine Schlafkammer im Obergeschoss verschwunden war. Die Söllnerin hatte nicht gelächelt, sondern ihm ernst nachgeschaut. Eine Weile war sie einfach nur dagestanden, hatte realisiert, dass dies der Moment war, an dem sie ihren Mann zum letzten Mal lebend sah. Und gleich danach drängte sich ein anderer Gedanke in ihr Bewusstsein. Das war wieder typisch, der alte Bsuf würde die große Reise antreten, wie er die letzten Jahre auf Erden verbracht hatte.

Einsam und betrunken.

Vielleicht hoffte er, das, was kam, in diesem Zustand leichter ertragen zu können. Ihr konnte es egal sein. Sollte dieser alte Säufer doch über den Jordan gehen, wie er wollte.

Die Söllnerin hätte sich an seiner Stelle auf die Bank vor dem Haus gesetzt, noch einen letzten Blick auf den Attersee und die Berglandschaft geworfen, sich von dieser Welt verabschiedet. Ein letztes Mal das Rauschen des umliegenden Waldes und die Vogelstimmen genossen, den Geruch des Landes inhaliert.

Vor dreißig Jahren waren sie und ihr Mann in das kleine Bauernsacherl am Höhenweg gezogen, nachdem ihnen ihre Lebensperspektive genommen worden war. Anfangs hatte die Söllnerin sich geweigert, das kleine Haus als ihr neues Heim anzuerkennen. Aber mit der Zeit war es dann doch zu ihrem Zuhause geworden. Zwangsweise. Sie hatte keine Alternative gehabt und sich irgendwann dem Schicksal gebeugt.

Die Söllnerin stand unschlüssig in der Stube, hörte die Glocken der Kirche läuten. Todesglocken? Sollte sie vielleicht doch nach ihrem Mann sehen? Ein letztes Mal. In guten wie in schlechten Zeiten.

Ein Spiel aus ihren Kindertagen kam ihr in den Sinn, bei dem man Blütenblätter von Gänseblümchen ausrupfte: Er liebt mich, er liebt mich nicht. Nur diesmal würde sie einen anderen Reim aufsagen: Ich bleibe, ich bleibe nicht …

Die Uhr in der Stube tickte dazu im Gleichklang, subtrahierte erbarmungslos Minute für Minute der restlichen Zeit auf Erden. Würde sie stehen bleiben in der Stunde seines Todes? Nur eine Sekunde lang den immerwährenden gleichmäßigen Takt anhalten? Egal.

Die Messe würde bald beginnen. Sie musste sich beeilen. Ohne ihrem Mann einen weiteren Gedanken zu schenken, schlüpfte sie in ihre dünne dunkelgrüne Strickjacke, nahm die Tasche von der Garderobe, steckte das Gebetbuch ein, tauchte die Finger in den Weihwasserkessel neben der Eingangstür, machte ein Kreuzzeichen und verließ eilig das Haus. Sie musste noch die Hühner aus dem Schlag lassen. Eigentlich wäre das die Aufgabe ihres Mannes gewesen. Aber der hatte heute Morgen seine Pflichten vernachlässigt, sich das erste Mal in seinem Leben nicht um das Federvieh gekümmert. Ein untrügliches Zeichen, dass es nun bald ein Ende hatte. Der Altbauer hatte niemals die Tiere vernachlässigt. Menschen ja, aber niemals das Vieh.

Zum Füttern blieb keine Zeit. Sollten sich die Hühner halt Würmer und Körner in der Erde rund ums Haus suchen.

Auf dem Weg zur Kirche bedauerte sie, wie schon so oft, dass in Unterach keine Kräuterweihe an Maria Himmelfahrt abgehalten wurde. An diesem Tag begann schließlich die Zeit des Frauendreißigers, die noch bis Maria Namen am zwölften September andauern würde. Zu keinem anderen Zeitpunkt im Jahr waren die Wälder, Äcker und Wiesen so gesegnet. Der fünfzehnte August war Auftakt zur wichtigsten Kräutersammelzeit. Alles, was wuchs und blühte, war von besonderer Heilkraft und die Weihe sozusagen die Krönung, ein besonders bedeutendes Brauchtum. Denn alles, was mit den geweihten Pflanzen in Berührung kam, würde mit dieser Kraft erfüllt. Vor dem Krieg hatte ihr Vater die Kräuter mit dem Weihwasser aus dem Weihwasserkessel neben der Eingangstür besprengt. Später, nach seinem Tod, hatte sie selbst diese Aufgabe übernommen, bevor die Kräuter mit nach unten hängenden Blüten zum Trocknen in den Herrgottswinkel gehängt wurden. Zur heiligen Nacht, eine der zwölf Rauhnächte, wurden die Blüten dann unter den Weihrauch gemischt und damit der Stall und der Hof ausgeräuchert oder den Tieren zum Futter gemischt, um Unglück und Krankheiten zu vertreiben, sowie Teufels- und Hexenwerk zu bannen.

Aber auch, wenn die Weihe hier nicht abgehalten wurde, so band die Söllnerin doch jedes Jahr ihren 7er, 9er oder 12er Buschen, wie sie es von ihrer Mutter gelernt hatte. Die Anzahl der Kräuter in einem Busch musste einer magischen Zahl entsprechen: Sieben Schöpfungstage, neun ergab sich aus drei Mal drei für die Heilige Dreifaltigkeit, und zwölf war die Anzahl der Apostel. Die Kräuter, die man einband, waren vor allem Schafgarbe, Baldrian, Arnika, Königskerze, Kamille, Wermut, Pfefferminze und Tausendgüldenkraut. Dieses Jahr hatte sie früh am Morgen zwei Siebener Buschen gebunden. Einer hatte zu Hause im Herrgottswinkel Platz gefunden, der zweite war mit besonderen Pflanzen bestückt. Er war für die Grabstätte bestimmt.

Die Kirche in Unterach überragte mit ihrem Zwiebelturm den gesamten Ort. Sie war über tausend Jahre alt und dem Heiligen Bartholomäus geweiht, einem der Apostel Jesu. Und sie hatte internationale Berühmtheit erlangt – durch das Gemälde von Gustav Klimt.

Als die Söllnerin an diesem Morgen das halbvolle Gotteshaus betrat, ahnte natürlich niemand, dass der Söllner zu Hause im Bett lag und auf den Sensenmann wartete, der mit ihrem Mann auch dessen Träume und Hoffnungen verschwinden lassen würde. Die alte Bäuerin hatte nicht vor, irgendjemanden einzuweihen in die Geschehnisse, die in diesem Moment in dem kleinen Haus vonstatten gingen. Was passierte schon Großartiges? Ein Mensch starb. Wollte irgendjemand ihm dabei zusehen? Sie nicht.

Die alte Söllnerin war eine stolze Frau, die trotz ihrer sechsundachtzig Jahre und fortschreitender Osteoporose aufrecht ging. Zwar auf einen schwarzen Gehstock gestützt. Aber aufrecht. Sie beschwerte sich niemals über das Leben, das sie führen, oder über die Schmerzen, die sie erdulden musste. Sie wusste, was sie ihrer Herkunft schuldig war. Denn auch wenn ihr Leben seit Langem schon einer Ruine glich, so hatte sie doch ihren Stolz bewahren können. Und diesen pflegte sie wie ein Privileg.

Mit langsamen Schritten ging die Söllnerin den Mittelgang vor bis zur vordersten Bankreihe, bekreuzigte und setzte sich. Seit Jahrzehnten saß sie immer auf demselben Platz in derselben Bank. Erste linke Bankreihe, rechts außen. Früher wies ein Namensschild dies als ihr Recht aus. Jeder Bauer und Bürger, der sein Platzgeld zahlte, hatte seinen festen Sitzplatz in der Kirche. Metallplättchen mit eingravierten Familiennamen, an den Kirchenbänken festgeschraubt, sorgten für eine hierarchische Sitzordnung. Aber das war lange her. 1949 war die Kirche renoviert worden und die Namensschilder verschwunden. Nur in den oberen Seitenchören waren sie erhalten geblieben. Aber dort war nicht ihr Platz. Frauen links, Männer rechts, auch diese Regelung galt schon lange nicht mehr.

Heutzutage verteilten sich die Leute wahllos, setzten sich hin, wo immer sie wollten. Wenn überhaupt noch jemand in die Kirche kam. Heute wurde man nicht mehr schief angesehen, wenn man den Sonntagsgottesdienst nicht besuchte. Zu ihrer Jugendzeit war das noch anders gewesen.

Doktor Hamberger, der Gemeindearzt, und seine Frau reihten sich in die vorderste linke Bankreihe ein. Sie nickten der Altbäuerin freundlich zu, obwohl sie nicht seine Patientin war. Aus dem Augenwinkel bemerkte sie, dass Roman, ihr Sohn und Karin, ihre Schwiegertochter den Gang entlangkamen, sich bekreuzigten und direkt in der Reihe hinter ihr Platz nahmen. Ihre Enkelin blieb wie üblich dem Gottesdienst fern. Wenn sie sich recht erinnerte, war Franziska das letzte Mal bei der Taufe ihres Sohnes in der Kirche gewesen. Das war inzwischen weit über zehn Jahre her. Auch so etwas hätte es zu ihrer Zeit nicht gegeben.

»Wo ist denn der Papa?«, fragte Roman. Wenn die Söllnerin ihrem Sohn und seiner Frau eine Farbe zuordnen müsste, wäre das grau. Graue Haare, graue Gesichter. Er trug einen grauen Trachtenanzug. Die Haare der beiden und ihre Gesichter waren grau. Sie waren alt geworden, zu alt für Anfang sechzig. Da nutzte auch Karins dunkelgrünes Festtagsdirndl mit gelber Schürze nichts.

Obwohl sie wusste, dass ihr Mann nicht gekommen war, beugte sich die Söllnerin leicht nach vorn, um an dem Gemeindearzt und seiner Frau vorbeizusehen, als ob sie ihn in den Bankreihen auf der anderen Seite suchen würde. Gleich nach ihrer Hochzeit hatte auch er ein Namensschild bekommen, das natürlich ebenfalls den Renovierungsarbeiten zum Opfer gefallen war. Dennoch war für gewöhnlich sein Stammplatz in der ersten Reihe ganz rechts bei der Mauer.

Frauen links, Männer rechts.

Die Kirche füllte sich. Menschen grüßten einander durch Kopfnicken, bekreuzigten sich und setzten sich in die Bankreihen.

Die Altbäuerin lehnte sich wieder zurück, schüttelte den Kopf.

Das Gesicht ihrer Schwiegertochter erschien in ihrem Augenwinkel. »Hat er 's sich anders überlegt? Heute zu Maria Himmelfahrt? Ist er krank? Er hat am Telefon gesagt, dass er zu Fuß zur Kirche gehen will. Hat er doch Roman, goi?« Sie drehte ihren Kopf halb nach rechts, sah ihren Mann an. »Vielleicht hast du ihn am Telefon falsch verstanden.« Karin Söllner wandte sich wieder ihrer Schwiegermutter zu. »Ich hab heute Morgen frische Hühnersuppe zubereitet. Die bringe ich dann gleich rauf.« Typisch Karin. Immer auf das leibliche Wohl bedacht. »Außerdem hab ich einen ganz frischen Lavendelwein gemacht. Der wird ihm guttun.« Das Wissen um Heilkräuter verband sie mit ihrer Schwiegertochter. Aber auch ein Lavendelwein würde ihren Mann nicht mehr retten können.

Die Orgel ertönte, die Tür der Sakristei öffnete sich und der Pfarrer mit den Ministranten erschien, der Kirchenchor begann zu singen, die Kirchengeher stimmten ein. Die alte Söllnerin antwortete nicht.

Bis dass der Tod euch scheidet.

Juli 1942

»Er ist ein Held«, hatte man den Hinterbliebenen erklärt. »Fürs Vaterland.«

Schwer verwundet hatte man ihn nach Hause gebracht, ein jämmerliches Wrack aus dem Wagen geladen. Fritz hatte daneben gestanden und zugesehen. Sahen Helden tatsächlich so aus? Graues Gesicht, dunkle Knöpfe in viel zu groß wirkenden Augenhöhlen, scharfe Falten um den Mund und ein Körper, ausgemergelt wie der eines räudigen Hundes. Viel war vom Bauern nicht mehr übrig geblieben. Wie alt war er? Zweiundvierzig? Das Heldentum war ein bisschen zu früh gekommen.

Waren jene Kriegsgefangenen, die in Unterach in der Landwirtschaft zur Arbeit eingeteilt waren, in ihren Ländern auch Helden?

Maria glaubte nicht ans Heldentum, das hatte sie Fritz anvertraut. Ihr Vater hatte zu den Ersten gehört, die man geholt hatte, weil er keine Fahne aufhängen und sich auch sonst nicht in der Partei engagieren wollte. Auch nicht, nachdem der ganze Ort beflaggt worden war und es lebensgefährlich wurde, sich gegen die NSDAP zu wenden. »Ein Hakenkreuz kommt mir nicht ins Haus«, hatte Marias Vater betont. Es war bekannt, dass er die Ideologie der Nazis nicht teilte, deshalb war auch ständig die Gendarmerie ums Haus geschlichen und hatte ihn bespitzelt. Nur, dass es keine Einleger und Armenhäusler mehr gab, das hatte ihm gefallen.

Fritz verstand nichts von Politik und dem Krieg, aber neugierig war er schon. Irgendetwas musste doch dran sein, an dem Gerede, sonst wären doch nicht so viele Menschen begeistert von diesem Hitler. Leute, die viel klüger waren als er, ein junger Knecht. Egal, was Maria ihm über die Bedenken ihres Vaters erzählt hatte, Fritz besaß eine kleine Hakenkreuzfahne. Der Herbert, ein Bauernsohn, hatte sie ihm geschenkt. Fritz hielt sie unter seinem Strohsack, auf dem er schlief, versteckt.

Der Tag, an dem Marias Vater starb, war grau und kalt, genauso war der Tag seiner Beerdigung, und dann war auch noch Marias Bruder Jakob wieder einmal krank geworden. Sein Gesicht hatte gezuckt und sein Mund gespuckt.

»Er ist halt ein Novemberkind«, hatte Marias Mutter erklärt, während sie dem Jakob wieder einmal einen Zwiebelwickel auf die Brust legte oder Lindenblütentee einflößte. »Das ist wie bei den Katzerln. Die Herbstkatzerln sand immer rachitischer als die Frühjahrskatzerln.«

Und Maria widersprach ihr nicht, obwohl sie es eigentlich besser wusste. Warum auch? Es stimmte ja, die Herbstkatzen überlebten kaum zwei Jahre auf dem Hof, während die Frühjahrskatzen oft zehn Jahre und älter wurden. Natürlich lag das daran, dass die Katzen von den Bauern nicht gefüttert wurden und die Herbstkatzen aufgrund des Nahrungsmangels krankheitsanfälliger waren als Frühjahrskatzen. Doch Jakob wurde ja versorgt, von seiner Mutter und von seiner Schwester. Aber der Fritz sagte dazu nichts. Das stand ihm nicht zu, und im Moment gab es Wichtigeres zu tun, und eine Lüge war manchmal leichter zu ertragen als die Wahrheit.

Wenn es dem Jakob schlecht ging, setzte sich Maria auf die Bank vors Haus und sang ein Lied, als würde das die Machtlosigkeit vertreiben.

Stieglitz, Stieglitz, \`s Zeiserl is krank
Gehn ma zum Bader, lass ma eahm Ader.
Stieglitz, Stieglitz, \`s Zeiserl is krank.

Die Hausmittel halfen freilich auch nicht gegen Jakobs Krankheit, aber es war besser als nichts zu tun, denn der Arzt schüttelte nur den Kopf.

Am Abend, wenn sie alle in der Stube hockten, erzählte Maria dem Jakob Geschichten aus dem Ort. Darüber, dass es immer weniger Bauern im Ort gab, weil sie alle fürs Dritte Reich kämpfen mussten, dass sogar auch der Herbert aufgebrochen war, um ein Held zu werden, wie sein Vater. Ob er und der Fritz denn auch gehen müssten, fragte der Jakob manchmal. Nein, der Fritz und er blieben bei ihnen, log Maria, und ihr Blick bat Fritz, ebenfalls zu lügen, denn mit Sicherheit konnten sie dem Jakob nicht versprechen, dass sie beide bleiben würden. Der Fritz war sechzehn Jahre alt und konnte jederzeit als Flakhelfer eingezogen werden. Aber daran wollten sie nicht denken, der Fritz sowieso nicht und die Hofbauerin auch nicht, denn er war ihr eine große Hilfe. Wenn der Knecht gehen musste, würde man ihnen einen Kriegsgefangenen aus Frankreich oder Jugoslawien zur Arbeit zuteilen, und sie mochte keine Fremden im Haus haben. Und warum sie den Jakob nicht holten, darüber sprach man nicht.

Samstag, 15. August

Kriminalinspektorin Sandra Anders lag mit geschlossenen Augen auf einer Sonnenliege vor dem einstigen Bauernhof ihrer Eltern, in dem sie sich über den ehemaligen Stallungen eine Wohnung ausgebaut hatte. Sie hatte die Ohrstöpsel ihres iPods in den Ohren und hörte, wie so oft, Musik der Bluesikone Hans Theessink.
Call me.

Bernd Rotaro, den sie während ihres ersten Falls in der Region kennengelernt hatte und mit dem sie seitdem liiert war, hatte sich mit seinem Laptop unter den Sonnenschirm geflüchtet. Der Journalist schrieb seit Kurzem an einer Serie über die Landwirtschaft der Region. Wie von Weitem hörte sie nun seine Stimme. Sandra nahm den Knopf aus dem Ohr, sah ihren Freund über die Liege hinweg fragend an. »Hast du was gesagt?«

»Hast du gewusst, dass Ostfriesische Milchschafe ein Lebendgewicht bis zirka siebzig Kilogramm erreichen?«, las er vom Display ab, schaute auf. »Da hätte ich mich sauber verschätzt. Wenn die Wolle weg ist, sehen die immer so schmal aus. Aber siebzig Kilo sind schon recht ordentlich.« Er blickte wieder auf seinen Laptop. »Ein Schaf liefert jährlich durchschnittlich sechs Kilogramm weiße, kräftige Wolle und vier- bis fünfhundert Kilogramm Milch, mit einem Fettgehalt von fünf bis sechs Prozent.«

»Nein, hab ich nicht gewusst, und ehrlich gesagt, hab ich bisher mit meinem Unwissen ganz gut gelebt.« Nur gut, dass ihre Eltern das nicht hörten. Ihre Mutter hätte unter Garantie unwillig den Kopf geschüttelt und Sandra ermahnt, sich ihrer bäuerlichen Herkunft zu besinnen und stolz darauf zu sein.

Sandras Eltern waren Zeit ihres Lebens Bauern gewesen. Erst als die Arbeit auf dem Hof für die beiden zu anstrengend geworden war, hatten sie das Nutzvieh verkauft, aus dem Hof eine Frühstückspension gemacht und statt der Kühe und Schweine zwei Friesen in den Stall gestellt. »Ein leerer Stall ist für einen Bauern ein seelenloser Bunker«, hatte ihr Vater gemeint.

Die Pferde waren neben Miro, dem gutmütigen Neufundländer, die Attraktion für die Kinder der Urlaubsgäste. Sie durften die Friesen füttern, das Fell striegeln, mit Miro spielen, und Sandras Mutter verwöhnte ihre Gäste zusätzlich mit regionalen Spezialitäten. Kochen war ihre große Leidenschaft. Viel zu üppig, viel zu viel, was man auch ihrer Figur ansah.

Sandras Vater zog sich ganz gern in den Stall zurück, zumeist dann, wenn ihm die Fürsorge seiner Frau zu viel wurde. Vergangenes Jahr hatte ihn eine Grippe längere Zeit ans Bett gefesselt, und Michael, Sandras Ex-Freund, der den größten Bauernhof im Ort besaß, hatte kurzfristig ausgeholfen. Seitdem stand auch Bernd regelmäßig im Stall, um Sandras Vater zur Hand zu gehen. Sandras Eltern waren inzwischen über siebzig und die beiden hatten vor einiger Zeit das Thema Hausübergabe angeschnitten. Eine Frage, die sich Sandra noch nie gestellt hatte. Für sie war klar: Der Hof gehörte ihren Eltern. Sie hatte sich nie als Erbin gesehen, obwohl dies eine logische Schlussfolgerung war. Sandra war ein Einzelkind. Seitdem ihre Eltern die Angelegenheit angesprochen hatten, fragte sie sich ab und zu, wie lange die beiden die Arbeit noch schaffen würden. Sie selbst hatte keine Ambitionen, die Frühstückspension und den Hof weiterzuführen. Aber dieses Thema wollte sie jetzt nicht mit Bernd diskutieren.

Sandra machte es sich wieder bequem, entspannte sich mit Hans Theessinks dunkler Stimme im Ohr und Bernds Blick über die Brille vor ihrem inneren Auge. Gerade als sie überlegte, ihren Freund zu überreden, die Vorzüge von Sex an heißen Sommertagen auszuprobieren, plärrte ihr Handy, und das tötete augenblicklich die aufkeimende Lust. Die Kriminalinspektorin hatte Bereitschaft, musste erreichbar sein. Aber sie hätte darauf schwören können, dass sie an einem sonnigen Feiertag ihre Ruhe haben würde. Die Region präsentierte sich zumeist friedlich.

Sie hob ab. Es war Rosa.

»Bitte sag jetzt nicht, dass wir einen Fall haben«, flehte Sandra mit geschlossenen Augen.

»Tut mir leid«, hörte sie die Stimme ihrer Assistentin.

»Was gibt es denn?«

»Einen Toten, in Unterach.«

Unterach lag am südlichen Atterseeufer, einige Kilometer von Sandras Zuhause in Schörfling entfernt, das am Nordufer lag. Man brauchte über die Autobahn gute zwanzig Minuten, auf der Straße entlang des Sees etwas länger. Vor allem im August, wenn viele Feriengäste und Einheimische gleichermaßen an den See strömten, um ihre bis dahin blasse Haut nahezu schutzlos der Sonne auszusetzen. Außerdem waren einige Straßenstellen so eng, dass sich begegnende Autos nur schwer aneinander vorbeikamen, und in den Orten, die nicht mit einem Gehsteig gesegnet waren, musste man sehr aufpassen, keine Fußgänger anzufahren.

Eigentlich war es eine Schande, in Unterach zu sterben. Hier sollte man viel lieber leben, zumindest im Sommer. Im Winter glich der Ort einer Geisterstadt, denn in Unterach gab es fast so viele Einwohner wie Zweitwohnbesitzer. Und die zogen während der kalten Jahreszeit in die nahe liegenden Städte Salzburg oder Linz und auch ins weiter entfernte Wien.

Ob man den See und die Berge vermisste, wenn man tot war, fragte sich Sandra, während sie von der Bundesstraße auf den Güterweg Kohlstatt einbog. Das Haus des Verstorbenen war mit dem Wagen schwer zu erreichen. Sie stellte ihr Auto auf dem Parkplatz ab, unmittelbar vor dem beginnenden Feldweg, der geradewegs zum Sacherl hinaufführte. Ein uniformierter Kollege stand neben einem Polizeiwagen und telefonierte. Der Wagen des Gemeindearztes parkte direkt daneben, er war durch ein Schild gekennzeichnet: Arzt im Dienst.

Sandra stieg aus, zeigte ihm ihren Ausweis. Er beendete das Gespräch, wollte ihr den Weg zeigen. Sandra winkte ab, sie wartete noch auf Rosa.

Ihre Assistentin parkte wenige Minuten später ihren silbernen Renault neben Sandras schwarzem Golf. Rosa war wie immer dezent geschminkt und hatte ihre langen blonden Haare zu einem Rossschwanz zusammengebunden. Sandra hingegen hatte ihre dunklen, kurz geschnittenen Haare nach der schnellen Dusche nicht geföhnt, sondern lediglich mit etwas Gel gefügig gemacht. Schon allein die Optik machte die unterschiedlichen Charaktere der beiden Polizistinnen anschaulich. Rosa: zusammengeräumt und ordentlich. Sandra: chaotisch und kreativ.

Die beiden Inspektorinnen mussten einige Meter zu Fuß gehen. Kleine Steine schoben sich immer wieder durch die Öffnung der Schuhe unter die Zehen. Alle paar Meter blieb eine der beiden stehen und entfernte einen der Störenfriede leise fluchend.

Je näher sie dem Haus kamen, umso eigentümlicher wurde das Gefühl, das Sandra beschlich. Sie war noch nie zu Fuß einen Hang hinaufgelaufen, um zu einem Toten zu gelangen. Geradeso als gäbe es keine Autos. Als hätte man die Zeit zurückgedreht, fehlten nur noch die Kutsche und das Pferdegespann.

Sie fragte sich, ob man den ansteigenden, mit tiefen Rillen zerfurchten Weg mit einem gewöhnlichen Kombi, wie ihn Beerdigungsinstitute meistens fuhren, bewältigen konnte oder ob man den Mann in einem Zinksarg zu Fuß nach unten tragen musste. Warum nur lebte jemand freiwillig abseits von normalen asphaltierten Straßen?

Behind the sun, Hans Theessink.

Samstag, 15. August

Das Haus lag versteckt in einer von der Sonne beschienenen Waldsenke. Der Wiesenhang zur linken Seite des Gebäudes war frisch gemäht worden. Das Gras lag zum Trocknen auf und verbreitete den typischen Heugeruch. An die Außenmauer des kleinen Bauernhauses war Brennholz gestapelt. Der obere Teil des Gebäudes und das Dach waren mit Holzschindeln gedeckt. Der untere Teil grob weiß verputzt. Hühner flanierten umher. Auf der Bank vor dem Haus saßen zwei Frauen. Die jüngere trug ein Festtagsdirndl. Sie hielt die Hände der älteren in ihren. Sandra war sich sicher, dass sie die Ehefrau des Verstorbenen vor sich hatte. Die Frau trug offensichtlich noch ihr Sonntagsgewand: einen langen schwarzen Trachtenrock, dazu eine weiße Bluse und eine dunkelgrüne Strickjacke. Ihre grauen Haare waren zu einem Haarkranz geflochten. Ein schwarzer Gehstock lehnte an der Hausmauer neben der Bank. Ihr Blick war geradeaus gerichtet, keine Tränenspuren im faltigen, schmalen Gesicht. Die Szene erinnerte Sandra augenblicklich an ein Ölgemälde des österreichischen Malers Albin Egger.

»Grüß Gott. Mein Name ist Sandra Anders, Landeskriminalamt Linz. Das hier ist meine Kollegin Rosa Mairinger. Wir sind vom Gemeindearzt gerufen worden. Frau Söllner?«

Die Alte hob den Kopf, reichte ihnen die Hand, sagte aber kein Wort.

»Meine Schwiegermutter ist müde«, erklärte die jüngere. »Ist ja ein Schock ... da kommst heim, nichts ahnend ...die Mama ist schließlich nicht mehr die jüngste«, gab sie unzusammenhängende Satzfragmente von sich. Sie schüttelte Sandra und Rosa nacheinander die Hand. »Ich bin die Schwiegertochter. Karin Söllner. Mein Mann und der Arzt sind im Haus. Gehen S' nur eini. Erster Stock. Die warten schon.«

Sandra nickte und betrat mit Rosa das Haus. Über eine schmale Stiege gelangten sie ins Obergeschoss. Vor einer Tür wartete ein junger Polizist, stellte sich Sandra als Felix Gremel vor. Er war blass, schien sich nicht wohlzufühlen.

»Wir übernehmen«, sagte Sandra. »Sie und Ihr Kollege am Parkplatz können zum Posten zurückfahren. Ich melde mich später bei Ihnen.« Der junge Polizist war sichtlich froh, dass er das Haus mit einem toten Menschen darin endlich verlassen konnte, drängte sich eilig an Sandra und Rosa vorbei.

Obwohl die Fenster offen standen, stank es in dem Zimmer intensiv nach Schnaps. Sandra Anders registrierte die leere Flasche auf dem Nachtkasten. Sie trug kein Etikett. Unzweifelhaft ein Selbstgebrannter.

Irgendjemand hatte eine Kerze angezündet und daneben gestellt. Im Bett lag ein dünner alter Mann, die Augen geschlossen, allein das Gesicht schien ein klein wenig schmerzverzerrt. Jedoch waren keinerlei Anzeichen von Gewaltanwendung zu sehen. Er lag einfach so da, zwischen weißen Laken und sah aus, als schlafe er sich seinen Rausch aus. Allein die über der Decke gefalteten Hände mit dem Rosenkranz zwischen den Fingern, der Arzt und der traurige Blick des Sohnes entzauberten die friedliche Szene. Das Schlafzimmer erinnerte Sandra an ein ehemaliges Gesindezimmer. Ein schmales Bett, Schrank, Nachtkästchen und ein Stuhl. Für mehr war in dem Raum kaum Platz. Über der Stuhllehne lag ein grauer Lodenmantel. Ein großes Holzkreuz und ein Foto hingen über dem Bett. Es zeigte ein Hochzeitspaar. Mehr Aufnahmen gab es nicht. In dem Zimmer eines alten Menschen erwartete man eigentlich eine ganze Sammlung von Familienbildern. Aber da war nichts.

Wieder stellte Sandra sich und Rosa vor, zeigte ihren Ausweis. Der Arzt warf einen flüchtigen Blick darauf.

»Hamberger, ich bin der Gemeindearzt.« Der Mediziner war Mitte vierzig, etwas untersetzt und mittelgroß, trug einen dunklen Anzug.

»Roman Söllner«, sagte der zweite Mann. Er war größer und schien um einiges älter als der Arzt. Die Hirschhornknöpfe seines klassischen Altsteirer Anzugs in Anthrazit mit grünem Revers und Hirschhornknöpfen spannten um seinen Wohlstandsbauch. Sandra vermutete, dass der Lodenmantel auf dem Stuhl dem

Sohn gehörte. Gab's hier niemanden, der an einem Feiertag ganz einfach in legerer Kleidung herumlief, so wie sie selbst? Roman Söllner reichte ihr die Hand. Er hatte einen festen Händedruck. »Das ist mein Vater.« Er zeigte auf die Leiche.

»Können Sie uns inzwischen vielleicht doch die Todesursache angeben?«, fragte Sandra den Arzt. »Immerhin ist ein bisschen Zeit vergangen seit Ihrem Anruf bei uns.«

Er schüttelte den Kopf. »Leider nein. Ich kann nur das wiederholen, was ich Ihrer Kollegin am Telefon schon gesagt habe.«

Sandra deutete auf die leere Flasche. »Kann's das in Kombination mit der Hitze gewesen sein?«

Der Gemeindearzt hob die Arme, drehte die Handflächen nach oben. »Möglich. Im Moment schließe ich gar nichts aus, deshalb hab ich ja ein Problem mit dem Ausfüllen des Totenscheins. Herr Söllner war nicht mein Patient und auch nicht der meines Kollegen hier in Unterach.«

»Woher wissen Sie das?«

»Ich hab ihn angerufen, in der Hoffnung, er könne mir etwas über mögliche Krankheiten des Verstorbenen mitteilen.«

Sandra wandte sich an den Sohn des Verstorbenen. »Wer hat denn Ihren Vater gefunden?«

»Meine Frau. Wir sind von der Kirche gekommen, haben meine Mutter nach Hause gebracht ...«

»Und wie?«

Roman Söllner sah sie erstaunt an. »Was, wie?«

»Na, wie Sie ihn vorgefunden haben.« Sie deutete aufs Bett. »Er wird ja wohl kaum mit dem Rosenkranz in der Hand ...«

»Ah, das meinen S'«, unterbrach er. »Nein. Er lag auf dem Boden. Ich hab ihn aufgehoben und ins Bett gelegt.«

»Kam Ihnen etwas ungewöhnlich vor?«

Roman Söllner schüttelte den Kopf. »Was soll mir denn ungewöhnlich vorgekommen sein? Mein Vater lag vor dem Bett und rührte sich nicht. Ich dachte, er ...« Er unterbrach. »Na ja, die Flasche ... Sie verstehen?«

Alkoholiker, registrierte Sandra stumm. »Das Fenster haben Sie geöffnet?«

Roman Söllner nickte. »Hat Ihr Vater öfter Schnaps in seinem Schlafzimmer getrunken?« Sie gab Rosa durch Kopfnicken ein Zeichen, die Flasche einzupacken und mitzunehmen.

»Das hat mich der Doktor auch gefragt.«

»Und?«

»Na ja … wie soll ich … also«, druckste Söllner unsicher herum. »Er hat gerne mal vier oder fünf Obstler getrunken und halt eine Menge vertragen. Aber das hab ich dem Doktor schon gesagt.«

»Hat er öfter getrunken oder nur ab und zu«, hakte Sandra nach.

Wieder zögerte Roman Söllner. »Öfter«, gab er schließlich zu.

»Wie viel öfter?«, fragte Sandra.

»Täglich. Ist das jetzt wirklich wichtig? Mein Vater ist tot, und Sie kommen daher …«

»Es tut mir leid, Herr Söllner«, sagte Sandra. »Aber wir sind von der Polizei, wir tun nur unseren Job.«

Roman Söllner zuckte mit den Achseln. »Mein Gott! Hätten wir ihm die Flaschen wegnehmen sollen? In seinem Alter?«

»Nein, natürlich nicht«, antwortete sie. »Es ist nur fürs Protokoll wichtig. Können Sie sich vorstellen, dass er jemanden ins Haus gelassen hat?«

Roman Söllner war erstaunt. »Wen hätt er denn ins Haus lassen sollen?«

Sandra zuckte die Achseln. »Ich weiß nicht. Einen Nachbarn, jemanden aus dem Ort. Hatte Ihr Vater Feinde?«

»Eigentlich sieht das hier ja nicht nach Mord oder Totschlag aus, Frau Inspektor«, mischte sich der Gemeindearzt ein.

»Es gibt auch Möglichkeiten, jemanden zu töten, ohne Spuren zu hinterlassen, Herr Doktor Hamberger. Eine Medikamentenüberdosis zum Beispiel.« Sandra runzelte die Stirn. »Sie haben uns gerufen, dann lassen Sie uns auch bitte unsere Arbeit machen.« Sie wandte sich wieder dem Sohn des Verstorbenen zu, der nun nachfragte:

»Was für Feinde soll er denn gehabt haben?«

»Nachbarn, Verwandte …«

Roman schüttelte verneinend den Kopf. »Nein, keine Feinde.«

»Nahm Ihr Vater regelmäßig Tabletten?«

»Nein.«

»Gab es so etwas wie eine Pflegerin?«

Roman Söllner hob die Augenbrauen, sah Sandra fast erstaunt an, als hätte sie soeben etwas Unanständiges gesagt. »Natürlich nicht. Wir schauen selbst auf unsere Eltern.«

»Nun, es hätte ja sein können. Wie alt war Ihr Vater?«

»Dreiundachtzig.«

»Und es gab keine Tabletten, die er regelmäßig einnehmen musste?«, zeigte sich Sandra überrascht, sofort fielen ihr die Blutdrucktabletten ihrer Mutter ein. Und ihr Vater, nahm er eigentlich irgendwelche Medikamente?

»Nein.«

»Hat er in den letzten Tagen auf Sie irgendwie anders gewirkt als sonst. Vielleicht verwirrt?«

»Nein. Er war wie immer.«

»Wir werden ihn obduzieren müssen.«

»Muss das wirklich sein? Ich meine … Er und meine Mutter haben ein, wie soll ich es ausdrücken, sehr sonderbares Verhältnis zu Ärzten«, sagte Roman Söllner.

»Sonderbares Verhältnis, wie meinen Sie das? Ist er ein Zeuge Jehovas?«, fragte Sandra, ohne genau zu wissen, ob Zeugen Jehovas obduziert werden durften oder nicht oder ein schlechtes Verhältnis zu Ärzten hatten. Sie hatte nur irgendwo gelesen, dass Anhänger dieser Religionsgemeinschaft Bluttransfusionen ablehnten. Mehr war ihr nicht bekannt. Ihr Blickt streifte die Wand neben der Tür. Hatten Zeugen Jehovas Weihwasserkessel?

»Um Gottes willen, nein«, entrüstete sich Roman Söllner. »Er ist katholisch. Streng katholisch.«

Was immer streng katholisch heißen mag, dachte Sandra.

»Meine Eltern haben einfach kein Vertrauen in die Schulmedizin.«

»Hatte das einen bestimmten Grund?«

»Mein Gott, was weiß ich? Meine Eltern sind halt der Meinung, dass Ärzte einen nur umbringen mit ihren Tabletten und Spritzen«, fasste er ungeduldig zusammen. Sandras Fragen nervten ihn offensichtlich. »Das muss man doch nicht erklären.

Es war so, und damit ist auch schon alles gesagt. Und wenn Sie ihn aufschneiden, verraten wir die Prinzipien meiner Eltern. Jetzt, wo er sich doch nicht mehr wehren kann. Außerdem wird es meine Mutter entsetzlich aufregen.«

»Eine Obduktion ist in so einem Fall leider Gesetz«, stellte Sandra klar. »Da können wir nichts machen.«

»Und was ist mit der Totenwache?«

Es war das erste Mal, dass Sandra mit einer derartigen Bitte konfrontiert wurde. Sie kannte das Ritual, den Toten zu Hause aufzubahren und zu verabschieden. Ihre Großmutter hatte sie mit diesem Kult bekannt gemacht, den heute kaum noch jemand praktizierte. Sandra war deshalb auch einigermaßen überrascht, dass es Leute gab, die das immer noch betreiben wollten.

»Wir müssen ihn mitnehmen. Tut mir leid.« Der letzte Satz war keine Höflichkeitsfloskel, sondern ehrlich gemeint. Es tat ihr tatsächlich leid, jemandem den gewünschten Abschied von einem geliebten Menschen verderben zu müssen.

»Und warum interessiert sich eigentlich die Kriminalpolizei für meinen Vater? Er wurde doch nicht umgebracht.«

»Auch das ist Gesetz, Herr Söllner. Wenn der Gemeindearzt vor Ort keine eindeutig natürliche Todesursache feststellen kann, werden wir gerufen. Das ist reine Routine. Hatte Ihr Vater doch einen Hausarzt, vielleicht einen Homöopathen? Vielleicht in Vöcklabruck, Mondsee oder Salzburg oder sonst wo. Der könnte uns dann garantiert weiterhelfen und wir uns möglicherweise die Obduktion sparen.«

Roman Söllner schüttelte den Kopf. »Es gibt keinen Arzt.«

»Hat Ihr Vater in letzter Zeit über Schmerzen, Schwindel oder sonst irgendetwas geklagt?«

»Mir gegenüber nicht. Und eigentlich hat er sich nie über etwas beschwert. Das war nicht seine Art, müssen Sie wissen. Mein Vater hat kein leichtes Leben gehabt, war daran gewöhnt zu funktionieren, ohne zu murren, egal wie es ihm ging. Und er war ... wie soll ich sagen ... ein Mann, der gern für sich war. Introvertiert halt.« Roman Söllner verscheuchte eine vorwitzige Fliege, die es sich auf dem Kopf seines Vaters bequem machen wollte.

»Die Mama sitzt jetzt im Wohnzimmer in ihrem Sessel.« Karin Söllner hatte das Zimmer betreten. »Das hat sie doch sehr mitgenommen. Auch wenn die beiden ...« Sie brach ab, blickte zu ihrem Mann, der nicht reagierte, wieder die Hände seines Vaters streichelte. Trotzdem beendete sie den Satz nicht. Stumm und hölzern standen sie nun zu fünft rund um das Bett und starrten auf die blasse Gestalt.

»Spurensicherung?«, flüsterte Rosa Sandra ins Ohr.

Sandra schüttelte den Kopf. »Hat wenig Sinn.«

Die Fliege versuchte erneut ihr Glück. Roman Söllner fing sie mit einer raschen Handbewegung und zerquetschte sie in seiner fleischigen Pranke.

»Der Papa soll obduziert werden«, sagte er zu seiner Frau.

»Warum?«

»Die ganze Aufschneiderei können Sie sich sparen.«

Der Satz hallte wie eine Pistolenkugel durch den Raum. Alle zuckten erschrocken zusammen. Niemand hatte bemerkt, dass die Witwe das Zimmer betreten hatte. Sie stand da, gestützt auf ihren Stock, machte auf Sandra eher den Eindruck einer Patriarchin, die ihre Untergebenen tadelte, als den einer Frau, die soeben einen geliebten Menschen verloren hat. Keine Spur von Verzagtheit lag in ihrer Stimme, kein Zug in ihrem Gesicht zeigte Trauer.

»Wenn der Herrgott bestimmt, dass deine Zeit gekommen ist, dann musst du gehen«, entgegnete die alte Frau in Sandras Richtung.

»Aber wir müssen wissen, woran Ihr Mann gestorben ist. So schreibt es das Gesetz vor«, erwiderte Sandra.

»Gesetz«, wiederholte die alte Söllnerin so, als wäre allein das Wort etwas derart Widerwärtiges, dass man es am besten nicht aussprach. Sie starrte Sandra einige Sekunden an, dann fuhr sie fort: »Der Hebamme könnt s' jedenfalls nicht mehr die Schuld geben.«

»Mama!«, rief Roman Söllner. »Das kannst doch ned sagen.«

»Weil's wahr ist.« Die alte Bäuerin schlug mit dem Stock auf dem Boden auf. »Lasst s' ihm sei Ruh!« Sie machte eine kurze Pause, griff mit zwei Fingern in den Weihwasserkessel neben der Tür, machte eine rasche Handbewegung Richtung Bett, bekreuzigte sich und wandte sich an Sandra und Rosa.

»Die Totengräber mit dem Sarg sind da.« Dann warf die Greisin noch einen allerletzten, kurzen Blick auf ihren toten Mann, wandte sich um und verließ den Raum.

Samstag, 15. August

Eigentlich hätten sie das Haus wieder verlassen können. Sie hatten den Ort des Geschehens besehen, und es gab nicht das geringste Anzeichen für ein Verbrechen. Der Mann hatte einfach zu viel Schnaps gesoffen bei der Hitze. Das hatten vor ihm schon andere getan und die Wirkung unterschätzt. Zu viel Hochprozentiges hatte schon viel Jüngere zur Strecke gebracht. Nicht nur bei Hitze. Aber doch lag eine gewisse Spannung in der Luft. Sandra spürte intuitiv etwas Geheimnisvolles, das sie ein wenig verunsicherte und dem sie nachgehen wollte. Vielleicht ließ ein Gespräch mit der Familie sie klarer sehen. Der Feiertag war eh schon versaut.

Durch das weiße Kastenfenster der Küche im Erdgeschoss konnte man direkt auf die mächtigen Baumstämme des umliegenden Waldes blicken. Die Stämme glänzten dunkelbraun im Halblicht des Laubes. Der alte Schiffholzboden knarrte bei jedem Schritt, den man machte. Bunte Fleckerlteppiche gaben dem Raum ein altertümliches, aber sehr gemütliches Flair. Die Standuhr aus massivem Zirbenholz mit einem Tellerziffernblatt und der Esstisch aus Eiche mit Intarsien wirkten eigentümlich deplaziert, gehörten optisch nicht in dieses schlichte Bauernsacherl. Derartige Teile kauften Leute wie die Söllner nicht einfach. Im Normalfall waren dies wertvolle Stücke, die von einer Bauerngeneration zur nächsten gereicht wurden, wusste Sandra. Und diese Stücke hier fand man zumeist bei Großbauern.

Den See konnte man von der Küche aus nicht sehen. Dazu hätte man vor das Haus treten und am Waldrand vorbeispähen müssen.

»Eine wunderbare Ruhe haben Sie hier«, stellte Sandra fest.

»Ja, sehr ruhig«, bestätigte die alte Söllnerin halbherzig. »Nur die vielen Fremden stören. Kaum sitzt ma auf der Bank vorm Haus, latschen s' alle an dir vorbei. Ned einmal in Ruhe Kaffee trinken kann man da.«

»Aber du wanderst doch auch gern bis zum Mausoleum oder die andere Richtung bis zum Jubiläumsbaum«, widersprach ihre Schwiegertochter. »Den Baum haben s' 1908 zu Ehren von Kaiser Franz Josef gepflanzt«, erklärte sie den Kriminalistinnen, als handelte es sich bei den beiden um Touristen. »Dort kann man recht fesch sitzen und auf den See schauen, goi Mama.«

»Wir kennen den Baum«, erwiderte Sandra.

Sie schaute aus dem Fenster. Der Höhenweg, an dem das Bauernsacherl lag, war nun mal ein Teil des beliebten Rundwanderweges, ebenso wie der in der Nähe liegende Edelkastanienwald ein beliebtes Ausflugsziel für Touristen und Einheimische war. Der Wanderweg führte auf der einen Seite über einen Waldlehrpfad Richtung Egelsee, einem Naturschutzgebiet mit schwimmendem Rasen rund um den kleinen See und seltener Flora. Und auf der anderen Seite vorbei am Viktor-Kaplan-Mausoleum nach Au am See. Auch dahin zog es viele Ausflügler. Die sterblichen Überreste des Erfinders waren 1934, ein Jahr nach seinem Tod, übersiedelt worden und inmitten der freien Natur auf seinem Landsitz Rochuspoint, der nun seinem Enkelsohn gehörte, wieder beigesetzt worden. Sandra hatte sich das Mausoleum vor Jahren angesehen. Als Einheimische sollte man Bescheid wissen. Und wenn man ein Haus wie die Gutsherrnalm bezog, das entlang dieser Route lag, durfte man sich nicht daran stören, dass Wanderer und Spaziergänger am Haus vorbeikamen.

Sandra widmete sich wieder dem Raum.

Die Eckbank mit dem Herrgottswinkel war so angeordnet, dass man auf der Bank sitzend, durch die Fenster ins Freie sehen konnte. Hinter dem Kreuz hing ein Kräuterbuschen. Eine weiße

Küchenkredenz im Stil der fünfziger Jahre zog Sandras volle Aufmerksamkeit auf sich. Ihre Mutter hatte solch ein Möbelstück von ihrer Großmutter bekommen und vor Jahren beim Sperrmüll entsorgt. Heute zahlte man wieder viel Geld für derartige Stücke. Das Oberteil bestand aus drei Fächern mit Glastüren. Dahinter steckten Sterbebilder. Auch Sandras Mutter sammelte Totenbilder und Partezettel. War das eine Frage des Alters? Die letzte Erinnerung an Freunde, Nachbarn und Verwandte, die so lange hielt, wie die Sterbebilder hinter dem Kredenzglas steckten oder in den Schubladen lagen? Warf man sie in den Müll, warf man auch das Andenken fort? Ein, nach Sandras Meinung, ebenfalls sehr wertvolles Stück war das aufwendig gearbeitete Holzkreuz unter einem Glassturz, das auf der Anrichte stand. Sie nahm sich vor, später Rosa danach zu fragen. Immerhin war sie seit geraumer Zeit mit einem Antiquitätenhändler liiert.

Sandra fühlte sich in eine andere Welt versetzt. Alpensaga, das Fernsehdrama von Peter Turrini und Wilhelm Pevny war das Erste, was ihr dazu einfiel.

Neben dem Holzkreuz unter Glassturz bemerkte Sandra eine Flasche aus braunem Glas. Schon wieder ein Behältnis ohne Etikett. Karin Söllner verfolgte aufmerksam Sandras Blick, griff nach der Flasche. »Lavendelwein«, erklärte sie traurig. »Den hab ich für den Papa gebracht. Und einen Topf mit Hühnersuppe.«

»Lavendelwein?«

»Stärkt die Leber«, erklärte sie knapp. »Sollte jeder regelmäßig trinken.«

»Aha.«

Leise stöhnend nahm die Altbäuerin auf dem Stuhl Platz, der neben der Eckbank stand. Ihren Stock lehnte sie gegen den Tisch. »Kochst' uns einen Kaffee, Karin?«, fragte sie. »Ich glaube nach der Aufregung können wir alle einen brauchen.«

Nach der Aufregung? Eine sonderbare Bezeichnung für den Tod des Ehemannes, fand Sandra. Karin Söllner machte sich an die Arbeit, stellte zusätzlich zu den Kaffeetassen eine Flasche Mineralwasser und Gläser auf den Tisch. »Trinken Sie! Es ist schwül heute. Sie sagen ja Gewitter an für den Abend.«

Rosa und Sandra nickten dankend. Der Arzt trat gemeinsam mit Roman Söllner durch die Tür.

»Der Doktor Hamberger und ich sind noch bei den Totengräbern blieben«, erklärte er knapp. Niemand der anderen sagte etwas.

Der Mediziner räusperte sich.

»Ich muss mich verabschieden. Auf mich wartet noch ein Patient. Kreislaufschwäche. Das Wetter macht den älteren Leuten arg zu schaffen, aber das wissen Sie ja.« Die letzte Bemerkung war an Sandra gerichtet. Der Arzt legte seine Visitenkarte auf den Tisch, beugte sich leicht zur Witwe hinunter. »Frau Söllner, wenn es Ihnen nicht gut geht, rufen Sie mich sofort an. Tag und Nacht. Meine Handynummer steht auch drauf, da bin ich eigentlich immer erreichbar.«

Die alte Bäuerin sah ihn stumm an, gab keine Antwort. Der Arzt richtete sich wieder auf. »Kann jemand von Ihnen bei ihr bleiben?« Die Aufforderung war an die Familie gerichtet.

»Kein Problem. Wir bleiben sicher bis zum Abend«, erklärte Roman Söllner. »Und wenn nötig auch über Nacht.«

Hamberger nickte zufrieden. »Rufen Sie mich an, sobald die Todesursache feststeht?«, fragte er Sandra.

»Mach ich.« Auch wenn es kein Mord ist, hätte sie gerne noch hinzugefügt, hielt es aber für pietätlos den Angehörigen gegenüber, schluckte die Bemerkung hinunter.

Doktor Hamberger verließ das Haus. Die Altbäuerin schob die Visitenkarte verächtlich zur Seite.

»Fühlte sich Ihr Mann unwohl in letzter Zeit? Hat er über Schmerzen geklagt?«, wiederholte Sandra die Frage von vorhin. Karin Söllner goss Kaffee in die Tassen, stellte die Kanne auf den Tisch. »Also meines Wissens ging es ihm gut, aber so genau kann man das bei älteren Menschen nie sagen. Goi, Mama.« Sie stellte die Kanne beiseite, streichelte die faltigen Hände ihrer Schwiegermutter. »Ihr beide habt euch nie beklagt.«

Karin Söllner hörte mit dem Streicheln auf, schenkte weiter ein. Die Alte zog ihre Hände vom Tisch, faltete die Finger und legte sie in ihren Schoß. Es sah aus, als würde sie stumm beten.

Roman Söllner seufzte laut. »Wir waren alle in der Kirche als mein Vater starb«, erklärte er in einem leicht kläglichen Ton. »Der Herr Doktor übrigens auch«, fügte er rasch hinzu, als wäre dies von enormer Bedeutung. »Wenn wir gewusst hätten ... die Mama hätt' doch ...« Er brach ab. »Meine Frau und meine Tochter haben gestern Abend noch kurz vorbeigesehen und ich hab ja noch mit ihm telefoniert, weil ich wissen wollte, ob ich ihn heute zum Gottesdienst abholen soll. Aber er wollte zu Fuß gehen. Der Wetterbericht hatte ja bestes Wetter vorausgesagt. Sie müssen wissen, mein Vater hat sich gern in der freien Natur bewegt. Die Strecke von der Gutsherrnalm bis zur Kirche mit dem Auto zu fahren, war etwas für verweichlichte Städter, aber nichts für einen Landburschen wie ihn. Das war halt seine Meinung. Wenn wir gewusst hätten ... Natürlich haben wir uns zuerst gewundert, dass mein Vater nicht auf seinem Platz saß. Aber daran, dass er ...« Er unterbrach sich, senkte den Blick. »Wir dachten, er habe es sich anders überlegt, auch das war nicht ungewöhnlich für meinen Vater. Er änderte oft seine Meinung.« Sein Blick streifte seine Mutter, »... oder, dass er krank geworden ist.«

Seine Frau nickte augenblicklich bestätigend, die Witwe zeigte keinerlei Regung. Oder dass er im Suff im Bett liegen geblieben ist, fügte Sandra in Gedanken hinzu.

Roman Söllner wandte sich an seine Mutter. »Soll die Karin heute Nacht bei dir bleiben, Mama?«

Die Alte schüttelte den Kopf. »Wozu?«

»Weil der Papa gestorben ist«, sagte Karin Söllner. »Vielleicht brauchst du jemanden zum Reden? Du hast sicher einen Schock ... das kann dann später ... Doktor Hamberger hat doch gesagt ...«

Die Söllnerin unterbrach ihre Schwiegertochter mit einer raschen Handbewegung. »Papperlapapp. Ich brauche niemanden zum Reden. Ihr müsst mich jetzt nicht bemuttern. Der Tod gehört zum Leben. Seid doch froh, jetzt hat das ewige Hin und Her ein Ende.« Sie nahm einen Schluck Kaffee, sah ihre Schwiegertochter an. »Gedankt hat er's dir eh nie ... immer nur herumgenörgelt hat er.«

»Weil er's halt teilweise schon so schlecht essen hat können, mit seinen Zähnen«, verteidigte seine Schwiegertochter den Toten.

»Blödsinn. Ein alter Grantscherben war er. Hat die Karin doch eh nur herumkommandiert.«

»Mama«, entrüstete sich nun Roman Söllner, »einem Toten sagt man nichts Schlechtes nach.« Er wandte sich an die beiden Kriminalistinnen, bemüht um Schadensbegrenzung. »Entschuldigung, meine Mutter meint das nicht so. Ich glaub, das ist alles ein bisschen zu viel für sie.«

»Ah!« Die Altbäuerin machte eine abfällige Handbewegung. »Weil's woar is.«

Sandra war erstaunt über die Härte, die diese alte Frau ausstrahlte. War sie so eiskalt, wie sie wirkte, oder ging man in diesem Alter mit dem Tod nur anders um?

»Warum ist Ihr Mann eigentlich nicht mit Ihnen zur Kirche gegangen?«, fragte Sandra. »Sie hätten doch ...«

»Gar nichts hätten wir!« Sie schaute von Sandra zu Rosa und wieder zurück. »Weil wir nie gemeinsam gangen sind«, antwortete die Alte.

Sandra wartete auf eine Fortsetzung, und als nichts kam, fragte sie. »Warum?«

Sie registrierte, dass sich Karin und Roman Söllner einen kurzen Blick zuwarfen.

»So halt«, sagte die Alte, griff nach dem Stock und stand auf. »Und jetzt leg ich mich hin. Ich bin müde.« Sie wandte sich an Sandra. »Wenn Sie noch was wissen wollen, Frau ...«

»Anders«, half Sandra.

»Frau Anders. Dann kommen S' am Montag wieder. Heute ist ein Feiertag und morgen ist Sonntag. Da will ich meine Ruhe haben.« Die Söllnerin griff nach ihrem Stock und verließ, ohne ein weiteres Wort zu verlieren, das Zimmer.

Sandra warf Rosa einen kurzen Blick zu. Doch bevor sie an Schwiegertochter und Sohn eine Frage zur Ehe der beiden Söllner stellen konnte, beeilte Roman Söllner sich, das schroffe Verhalten seiner Mutter noch einmal zu erklären. »Sie müssen ihr bitte verzeihen. Sie ist eine alte Frau und den Umgang mit Fremden nicht gewöhnt. Sehen Sie sich um! Die beiden haben sehr zurückgezogen gelebt. Allein um in den Ort zu kommen, brauchen sie zwanzig Minuten.«

»Schon gut. Sie müssen sich nicht entschuldigen. Ich kann das durchaus verstehen. Das war alles zu viel ... die ganze Aufregung«, wiederholte Sandra die Worte der alten Söllnerin. »Ich werde das Protokoll morgen an die Polizei Unterach mailen. Wenn Sie es durchlesen und unterschreiben, muss ich Ihre Mutter nicht damit behelligen.«

»Natürlich«, sagte Roman Söllner.

Die beiden Polizistinnen gingen zur Eingangstür, plötzlich fiel Sandra etwas ein, das sie zuvor nur im Unterbewusstsein registriert hatte. Sie wandte sich an Karin Söllner. »Sie haben im Schlafzimmer eine Bemerkung gemacht, dann aber nicht weitergesprochen.«

»Was für eine Bemerkung?«

»... auch wenn die beiden... Was meinten Sie damit?«

Es schien, als denke die Frau einige Sekunden nach, dann schüttelte sie den Kopf. »Ich kann mich nicht daran erinnern. In welchem Zusammenhang habe ich das gesagt?«

»Es war, als Sie das Zimmer betraten. Sie meinten, der Tod ihres Mannes habe Ihre Schwiegermutter doch sehr mitgenommen, auch wenn die beiden ...«

Wieder schüttelte Karin Söllner den Kopf. »Kann mich nicht mehr erinnern. Wahrscheinlich war es so dahingesagt. Sie wissen schon, so wie, auch wenn die beiden schon sehr alt waren und wahrscheinlich mit dem Tod gerechnet haben. Oder so halt.«

»Oder so halt«, wiederholte Sandra.

Karin Söllner wollte die Tür schließen.

»Darf ich Sie noch etwas fragen?«

Die Frau öffnete die Tür wieder ein Stück. »Ja?«

»War der Hof hier eigentlich früher mal größer?«

Karin Söllner schüttelte den Kopf. »Nein, das hier ist nur ein altes Sacherl. Es diente mal als Ferienhaus für Gäste und jetzt ist es das Auszughäusel der alten Söllner-Bauern, wenn Sie so wollen.«

»Haben Sie den eigentlichen Hof übernommen?«

Wieder schüttelte die Frau den Kopf. »Nein, haben wir nicht. Entschuldigen Sie. Ich würde jetzt gern nach der Mama schauen.«

»Natürlich«, sagte Sandra. Nun war sie sich sicher. Die wertvollen Möbelstücke mussten Relikte aus einer anderen Zeit sein.

Karin Söllner schloss endgültig die Tür.

Auf dem Weg zurück zum Wagen, rief Sandra Jürgen Hofer an. Sie wusste, dass das Linzer Institut hoffnungslos unterbesetzt war und ein dreiundachtzigjähriger Toter sicher nicht an die erste Stelle der zu bearbeitenden Fälle gereiht wurde. Aber sie wollte das Ergebnis so rasch wie möglich haben. Es läutete mehrere Male bis der Gerichtsmediziner endlich abhob.

»Hast du an einem Feiertag nichts anderes zu tun, als mich anzurufen?«, bellte Hofer ohne Begrüßung ins Telefon.

»Ich freu mich auch, deine Stimme zu hören, lieber Jürgen.«

»Wenn du mich anrufst, gibt es immer Arbeit, und da heute mein freier Tag ist, kannst du es mir nicht übel nehmen, dass ich mich nicht vor Freude überschlage, deine Stimme zu hören. Wenn du mich anrufst, um mir zu sagen, dass du in Linz bist und mit mir ein Bier trinken gehen willst, nehme ich alles zurück. Also, was gibt's?«

»Eine männliche Leiche aus Unterach am Attersee ist zu dir unterwegs. Der Mann ist dreiundachtzig Jahre alt. Todesursache unbekannt. Könntest du dich bitte so schnell wie möglich darum kümmern?«

»Wusste ich's doch, dass dein Anruf Arbeit bedeutet. Aber nicht jetzt, nicht heute, meine Liebe. Ich bin gerade bei Freunden zum Essen und habe nicht vor, die Party zu verlassen.«

»Morgen früh?«

Der Gerichtsmediziner brummte etwas Unverständliches.

»Was ist?«, drängte Sandra.

»Warum so eilig? Hast du einen bestimmten Verdacht? Nur damit ich morgen weiß, worauf ich zuerst achten soll.«

»Nein. Ich habe keinen konkreten Verdacht«, gab Sandra zu. »Ich tippe aber auf Herzinfarkt, Kreislaufschwäche oder seine Leber hat einfach nicht mehr mitgemacht. Neben dem Bett lag eine Flasche Schnaps, und es war laut Aussage seines Sohnes nicht seine erste. Schau dir also gleich einmal die Leber an.«

»Danke für die Belehrung, Frau Inspektor, aber genau die schau ich mir immer an«, kam es brummend aus der Leitung.

Sandra ignorierte Hofers Gemurre, wusste, dass es bei ihm nicht so gemeint war, wie es klang. »Leider ist sich der Gemeindearzt nicht sicher, weil unser Toter allem Anschein nach niemals einen Arzt aufgesucht hat, zumindest nicht in Unterach, und somit niemand auf die Gachen ein Krankheitsbild erstellen kann, geschweige denn eine Vermutung äußern. Und je eher du ihn anschaust, umso schneller kriegen wir die Sache vom Tisch.«

»Also gut. Weil du's bist. Morgen früh«, gab sich Hofer geschlagen. »Pfiat di!«

»Danke. Pfiat di und noch viel Spaß auf der Party.« Sie legte auf und wischte sich zufrieden den Schweiß von der Stirn. Das Gewitter würde wohl nicht mehr lange auf sich warten lassen, obwohl man noch keine Wolken am Himmel sehen konnte. Aber die Gelsen waren lästig und die Schwalben flogen tief. An dieser Uferseite war das Wetter manchmal unberechenbar. Man sah Unwetter aufgrund der umliegenden Berge nicht direkt kommen. Nahm man schwarze Wolken über der Eisenau wahr, war es meistens schon zu spät. Es dauerte dann nur wenige Minuten, bis eine Urgewalt den südlichen Teil des Attersees überrollte. Manchmal bäumten sich meterhohe Wellen auf und preschten gegen das Ufer. Sandra hatte das einmal erlebt. Die Stürme hier waren zum Fürchten. Gelegentlich zog das Wetter auch über den See bis nach Steinbach, machte kehrt und kam wieder zurück. Aber die Unteracher kannten die Gefahr und reagierten schnell. Wer bei Sturmwarnung auf dem See blieb, war selber schuld.

»Fahren wir mit einem Auto zum Posten«, schlug Sandra auf dem Parkplatz vor. »Dann kann ich dich unterwegs noch was fragen.« Und tatsächlich wartete sie kaum ab, dass Rosa zu ihr ins Auto gestiegen war: »Hast du die Möbel gesehen?« Sie lenkte ihren Wagen durch die schmale Unterführung der Atterseestraße in Richtung Zentrum.

»Teure Stücke«, bemerkte Rosa. »So ein Holzkreuz unterm Glassturz kostet gut zweihundert bis dreihundert Euro.«

»Und die Standuhr oder der Tisch?«

»Den Tisch kann ich nicht schätzen, aber die Standuhr ist mindestens achthundert Euro wert. Man müsste sie natürlich genau ansehen, denn es gibt Uhren, deren Wert liegt bei fünftausend Euro.«

»Bringt dir das alles dein Antiquitätenhändler bei?«

Rosa lächelte spitzbübisch. »Antiquitäten interessieren mich halt.«

»Kannst du Möbel Epochen zuordnen?«

»Manche. Die Standuhr ist schätzungsweise aus den Anfängen des Zwanzigsten Jahrhunderts. Aber nagle mich nicht darauf fest.«

»Irgendwie passt das wertvolle Zeug nicht zu dem Rest. Ich denke, dass das früher woanders gestanden hat. Nicht in dem kleinen Sacherl«, grübelte Sandra.

»Denk ich auch«, gab ihr Rosa Recht. »Aber ist das im Moment wichtig für unseren Fall, der ja noch gar kein richtiger Fall ist?«

»Nein. Gar nicht. Aber du kennst mich doch, Rosa. Ich bin nun mal von Natur aus neugierig, und wenn etwas nicht in mein Gesamtbild passt, dann mach ich mir Gedanken.«

»Oder du machst es dir passend«, lachte Rosa. »Aber wir werden sicher noch erfahren, warum bei den Söllner wertloser Krempel neben teuren Antiquitäten steht. Wir sind ja erst am Anfang.«

»Wenn es ein natürlicher Tod war, ist das auch schon das Ende.«

»Dann kannst du die Söllner ja fragen, ob die Möbel früher woanders standen.«

»Hmm.«, brummte Sandra und manövrierte ihren Wagen im Schritttempo an zwei geparkten Autos vorbei. »Kein Wunder, dass sie zu Unterach noch immer Klein-Venedig sagen. Die Gassen sind hier schmaler als mancher Lieferwagen.«

»Aber der ideelle Wert überwiegt garantiert den Sachwert. Die Möbelstücke wurden hundertprozentig von einer Generation zur nächsten vererbt«, brachte Rosa das Thema auf den Punkt. »Ich hab zum Beispiel ein Bild von meiner Oma aus der Jahrhundertwende. Es ist nicht viel wert. Ich kann's aber trotzdem nicht weggeben.«

»Kann ich verstehen.«

Der Polizeiposten befand sich im ersten Stock des Gemeindeamtes mitten in Unterach an der Hauptstraße. Sandra parkte genau davor. Felix Gremel stand vor dem Gebäude und unterhielt sich mit Passanten. Wahrscheinlich über den Tod des alten Söllners. In einer kleinen Gemeinde blieben derartige Ereignisse nicht lange geheim. Den Leichenwagen, der zum Bauernsacherl der Söllner gefahren war, hatten garantiert einige Einheimische gesehen und sich ihren Reim darauf gemacht.

Als Gremel die Kriminalistinnen sah, verabschiedete er sich rasch von seinen Gesprächspartnern und führte Sandra und Rosa ins Büro. »Mein Kollege lässt sich entschuldigen. Er musste rüber zum Campingplatz.« Den Grund nannte er ihnen nicht.

Natürlich kannte er den Verstorbenen. Wer von den Einheimischen kannte ihn nicht? Gesoffen habe er halt, aber irgendwie unangenehm aufgefallen sei er nicht. Früher sei es mal vorgekommen, dass er auf einer Bank seinen Rausch ausgeschlafen habe, aber dann habe man entweder den Roman oder den Konrad, den Mann der Enkelin, angerufen und die hätten ihn dann schnell geholt. Sie, die alte Söllnerin, hingegen habe ab und zu Spaziergängern mit der Mistgabel gedroht, wenn sie der Gutsherrnalm zu nahe gekommen seien. »Die Einheimischen haben das nicht so ernst genommen. Mein Gott, sie ist halt a bisserl a Zauk, aber im Grunde genommen keine Zwiderwurzen, wann man sie in Ruh lasst. Früher war's für die Kinder sogar eine Mutprobe, die Wiese der Söllner zu betreten. Einmal übers Grundstück laufen, ohne erwischt zu werden, brachte eine große Portion Eis und die Anerkennung der anderen«, erklärte Gremel. Die Erinnerung daran ließ ihn schmunzeln. Wahrscheinlich war er einige Male in den Genuss des Eises gekommen. Vom Alter her würde es sich ausgehen, war Sandra sicher.

»Zum Glück ist nie was passiert.«

»Der Söllner, hat der auch gedroht?«

Gremel machte eine abfällige Handbewegung. »Solange der sein Bier in der Hand ghabt hat, war ihm so ziemlich alles egal.«

»Hat nie jemand Anzeige erstattet? Weil er sich bedroht gefühlt hat?«

Gremel grinste. »Was hätte so eine Anzeige denn gebracht? Die Söllnerin war doch auf ihrem Grundstück, und wenn sich jemand verstiegen hat und plötzlich vor der Gutsherrnalm stand, dann wurde er halt vertrieben.« Er schüttelte den Kopf. »Nein, Anzeige gab's keine. Und jetzt ist das auch nicht mehr vorgekommen. Die beiden haben sich immer mehr zurückgezogen. Man hat sie in den letzten Jahren nicht mehr oft im Ort herunten gesehen. In der Kirche … ja. Eingekauft haben der Roman und die Karin für die beiden.«

»Was ist mit Nachbarn, Freunden?«

»Sie haben doch gesehen, wie abgelegen das Sacherl liegt, da ist nicht viel mit Nachbarn und Freunden.« Er dachte kurz nach. »Die Loidl-Bäuerin vielleicht. Jedenfalls waren die früher einmal eng befreundet. Aber die brauchen S' nicht zu befragen, die hat Altersdemenz, redet fast nur noch von damals. Verstehen S'? Und er, der Loidl-Bauer, ist vor einigen Monaten gestorben.«

September 1942

In der Nacht hatte der Fuchs eine Henne geholt, eine Kuh war verendet, und als sie alle schon der Meinung waren, dass dieser Tag nichts Gutes mehr bringen würde, war der Herbert zu Besuch gekommen. Heimaturlaub. Die Anita hatte sich fest eingehakt bei ihm. Fesch sah er aus, wie er so die Straße zum Hof heraufkam in der Uniform. Der Herbert war ein zwanziger Jahrgang und damit um sechs Jahre älter als Fritz. Als Sohn eines einflussreichen Bauern war er schon bald in die HJ eingetreten und die Mädels zeigten sich gerne an seiner Seite. Aber er hatte nur Augen für seine Anita. Wenn der Krieg vorbei war, wollten die beiden heiraten.

Das alles zusammengenommen, imponierte dem Fritz sehr. Er hingegen war nur ein Knecht, der vielleicht niemals heiraten würde, weil ihm das Geld dafür fehlte. Er war im Innviertel als uneheliches Kind einer Magd geboren worden. Sein Vater war ein Faßlbinder, der von Haus zu Haus gezogen war, um seine Dienste anzubieten. So einer hat auch nicht heiraten können, weil das nötige Geld gefehlt hatte. Als Fritz zur Welt kam, war er schon wieder weit weg. Er hat ihn nie gesehen. Nicht einmal eine Fotografie hatte seine Mutter vom Vater. »Trotzdem habm ma Glück, Fritzl«, hatte seine Mutter erklärt, denn sie durften beide am Hof bleiben, auf dem seine Mutter gearbeitet hatte. Viele ledige Mütter mussten in derartigen Situationen die Dienststelle verlassen oder das Balg bei Verwandten unterbringen, um sofort wieder arbeiten zu können. In der Dienstbotenordnung gab es keine Schonfrist für Wöchnerinnen. Aber der Bauer war menschlich. Er streckte seiner Magd sogar das Geld vor, das sie brauchte, um Fritz taufen zu lassen. Die Kirche erhob bei unehelichen Kindern die dreifache Gebühr.

»Der Herrgott hat jedem einen Platz auf dieser Welt zugeteilt. Und deiner ist eben im Stall beim Viech und an der unteren Seite des Tisches. Hader nicht damit, sonst versündigst dich am End noch gar«, hatte ihm seine Mutter gepredigt, wenn er sie gefragt hatte, warum sie keine Bauern seien. Mit acht Jahren war er dann zu einem Bauern im Hausruckviertel gekommen, danach wieder zurück ins Innviertel und schließlich landete er, kurz nachdem Marias Vater eingezogen worden war, auf dem Hof in Unterach.

Fritz freute sich, dass der Herbert bei ihm im Stall vorbeischaute. Die Anita hatte er vorgeschickt, ins Haus zu Maria und ihrer Mutter. Zuerst tauschten sie einige Belanglosigkeiten aus. Der Fritz erzählte von der Arbeit und der Herbert von der Front.

»Willst dich nicht freiwillig melden?«, fragte er irgendwann. »Hitler kann jeden mutigen Mann gebrauchen, Fritz. Wenn du willst, red ich mit meinem Offizier und du kannst als Flakgehilfe eingeteilt werden. Das wär doch was?« Herbert stupste ihm vertrauensvoll in die Seite und zwinkerte. »Dann brauchst nicht mehr Dienst tun auf einem Hof mit zwei Weibern. Nicht dass ich was gegen Frauen hab, möchte ja selber bald heiraten, aber willst' ewig als Knecht arbeiten?« Er ließ die Frage im Raum hängen.

»Sechzehn Jahre bist ja schon, des ging sich also aus. Sind einige in deinem Alter an der Front.«

»Moanst?«

Der Herbert streckte seine Brust heraus und klopfte auf seine braune Uniform. »Dann bekommst du auch so eine, dann sagen s' Soldat zu dir, und wenn du zurückkommst, dann bist womöglich ein Held.«

Der Gedanke war verlockend, und es war bereits das zweite Mal, dass Fritz angeboten worden war, vorzeitig seinen Dienst anzutreten. Wie oft hatte Fritz miterleben müssen, wie Knechte und Mägde im Alter ihr Dasein als Einleger fristen mussten, angewiesen auf Almosen und das Wohlwollen ihrer Quartiergeber, und auch wenn es im Moment keine Armenhäuser gab, wer konnte schon wissen, ob sie nicht doch irgendwann wieder eröffnet würden, und dort wollte er auf gar keinen Fall enden. Fritz hatte ein Ziel vor Augen, hoffte, dass der Krieg bessere Bedingungen für seinesgleichen bringen würde, hatte aber doch auch Angst, eine positive Entwicklung zu verpassen, wenn er jetzt den Hof verließ. »Lass mich überlegen. Woast, des mit der Maria ihrem Vater hat mir arg zu denken geben. Und der war immerhin auch ein Held, habm s' gsagt.«

»Bist leicht a Feigling, was Fritz?« Herbert klopfte ihm auf die Schulter. »So einen können wir nicht brauchen bei der Luftwaffe. Aber brauchst keine Angst haben, wir siegen, und egal ob du jetzt gehst ... irgendwann werden s' dich schon noch einziehen, da kannst Gift darauf nehmen. Der Führer braucht jeden Mann. Überleg dir's!«

Fritz' Begeisterung, selbst in den Krieg zu ziehen, hielt sich in Grenzen. Aber um vor einem gestandenen Soldaten nicht als Feigling dazustehen, versprach er, sich ernsthaft zu überlegen, freiwillig einzurücken.

»Da ist noch was.« Herbert griff in seine Uniformjacke und holte ein zusammengefaltetes Stück Papier hervor, drückte es Fritz in die Hand und sah sehr ernst und eindrucksvoll drein. »Ich sag nur das noch: Unsere Rasse muss auf ihre Gesundheit achten.« Er machte eine bedeutungsvolle Pause. »Und wenn du 's gscheit machst, dann reißt dir auch noch die Maria untern Nagel und bist Bauer.« Wieder klopfte er Fritz auf die Schulter und lachte, weil er genau wusste, dass das nicht ging: Bäuerin und Knecht. Obwohl, der Herbert hat es immer gut mit den Knechten gemeint, auch auf seinem eigenen Hof. »Der Jakob wird einmal Bauer sein, hier auf dem größten Hof, kannst dir das vorstellen?«

Gerade als Fritz das Papier auseinanderfalten wollte, betrat Marias Mutter den Stall. Herbert gab Fritz per Handzeichen zu verstehen, dass er das Schriftstück sofort verschwinden lassen sollte. Er schob es schnell in seine Hosentasche, während Herbert sein Beileid aussprach.

»Kommst eini?«, forderte die Bäuerin ihn auf, ihr zu folgen. »Fritz, bring frisches Wasser in die Stuben. Wenn der Herbert schon mal da ist, machen wir was Besonderes. Magst eh an Malzkaffee.«

Sie hakte sich bei Herbert ein, zog ihn mit sich, und Fritz war wieder dort, wo er hingehörte, am unteren Ende des Tisches.

An diesem Abend zog sich Fritz sofort nach getaner Arbeit in seine Schlafkammer neben dem Stall zurück. Er war aufgeregt, konnte an nichts anderes mehr denken, als an das Stück Papier, wollte endlich wissen, was darauf stand. Aufgeregt fingerte er es aus dem Hosensack.

Das Bild auf dem Blatt sagte mehr als tausend Worte. Abgebildet war ein leicht gebeugter, aber doch bärenstarker Mann. Auf seiner Schulter hielt er eine Art Stab und darauf saßen eigenartig dreinblickende Wesen, darunter stand: Hier trägst du mit – Ein Erbkranker kostet bis zur Erreichung des 60. Lebensjahres im Durchschnitt 50.000 RM.

Samstag, 15. August

Es war Abend geworden.

Die alte Söllnerin saß in ihrer Schlafkammer auf dem Sofa. In ihren Händen hielt sie die Dokumentenmappe, suchte die Unterlagen heraus, die sie für das Beerdigungsinstitut brauchte: Die Geburts- und die Heiratsurkunde, den Staatsbürgerschaftsnachweis und den Meldezettel. Als sie die Mappe zuschlug, fiel ein Kuvert zu Boden. Mühsam hob die Altbäuerin den Umschlag auf, holte den Inhalt hervor und starrte minutenlang auf dieses schreckensbringende Schriftstück vom 5. Oktober 1943. Sie hatte es lange nicht mehr hervorgeholt. Es war vergilbt und dennoch hatte es nichts von seiner Grausamkeit verloren. Das Foto, das noch in dem Kuvert steckte, schaute sie nicht an. Zu schmerzlich war die Erinnerung.

Die Zeit heilt alle Wunden. Blödsinn. Sie machte sie nur erträglicher.

Sie steckte die Schreckensurkunde zurück, stand schwerfällig auf, schlurfte zur Kommode und verstaute die Dokumentenmappe zwischen ihren fein säuberlich zusammengelegten Blusen. Im Flur hörte sie vertraute Stimmen. Auch wenn sie eigentlich ihre Ruhe haben wollte, strahlte sie, als sie ihre Enkeltochter in der Küche stehen sah. Franziska war eine hübsche junge Frau, Ende dreißig, mittelgroß, hatte strahlend blaue Augen und dunkelblonde, halblange Haare. Nicht nur optisch glich sie ihrer Urgroßmutter. Sie hatte auch ihren Charakter, war warmherzig und einfühlsam, manchmal etwas zu aufbrausend, aber zumeist nur, wenn sie einen Grund dazu hatte, den ausgeprägten Sinn für Gerechtigkeit musste Franziska ebenfalls von ihrer Urgroßmutter geerbt haben.

»Oma.« Franziska umarmte die alte Frau. »Es tut mir so leid.« Dann hakte sie sich bei der alten Söllnerin ein. »Komm, ich bring dich zum Tisch. Setz dich hin! Der Arzt hat dir kein Beruhigungsmittel gegeben, hat mir die Mama gesagt. Wolltest du keines? Geht's dir denn soweit gut? Ich mein …«

»Ich brauch nichts«, unterbrach die Alte den Wortschwall ihrer Enkelin.

Auch Konrad, Franziskas Mann, ein dünner, ernsthafter Bankangestellter, und ihre beiden Kinder Simon und Christine waren gekommen. Nacheinander umarmten sie die alte Söllnerin und sprachen ihr Beileid aus. Obwohl sie im selben Ort lebten, hatte sie ihre Urenkel schon seit Wochen nicht mehr gesehen. »Groß seid s' geworden«, sagte sie zu den Teenagern – das sagte sie jedes Mal – während sie den beiden wie üblich je zehn Euro zusteckte.

»Oma«, echauffierte sich Konrad Fellinger. »Doch nicht heute.«

»Warum nicht?«, antwortete die Söllnerin trotzig.

»Weil ...«

»Denkst du, dass ich das Geld für die Zeit nach meinem Tod sparen sollte? Typisch Bankbeamter.«

»Wir sind keine Beamten«, versuchte Konrad Fellinger zu widersprechen. »Wir sind Angestellte, wie in jedem anderen Unternehmen auch.«

Aber die alte Söllnerin hörte ihm nicht zu. Sie war Bäuerin gewesen. Alles andere hatte keinen Wert für sie. »Mein Lieber. Das letzte Hemd hat keine Taschen, und den Platz im Himmel kannst ned kaufen.«

»Danke, Urli.« Simon und Christine ließen die Scheine in ihren Hosentaschen verschwinden.

»Ist schon recht. Es ist schön, dass ihr gekommen seid. Ich habe euch nämlich, wie ich denke, eine wichtige Sache mitzuteilen.«

Karin Söllner richtete ein kaltes Abendessen auf dem Tisch an. Brot, Speck, Essiggurkerl, Käse und selbst gemachte Aufstriche mit frischen Kräutern. »Aber zuerst müssen wir etwas essen. Auch du, Mama. Du brauchst jetzt Kraft. Setzt euch alle zur Mama«, forderte sie die umstehende Familie auf.

Obwohl die Alte keinen rechten Appetit hatte, ließ sie sich zu einem Käsebrot und einem Seiterl überreden. Während des Essens sprach kaum jemand ein Wort, obwohl die Altbäuerin es ihrer Familie an den Gesichtern ansehen konnte, welche Frage ihnen auf der Seele brannte: Konnte man die alte Frau allein im Haus lassen, hier heraußen, am Waldrand, mit fortschreitender Osteoporose, oder musste man sie jetzt zu sich holen? Um der bedrückenden Stille die Anspannung zu nehmen, sagte sie. »Ich werde selbstverständlich hier wohnen bleiben. Damit das gleich klar ist.«

Die Art, wie sie in die Runde blickte, veranlasste ihren Sohn, ihre Hand zu nehmen und diese leicht zu drücken. »Wie du meinst. Und wenn du etwas brauchst … du weißt ja, Karin und ich sind jederzeit zur Stelle. Und einmal in der Woche bringen wir dir die Einkäufe hoch, wie bisher.«

»Ich werde regelmäßig nach dir schauen«, versprach Franziska.

»Das ist nett von euch. Aber ich brauche keine Babysitter. Ich komme ganz gut allein zurecht. Außerdem mag ich es nicht, wenn ständig wer um mich herum ist. Ich möchte noch einige Dinge regeln, bevor auch ich diese Welt verlasse.«

Das entlockte Roman Söllner ein grantiges »Geh, Mama, so etwas sagt man nicht!« Und seine Frau errötete. »Aber Mama, du …«

»Papperlapapp«, unterbrach die Söllnerin ihre Schwiegertochter. »Ich bin sechsundachtzig Jahre alt, da muss man für jeden Tag dankbar sein, den man auf dieser Erde verbringen darf.«

»Und was musst du noch regeln?«, fragte Roman Söllner.

Die Altbäuerin sah, wie sich ihre Urenkelin Christine zu ihrem Vater hinüberbeugte und ihm etwas ins Ohr flüsterte. Konrad schüttelte daraufhin energisch den Kopf.

»Lass sie gehen, sie haben ja doch keine Ruhe«, sagte die Alte, es klang wie ein Befehl.

Konrad zeigte sich überrascht. »Die beiden werden doch wohl an einem Tag wie heute auf das Seefest verzichten können. Außerdem haben sie das jetzt nach dem Gewitter sicher abgesagt.« Er nahm sich ein Stück Brot aus dem Korb, belegte es mit Wurst und Käse.

»Blödsinn. Wegen einem kurzen Gewitter sagt man doch kein Fest ab. Man unterbricht es höchstens. Verschwind s' ruhig, Kinder.«

»Ihr Urgroßvater ist heute Vormittag gestorben«, widersprach Franziska ihren Mann unterstützend.

»Ihr sagt es. Ihr Urgroßvater, nicht ihr Großvater und auch nicht ihr Vater. Deshalb hört die Welt nicht auf, sich zu drehen. Nicht für die Jugend.«

»Mama«, erwiderte Roman scharf. »Ich bitte dich.«

»Worum bittest du mich? Darum, dass ich heuchle und die trauernde Witwe spiele. Nie und nimmer.«

»Aber du könntest wenigstens ein wenig an unserer Trauer Anteil nehmen«, sagte Karin Söllner und tupfte sich die Tränen aus den Augenwinkeln.

»Tu nicht so, Karin. Wie oft hast du gejammert, dass dir die Arbeit mit ihm zu viel wird.«

»Aber ...«

Die Söllnerin hob den Arm. »Nichts, aber. Es ist, wie es ist. Eine Last weniger. Außerdem habe ich euch Erwachsenen etwas mitzuteilen, was die Kinder sicher nicht interessieren wird.« Sie warf ihren Urenkeln einen entschlossenen Blick zu. »Passt scho. Lauft s' nur zua.«

Jetzt winkte auch Konrad Fellinger seine beiden Kinder aus dem Haus. Blitzschnell standen sie auf, küssten ihre Urgroßmutter auf die Wange, und Christine schnappte sich im Vorbeigehen das belegte Brot vom Teller ihres Vaters, der dies mit einem milden Blick quittierte. Dann fiel auch schon die Tür hinter ihnen zu.

Roman Söllner öffnete eine zweite Bierflasche, was ihm einen strengen Blick seiner Frau einbrachte. Er goss sich dennoch ein großes Glas ein. »Sollen wir eine Messe lesen lassen, Mama?«

»Wozu? Um den Schein zu wahren vor den Nachbarn?« Sie schüttelte den Kopf. »Wennst unbedingt willst, lass ihm halt eine Messe lesen, aber ich werd nicht kommen.«

»Geh Mama! Jetzt nach seinem Tod kannst ihm doch vergeben.«

Ein Blick der Altbäuerin genügte und ihr Sohn wusste, dass kein Bitten und Gutzureden helfen würde. »Dann lass ma 's halt. Aber wenn's dir recht ist, kümmern die Karin und ich uns ums Begräbnis. Ich glaube, es ist besser so.« Sein enttäuschter Blick verriet seiner Mutter, dass ihm noch etwas auf der Zunge lag. Sie wusste, dass sie ihn mit dem, was sie gleich sagen würde, endgültig deprimieren, ja vielleicht sogar für immer aus dem Haus treiben würde. Aber sie konnte nicht anders. Jede andere Entscheidung hätte sie als Verrat empfunden. Sie schaute ihrem Sohn fest in die Augen, als sie sagte: »Ihr könnt euch gern um das Begräbnis kümmern. Unter einer Bedingung: Dein Vater wird nicht in unserem Familiengrab beigesetzt. Nicht in meinem Grab! Das steht ihm nicht zu.«

Samstag, 15. August

Den Artikel über die Ostfriesischen Milchschafe hatte Bernd schnell fertig geschrieben, nachdem Sandra verschwunden war. Er fragte sich, woher der Ausspruch »blödes Schaf« wohl kam. Denn das, was er bei seinem Besuch auf dem Hof des Schafbauern gelernt hatte, ließ alles andere annehmen, als dass Schafe blöd waren. Sie waren geduldige, anpassungsfähige Tiere, deren Milch nachweislich äußerst gesund war. Der Schafskäse, den der Bauer ihm als Kostprobe mitgegeben hatte, war sensationell gut.

Nachdem er den Bericht abgespeichert hatte, war er kurz zu Sandras Vater gegangen, der im Stall die beiden Friesen beruhigen wollte, falls die das aufkommende Gewitter spürten. Die Pferde waren zwar keineswegs nervös gewesen, aber August Anders verbrachte nun einmal gern Zeit bei seinen Tieren. Bernd und er hatten kurz miteinander geplaudert, danach hatte er sich auf den Weg gemacht, um frische Reinanken und eine Flasche Rosenwind in der Fischhandlung in Moos zu kaufen. In jedem Sommer freute er sich aufs Neue darüber, dass sie in der Hauptsaison täglich geöffnet hatte.

Bernd hatte es zurück auf den Hof geschafft, kurz bevor das Gewitter niedergegangen war.

Das heisere Bellen Miros zeigte an, dass jemand in den Hof fuhr. Bernd wechselte von der Küche ins Wohnzimmer und schaute durch die geöffnete Terrassentür. Es war Sandra, die gerade das Auto parkte. Sie stieg aus und begrüßte den Neufundländer. Bernd lächelte. Er begehrte diese Frau. Ihre sportliche Erscheinung, die kurzen dunklen Haare, die immer unfrisiert wirkten und damit gleichzeitig Sandras Charakter und die Art, wie sie ihr Leben lebte, widerspiegelten: unkonventionell und manchmal etwas chaotisch, dadurch niemals langweilig. Sie war das krasse Gegenteil von Susi, seiner Ex-Freundin. Die hatte an einem Tag mehr Zeit vor dem Spiegel verbracht, als die restliche Bevölkerung in einem Monat. Er wandte sich um, ging in die Küche zurück.

Schon auf den Stufen hoch zu ihrer Wohnung roch Sandra, dass Bernd kochte. Erst jetzt bemerkte sie, dass ihr Magen knurrte. Sie hatte seit dem Frühstück nichts mehr zu sich genommen. Tagsüber war es viel zu heiß zum Essen gewesen, und später war der tote Söllner dazwischengekommen. Sie hielt ihre Nase in die Luft, schnupperte. Fisch. Das ideale Abendessen nach einem heißen Sommertag. Dieser Mann war ein Glücksgriff.

Miro schob sich an ihr vorbei ins Innere der Wohnung, lief schwanzwedelnd in Richtung Küche, hoffte, etwas abzubekommen. Aber der schwarze Riese bekam seit einem halben Jahr keine Zwischenleckereien mehr. Er hatte eindeutig zu viel Gewicht, was Sandras Mutter und einigen Feriengästen zu verdanken war, die dem sanften Vierbeiner ständig kleine Bissen zusteckten.

Im Vorzimmer hörte sie bereits Hans Theessink *Rained five days*. Sie streifte ihre Schuhe von den Füßen und folgte dem Hund.

»Hallo, mein Schatz. Bin wieder da.«

Bernd stand lediglich mit Shorts bekleidet in der Küche und streckte ihr ein Glas Weißwein entgegen. »Wir können in fünf Minuten essen, frische Reinanken und Salat.«

Sandra nahm das Glas. »Du bist der Beste. – Weißt du eigentlich, dass du unglaublich sexy aussiehst, wenn du in Shorts vor dem Herd stehst?« Sie legte ihren Arm um seinen Hals und küsste ihren Freund lange. Es war eine Wohltat sich an seinen warmen Körper zu pressen. Der notwendige Ausgleich zu der Kälte, die von starren Leichen ausging.

»Kann ich vorher noch schnell duschen?«, fragte sie, als sie ihn wieder freigab. »Ich bin fix und fertig. Die Fahrerei bei der Hitze und dann mussten Rosa und ich auch noch einen Feldweg entlanglaufen, um zu dem Haus mit dem Toten zu kommen. Und das Gewitter hat's auch nicht besser gemacht. Mir klebt das Gewand förmlich am Körper.«

»Dein Auto hat eine Klimaanlage.«

»Davon bekomme ich Kopfschmerzen.«

Sie tänzelte aufreizend im Takt der Musik davon.

Während sie aßen, erzählte Sandra ihm von dem Toten, seinen Kindern und der Witwe. »Ich weiß nicht«, sagte Sandra irgendwann. »Seine Frau ging so, wie soll ich sagen, so gleichgültig mit dem Tod ihres Mannes um. Da war keine Spur von Trauer oder Mutlosigkeit.« Sie grübelte eine Weile. »Ich kann mir nicht vorstellen, dass meine Mutter so gelassen reagiert, wenn mein Vater stirbt. Verstehst du, was ich meine?«

»Nein, ich verstehe nicht. Aber du wirst es mir gleich erklären«, antwortete Bernd mit vollem Mund.

»Ich stell mir vor, dass nach so langer Zeit … denn die beiden waren sicher ewig miteinander verheiratet, kannten einander garantiert in- und auswendig. Na ja, und wenn dann einer stirbt, egal wie alt man ist, ist es dann nicht so, dass auch ein Teil von einem selbst stirbt?«

»Kommt auf die Beziehung an, würde ich sagen.«

»Schon, aber … diese Frau hat doch tatsächlich gesagt: Der Hebamme könnt s' jedenfalls nicht mehr die Schuld geben. Dreht sich um und geht.«

Bernd lachte laut auf. »Das hat sie tatsächlich gesagt?«

Sandra nickte. »Ist das nicht eigenartig?« Sie hatte noch nie einen Menschen getroffen, der anderen so wenig vorzumachen versuchte, wie diese alte Frau. Nicht einmal ihr gegenüber, der Polizei, bei der sich ein jeder hübsch in Acht nehmen würde, Gleichgültigkeit oder gar Ablehnung gegenüber einem Toten auszudrücken, der vielleicht ermordet worden war.

Sandra schob den Teller mit den Gräten beiseite, griff sich an den Bauch. »Das war herrlich, Bernd.«

»Schön, wenn es dir geschmeckt hat.« Er schenkte Wein nach. Sandra nahm sofort noch einen Schluck.

»Ich weiß nicht, ob man das eigenartig nennen kann. Menschen reagieren nun mal unterschiedlich«, sagte Bernd.

»Aber angenommen, ein Kind stirbt. Da reagieren eigentlich alle Menschen gleich. Sie sind schockiert, hysterisch und der Ohnmacht nahe. Natürlich neigt man auch selbst dazu, bei alten Menschen ruhig und gelassen zu reagieren. Irgendwie haben diese Menschen ihr Leben ja gelebt. Aber trotzdem ... es geht hier ein Leben zu Ende, ein Vater, Opa, Freund, Ehemann stirbt. Ein Teil Zeitgeschichte ist für immer verloren. Nicht wiederkehrende Erinnerungen, Erlebnisse und Hoffnungen werden unwiederbringlich ins Grab getragen. Das ist doch auch traurig, oder?«

»Natürlich ist das traurig. Aber ein Kind steht am Beginn des Lebens und ein alter Mensch ... na ja ...« Bernd sah Sandra von der Seite an.

Sie schwiegen eine Weile. Miro jammerte vor der Eingangstür. Er wollte raus. Sandra erhob sich, ging in den Flur und öffnete die Tür. Der Hund trottete die Stufen nach unten in den Innenhof. Dort würde er die Nacht verbringen. Die Nachtluft und der Betonboden kühlten seinen massigen Körper. Die Hitze machte ihm arg zu schaffen. Tagsüber verkroch er sich zeitweise in den Keller.

Gerade als Sandra ins Wohnzimmer zurückkam, hörte sie durch die geöffneten Fenster ein gedämpftes Donnern. Es klang nicht wie ein Gewitter, eher wie schnell nacheinander abgefeuerte Schüsse. Sie sah auf die Armbanduhr. Es war kurz nach zweiundzwanzig Uhr. Wahrscheinlich das Klangfeuerwerk in Unterach, das über den See herüberschallte.

Es gehörte durchaus auch zur Gewohnheit der alten Söllnerin, am Abend vor dem Schlafengehen ein Stamperl Obstler zu trinken. Immer nur eines, niemals zwei oder drei, so wie ihr Mann, der um diese Zeit meistens schon vier oder fünf intus hatte. Heute nahm sie ausnahmsweise zwei zu sich. Sie hatte ihrer Familie den Grund für ihr Verhalten nicht erklärt, obwohl Roman mehrmals lautstark eine Erklärung gefordert hatte. Er hatte ihr schließlich Unvernunft und Starrsinn vorgeworfen.

»Ich bin sechsundachtzig Jahre alt. Ich darf unvernünftig und starrsinnig sein«, hatte sie geantwortet und danach kein Wort mehr darüber verloren. Es war ihre Entscheidung; und ihre Familie hatte diese zu akzeptieren. Außerdem hatte sie das Thema schnell auf die Gutsherrnalm gelenkt. Sie wollte das Haus so schnell wie möglich ihrer Enkelin überschreiben. Konrad schlug vor, den Notar, ein Freund von ihm, zu benachrichtigen, damit der alles vorbereiten könne.

Den restlichen Abend hatten sie über die weiteren Formalitäten gesprochen. »Ich bestehe allerdings auf einem Wohnrecht für mich bis an mein Lebensende«, hatte sie ein weiteres Mal betont. Nur um der Familie klarzumachen, dass sie auf gar keinen Fall bei Roman und Karin oder ihren Enkelkindern einziehen würde. Auch ein Altenheim kam für sie nicht in Frage. Einen alten Baum verpflanzt man nicht. Obendrein war sie nicht gern unter Leuten. Viel lieber streifte sie durch den Wald, um Wildkräuter zu suchen. Wiesenlabkraut, Schafgarbe, Spitzwegerich.

Die Familie war erst aufgebrochen, nachdem sie verkündet hatte, nun endlich ins Bett zu wollen. Noch im Rausgehen hatte Roman ihr versprochen, gleich am nächsten Morgen zum Pfarramt zu gehen, um ein Grab für seinen Vater zu bestellen. »Vielleicht ist es besser so«, hatte er resigniert.

Wenn der Zeitpunkt gekommen war, würde die Söllnerin ihm ihr Vorgehen vielleicht erklären, ihm von ihrem Leben vor seiner Geburt berichten, und das schreckliche Geheimnis verraten, von dem sie selbst erst vor wenigen Monaten erfahren hatte. Aber noch war es zu früh dafür.

Alles zu seiner Zeit.

Montag, 17. August

Der Montag zeigte sich bewölkt, und es hatte über Nacht ein wenig abgekühlt. Bernd war frühzeitig nach Vöcklabruck aufgebrochen. Er wollte noch in seine eigene Wohnung, sich umziehen, bevor er in die Redaktion fuhr, hatte etwas von Gummistiefeln gemurmelt, die er holen müsse, weil er diese für den heute anstehenden Besuch bei einem Schweinebauern brauche.

Sandra wollte den Montagmorgen ruhig angehen. Mit einer Tasse Kaffee in der Hand schaute sie durchs Fenster in den Hof. Die ersten Pensionsgäste ihrer Eltern machten sich auf den Weg zu einer Bergtour. Ihre Rucksäcke schienen prall gefüllt, um die Hüften hatten sie Regenjacken gebunden und auf den Köpfen bunte Kappen. Sandra sah auf die Uhr. Es war wenige Minuten nach sieben Uhr. Sie hatte noch Zeit und wahrscheinlich würde sie heute, nach dem Auffinden der Leiche am Vortag, eine wahre Flut an Bürokratismus erwarten. Dem sollte man auf gar keinen Fall mit leerem Magen entgegentreten. Sie wechselte, nachdem sie geduscht hatte, von ihrer Wohnung hinunter zu ihren Eltern, in den Frühstücksraum der Pension. Es war still im Zimmer. Zwei Tische, einer mit vier Gedecken und einer mit zwei Gedecken, waren noch unberührt. Sandra mutmaßte, dass sich das junge Paar, das vor zwei Tagen angekommen war, ausschlief. Wer sonst von den Gästen noch nicht gefrühstückt hatte, konnte Sandra nicht sagen. Sie registrierte nicht alle Ankommenden.

Sandra nahm sich vom Buffet einen Teller mit Eierspeis, dazu zwei Scheiben Toast und eine Tasse Schwarztee. Wenn Feriengäste im Haus waren, gab es neben dem Üblichen wie Semmeln, Marmelade und Honig auch Speck mit Ei, Eierspeis und auf Wunsch sogar Palatschinken zum Frühstück. Sandra schob sich ein Stück Rohschinken in den Mund und verzog sich mit ihrem Teller zu ihrer Mutter in die Küche.

»Wo ist Bernd?«, fragte die sogleich, kaum dass Sandra sich gesetzt hatte. Bernd war so etwas wie ihr Sohn geworden, den sie nie hatte. Früher hatte Michael, Sandras Ex, diese Position innegehabt. Auch noch Jahre nach der Trennung. Aber Bernd lief ihm allmählich den Rang ab, liebster Schwiegersohn zu sein. Und das, obwohl Bernd kein Bauer war. Das Unglaubliche war geschehen.

»Schon in die Redaktion gefahren«, antwortete Sandra kauend. Waren die Bewegungen ihrer Mutter schwerfälliger geworden? Sie hielt sich mit der rechten Hand an der Küchenablage fest, während sie mit der anderen den Spüler einräumte. War das das Alter? So alt war sie doch noch gar nicht, Anfang siebzig. Sandra trug ihr Geschirr zu ihr hin und räumte es zusammen mit den Tellern und Häferln der Gäste, die bereits gefrühstückt hatten, ein.

»Musst du ins Büro?«, fragte ihre Mutter, während sie sich auf die Eckbank fallen ließ. Sie atmete schwer. Die viele Arbeit in der Frühstückspension fiel ihr offenbar schwerer als noch vor einem Jahr. Ihr Übergewicht machte die Sache sicher nicht einfacher. Sandra nahm sich vor, sie zu überreden, leiser zu treten. Zumindest versuchen musste sie es.

»Ja. Wir haben da einen ziemlich komplizierten Fall. Söllner. Sagt dir der Name was?«

Sandras Mutter überlegte kurz. »Nein. Sollte er? Ist der aus Schörfling?«

»Nein. Unterach. Er war Bauer. Dreiundachtzig Jahre alt. Und nachdem sich die Bauern ja untereinander kennen … aber ist nicht wichtig. Gibt es im Frühstücksraum noch etwas zu erledigen, was ich dir abnehmen kann, Mama?«

Sie sah ihre Tochter verwundert an, das hatte Sandra noch nie angeboten, schüttelte aber verneinend den Kopf. »Nicht nötig, es gibt nichts. Aber danke, dass du gefragt hast.«

»Kennst du Lavendelwein, Mama?«

»Natürlich. Ist gut für die Leber. Brauchst einen?«

»Nein. Aber haben wir so was?«

»Im Moment nicht, wenn du willst, mach ich einen.«

»Nein, danke. Ist nicht für mich, ich will nur wissen, wann oder warum man den trinkt, hat mit meinem neuen Fall zu tun.«

»Im Wohnzimmer steht ein Buch über die Hildegard-Medizin. Darin müsstest du eigentlich alles über Lavendelwein finden.«

Kurz darauf stand Sandra mit dem Buch in der Hand vor dem Regal und las: Lavendelwein beseitigt nicht nur Leberschmerzen, sondern ganz besonders das Druckgefühl der Stauungsleber. Sie überlegte.

Vielleicht hatte Söllner doch über Schmerzen geklagt. Aber warum hatte die Familie das dann nicht erwähnt? Fühlten sie sich schuldig, machten sich Vorwürfe? Und wenn ja, warum? Hatten sie vielleicht gar etwas mit dem Tod des Alten zu tun und rückten deshalb nicht mit der Wahrheit heraus?

Gab es Leberschmerzen überhaupt? War dieses Organ nicht schmerzunempfindlich?

Sie blätterte weiter, fand einige Seiten über spezielle Krankheitsbilder wie Herz-Kreislauferkrankungen, Haut- oder Lungenleiden. Dann kehrte sie zu den Leberleiden zurück. Und schaute sich die Aufzählung jener Lebensmittel an, die man unbedingt meiden sollte, wie fettes Fleisch, Wurst, Speck, Schokolade, Alkohol, Kaffee und Mineralwasser, zu viele und scharfe Gewürze. Soweit die praktischen Hinweise für Leberkranke. Aber die Aufzählung hatte Sandras Neugier geweckt. Was war mit ihrem persönlichen Schwachpunkt, dem Magen? Wieder blätterte sie einige Seiten weiter, las, dass sie ebenso wie Leberleidende fettes Fleisch, Wurst und Speck von ihrem Speiseplan streichen sollte. Das leuchtete ihr ein, immerhin bekam sie zumeist Sodbrennen oder Magenschmerzen davon. Auch Alkohol, Kaffee und Nikotin sollte sie meiden. Na wenigstens, das letzte war nicht eines ihrer Laster. Am Kaffeekonsum arbeitete sie bereits, aber der Wein war nun mal für sie Lebenskultur, und darauf wollte sie nur ungern verzichten. Hildegard von Bingen empfahl bei Magenschmerzen Lorbeerwein. Sandra schlug das Buch zu, reihte es wieder ins Regal ein und machte sich auf den Weg nach Vöcklabruck.

Als sie kurz vor neun Uhr die Polizeiinspektion betrat, wäre sie fast mit Buchegger zusammengestoßen. »Verkehrsunfall auf der B145 Höhe Starmovie«, sagte der dicke Polizist entschuldigend und eilte, so schnell sein Übergewicht es ihm erlaubte, zu einem Polizeiauto, in dem ein Kollege bereits bei laufendem Motor wartete. Sandra kannte die Unfallstelle gut. Sie gehörte zum Ortsteil Regau. Dort war vor Jahren die Polizeidienststelle gestrichen worden. Aus Sparmaßnahmen.

Sandra hatte Rosas silbernen Renault bereits auf dem Parkplatz gesichtet. Schnell stieg sie die Stufen zu ihrem Büro hinauf, das sie sich mit ihrer Kollegin teilte.

Hinter Sandras Schreibtisch war eine gelbe Wäscheleine von der einen Seite zur andern gespannt. Die Inspektorin stand nach wie vor mit dem Computer auf Kriegsfuß, befestigte alle wichtigen Unterlagen an der Wäscheleine. Sandra behauptete, so einen besseren Überblick zu haben. Rosa machte sich regelmäßig daran, die Papiere zu ordnen. Im Moment war die Leine frei von Zetteln. Der letzte Fall fein säuberlich in Akten abgeheftet. Auch diese Arbeit hatte Rosa übernommen. Sie liebte es, Dinge zu sichten, zu sortieren und wegzuräumen. Putzen und Ordnung schaffen mache ihr den Kopf frei, behauptete Rosa immer wieder. Im Gegensatz zu Sandra. Sie brauchte das Chaos, um klare Gedanken fassen zu können. Darauf redete sie sich jedenfalls heraus, wenn es wieder mal allzu schlimm wurde. Die beiden Inspektorinnen ergänzten sich ganz einfach.

Rosa hämmerte auf ihre Computertastatur ein.

»Das Protokoll ist gleich fertig. Ich hab auch schon die notwendigen Daten zu Söllner angefordert, sie liegen in der Akte auf deinem Tisch.«

»Danke.« Über das Talent Rosas, innerhalb kürzester Zeit alle notwendigen Informationen geordnet zur Hand zu haben, konnte sich Sandra immer wieder wundern.

Bevor sie anfing, die Akte zu lesen, forschte sie nach, was im Internet über Erkrankungen der Leber zu finden war. Es war mehr, als sie vermutet hatte. Von Chats und Foren zu Beschwerden aber auch mit Tipps und Ratschlägen bis hin zu regelrechten Gesundheitsberatungen reichte das Angebot. Ein häufiges Symptom war die allgemeine Müdigkeit, Antriebsschwäche und Lustlosigkeit. Aber auch ein Blähbauch konnte Krankheitsanzeichen sein. Dann las sie noch über Druckempfindlichkeit im Oberbauchbereich, Wasseransammlungen im Bauch und den

Beinen, Appetitverlust und Gewichtsveränderung und schließlich noch über Bluterbrechen. All diese Symptome konnte man wohl kaum vor seinen Angehörigen geheim halten. Hatte Söllner eine Lebererkrankung? Und seine Angehörigen hatten ihm nicht geholfen, indem sie ihn zu einem Arzt brachten, und sich stattdessen damit abgefunden und versucht, mit Naturkräften den Folgen von Alkoholmissbrauch entgegenzuwirken? Sie würden dem nachgehen müssen.

Sie klickte die Seiten weg und widmete sich den Akten. Rosa hatte beste Arbeit geleistet. Die Berichte über den Verstorbenen waren sorgfältig recherchiert und ergaben ein beinahe lückenloses Bild über den Mann, dessen Leben, zugegeben, nicht sonderlich aufregend war.

Sandra fragte sich stumm, ob nüchterne Daten Aufschluss über einen Menschen geben konnten? Oder waren sie nur dazu da, sein Bild in einen Rahmen zu pressen? Würde sie etwas entdecken, was ihr diesen Menschen sympathisch oder unsympathisch erscheinen ließ? War man nach der Durchsicht von persönlichen Angaben noch objektiv? Sandra nahm sich vor, auf die Obduktionsergebnisse zu warten, bevor sie sich mit Söllners Lebenslauf befassen würde.

Kurz vor zwölf Uhr mittags war das fünf Seiten umfassende Protokoll bereits von Roman Söllner unterschrieben worden und lag auf der Polizeidienststelle in Unterach zur Abholung bereit. Ein Kollege hatte ihnen Bescheid gegeben. Während Sandra und Rosa noch diskutierten, ob sie gemeinsam nach Unterach fahren sollten, um es abzuholen und danach kurz in den See zu springen, oder ob sie doch Buchegger darum bitten müssten, läutete Sandras Telefon auf dem Schreibtisch.

»Anders.«

»Jürgen hier. Ich habe deine Leiche heute Morgen aufgemacht. Wie von dir gewünscht. Ich dachte mir, dass du wahrscheinlich sofort Bescheid wissen willst und nicht meinen schriftlichen Bericht abwarten kannst. Den bekommst du dann heute Nachmittag.« Er klang überaus freundlich und gut gelaunt. Aber dann wurde er ernst. »Söllners Leber ist ganz schön zirrhotisch. Der Mann muss täglich hohe Dosen an Alkohol getrunken haben, schon über einen längeren Zeitraum, jedenfalls dem Zustand des Organs nach zu schließen.«

Zirrhotische Leber und Lavendelwein, das ergab doch allmählich ein klares Bild.

»Der hatte wirklich einen immensen Alkoholkonsum. 7,5 Promille bei Exitus ist ganz beachtlich.«

»Also war's der Schnaps«, mutmaßte Sandra. »Vor dem Hintergrund einer ohnehin schon angegriffenen Leber und in Kombination mit der Hitze. Das verträgt sich einfach nicht.«

»Das kann ich noch nicht genau sagen.«

»Aber das bringt einen doch um, Jürgen.«

»Dich schon und jeden anderen auch, der nicht regelmäßig Alkohol konsumiert. Aber einen Alkoholiker … Wenn man Giftmittel und dazu zählt auch Alkohol, regelmäßig zu sich nimmt, erwirbt man eine gewisse Unempfindlichkeit durch Gewöhnung. Nach kürzerer oder längerer Frist bleibt die gewünschte Wirkung des Alkohols aus, und der Trinker steigert das Quantum. Ich hatte erst kürzlich eine Frau auf dem Tisch mit 8,4 Promille. Die hat jeden Tag Unmengen Rum getrunken. Das war letztlich auch ihr Todesurteil. Irgendwann machen die Organe einfach schlapp. Aber bis dahin hat es Jahre gedauert. Der menschliche Körper hält mehr aus, als du vermutest, sag ich dir. Aber wie auch immer. Ich hab mir jedenfalls den Mageninhalt deines Toten angesehen, ihn in Bechern angesetzt und durch die Filteranlage laufen lassen.«

»Mach's bitte kurz. Ich würde heute noch gern zu Mittag essen ohne detaillierte Bilder über Mageninhalte im Kopf.«

»Du solltest dich allmählich daran gewöhnt haben, Sandra. Das ist Teil deines Jobs. – Ich habe Pflanzenteile entdeckt, die ich im Moment noch nicht zuordnen kann.«

»Wann?«

»Wenn's gut läuft in zwei bis drei Wochen. Die toxikologische Auswertung wird um die zwei Monate dauern.«

»Geht das nicht schneller?«, fragte Sandra ungeduldig.

»Da müsste ich schon eine High-Tech-Anlage wie die in diesen amerikanischen Serien haben, und selbst dann würde es mindestens vier Wochen dauern, bis wir einen toxikologischen Befund haben. So was geht einfach nicht ruck, zuck. Sei froh, dass ich mir den Mageninhalt überhaupt angesehen habe. Bei der maroden Leber und dem Alter stellt sich, wenn wir Pech haben, vielleicht letztendlich heraus, dass die Pflanzenteile nicht von Bedeutung sind, der Mann halt einfach nur gerne Grünzeug zu sich genommen hat und es doch die Leber war, die schlapp gemacht hat. Frag mal die Familie, was er in letzter Zeit gegessen hat. Vielleicht können wir die Suche nach der Substanz dann schon im Vorfeld einengen. Dann geht's schneller.«

»Zwei Wochen?«

»Zwei Wochen«, versprach Jürgen Hofer. »Für dich.«

»Wird eine ziemlich harte Nuss werden«, sagte Sandra zu Rosa, nachdem sie aufgelegt hatte. Sie erzählte ihrer Assistentin, was Jürgen Hofer ihr soeben mitgeteilt hatte. Dann rief sie in Unterach an.

Die Altbäuerin war beim vierten Läuten am Apparat. Sie und ihr Mann hätten verschiedene Essenszeiten gehabt, erklärte sie ihr, was Sandra zwar verwundert, aber kommentarlos zur Kenntnis nahm. Alte Menschen hatten nun mal ihre Gewohnheiten. Aber wenn sie sich nicht täusche, habe er einen Auflauf gegessen.

»Was für einen Auflauf?«

»Mir scheint, es war ein Mangoldauflauf.«

»Sie glauben, dass es ein Mangoldauflauf war? Heißt das, Sie sind sich nicht sicher? Haben Sie denn etwas anderes gegessen?«

»Ja, ich hab mir ein Gulasch gewärmt, vom Vortag. Aber was hat das mit seinem Tod zu tun? Also das Essen war sicher in Ordnung, wenn Sie das meinen …«

»Natürlich war Ihr Essen in Ordnung, Frau Söllner«, beeilte sich Sandra zu sagen, verabschiedete sich rasch und schickte Jürgen Hofer eine Mail.

Damit waren sie vorerst zum Warten verdammt.

März 1943

Jakobs Krankheit hatte sich verschlimmert. Seine Anfälle kamen in immer kürzeren Abständen. Marias Mutter hatte endlich gelernt zu akzeptieren, dass ihr Sohn die Fallsucht hatte, aber Jakob zog sich zurück, sprach nicht viel und schon gar nicht über sein Leiden. Vielleicht begriff er auch gar nicht richtig, was da mit ihm passierte, denn Fritz kam es manchmal vor, als wäre Jakob noch ein Bub und kein neunzehnjähriger Kunt.

Marias Mutter war überzeugt, dass die Diagnose Epilepsie Jakob davor bewahrte, an die Front berufen zu werden. »Ich hab schon einen Mann verloren. Den zweiten nehmen s' mir nicht auch noch weg«, schimpfte sie hinter vorgehaltener Hand. Jakob selbst war nicht glücklich darüber, machte ihn diese Tatsache doch zu einem Außenseiter. Auch wenn niemand offen darüber sprach, so konnte man in einigen Gesichtern doch ablesen: Warum mein Sohn und du nicht?

Die meiste Arbeit am Hof blieb jetzt an Fritz hängen.

»Bist jetzt der Moar«, hatte Jakob gesagt und ihm auf die Schultern geklopft, genauso wie der Herbert, als er ihm erklärt hatte, dass er Bauer sein könnte, wenn der Jakob nicht mehr da wäre.

Fritz hatte sich bei Jakob bedankt und breit gegrinst, weil man das von ihm erwartete. Aber wer hätte sonst die rechte Hand des Bauern sein sollen, waren ja keine anderen Dienstboten mehr da.

In den frühen Morgen- und späten Abendstunden übernahm Maria das Melken. Dann raffte sie Rock und Unterrock hoch, sodass man ihre Waden sehen konnte, setzte sich mit gespreizten Beinen auf den Schemel und presste den Milchkübel zwischen die Knie. Fritz teilte sich die Arbeit immer so ein, dass er genau zur selben Zeit im Stall zu tun hatte.

»Der Arzt meint, dass die Fallsucht eine erbliche Geisteskrankheit ist, Fritz. Stell dir das vor. Der Jakob soll geisteskrank sein«, erklärte sie, während ihre Finger gleichmäßig die Milch aus dem Euter drückten. »Hoffentlich hab ich des ned.« Sie spritzte etwas Milch auf den Boden. Sofort kamen die Katzen, die das Geschehen seit Minuten geduldig beobachteten, um die Köstlichkeit aufzulecken. In diesen Minuten konnte man fast vergessen, dass Krieg war und niemand wusste, ob er mit heiler Haut davonkam.

»Früher war der Jakob Ministrant. Jeden Sonntag is er zeitig ganz allein durch den Wald in den Ort hinuntergelaufen. Die Eltern und ich sind später nach'kommen. Denn am Sonntag hat der Vater dem Jakob seine Morgenarbeit übernommen, so stolz waren meine Eltern, wenn er da vorn am Hochaltar neben dem Pfarrer stehen durfte, dort wo's sonst keinem erlaubt ist zu stehen. Damals hat der Herr Pfarrer noch gsagt, dass es eine Todsünde wär, hitlerisch zu wählen. Später hat er das ja nicht mehr sagen dürfen.« Sie wischte das Euter mit einem Tuch ab, stellte den Kübel beiseite, stand auf, strich dem Vieh über den hinteren Teil des Rückens. »Brav bist Resi, hast viel Milch hergeben.« Die Kuh gab einen Laut von sich, als hätte sie jedes Wort verstanden. Dann wechselte Maria zur nächsten. In einem Monat würden sie die Kühe gemeinsam zur Alm hinauftreiben.

»Der Jakob hat ghofft, dass der Herrgott ihm helfen würde, wenn er nur brav jeden Sonntag seinen Dienst in der Kirche versieht. Der Pfarrer hat ihm oft erklärt, dass Gott alles sehen kann und seinen Schäflein immer zur Seite steht. Und das hat er ja auch … vor dem Krieg, da hat der Jakob weit weniger Anfälle ghabt als jetzt.« Maria machte ein Gesicht, als würde sie darüber nachdenken, wo Gott jetzt war.

Das Papier vom Herbert fiel Fritz ein, das neben seiner Fahne unter dem Strohsack lag. Ein Geisteskranker kostet …

»Der Arzt meint, der Jakob soll in eines dieser neuen Erholungsheime. Ganz berühmte Ärzte sollen dort die Kranken behandeln.«

»Und?« Er strich einer Kuh über den Rücken. »Können die den Jakob dort heilen?«

Maria zuckte die Achseln. »Die Mama schickt ihn eh ned weg. Sie hat von den Ärzten noch nie was ghört. Außerdem erzählen sich die Leut ganz grausliche Gschichten.«

»Was für Gschichten?«

»Dass dort die Deppen hinkommen. Aber der Jakob ist doch kein Depp.«

»Nein, der Jakob is koa Depp.«

Fritz sagte, was sie hören wollte, denn er mochte Maria sehr gern. Sie war hübsch und mit ihren langen, geflochtenen Zöpfen, dem vollen Mund und ihren dunklen Augen verdrehte sie jedem Burschen im Ort den Kopf. Die Söhne von den umliegenden Bauernhöfen kamen manchmal vorbei, wenn sie Heimaturlaub hatten. Jeder wollte sich die hübsche Hofbauerin sichern, dachten sogar laut übers Heiraten nach. Aber Maria hatte kein Interesse.

Fritz wusste natürlich um den sozialen Unterschied zwischen ihm und ihr, aber gegen Gefühle konnte man nicht ankämpfen. Irgendwann nahm er sich vor, die Zeit für sich arbeiten zu lassen. Wenn Fritz etwas konnte als Knecht, dann war es abwarten und den Mund halten. Zusätzlich hatte er einen großen Vorteil. Er blieb. Während die anderen nach vierzehn Tagen wieder zu ihrem Regiment zurück mussten, und manche kamen nie mehr heim.

Nachdem es im ganzen Ort kaum mehr Knechte und junge Bauern gab, hatte sich Fritz nützlich gemacht, half wo Not am Mann war, und so hatte der Bürgermeister eine Verzögerung seines Einberufungsbefehls erwirkt.

Fritz war zwar erst siebzehn Jahre alt, aber doch schon eine stattliche Erscheinung mit Muskeln an den richtigen Stellen, und zupacken konnte er wie kein anderer, das war auch Maria aufgefallen. Und das sagte sie ihm auch immer mal wieder und in letzter Zeit immer öfter.

»Die Mutter will jetzt den Hof dem Jakob übergeben«, erzählte Maria weiter. »Ich glaub, sie mag beweisen, dass er ned krank is. Alt genug is er ja, der Jakob.« Wieder machte sie eine Pause. »Der Tod vom Vater hat sie arg mitgnommen. Manchmal glaub ich, sie mag einfach nimmer leben. Nur dem Jakob und mir zuliebe macht s' weiter.«

»Aber wenn der Jakob den Hof kriegt, was is dann mit dir?«

»Ich soll bleiben.«

»Als Magd?«

Maria zuckte mit den Achseln. »Mei, wenns der Mama ihr

Wunsch is. Und mir kann's gleich sein, für mich ändert sich nichts. Wir zwei machen eh schon fast die ganze Arbeit allein.« Sie nagelte Fritz fest mit ihren dunklen Augen. »Dann muss ich mir auch keinen Bräutigam suchen, der einen eigenen Hof hat.« Fritz verstand. Vorsichtig legte er seine Hand um ihre Hüften, sie wehrte sich nicht. Er spürte, wie es in seinen Lenden zu ziehen begann. »Ich bleib, versprochen.« Aber nicht als Knecht, fügte er in Gedanken hinzu.

Stieglitz, Stieglitz, \`s Zeiserl is krank
Gehn ma zum Bader, lass ma eahm Ader.
Stieglitz, Stieglitz, \`s Zeiserl is krank.

Freitag, 4. September

Jürgen Hofer hatte Wort gehalten. Zwei Wochen nach der Obduktion konnte er mit einem Ergebnis auffahren.

Der toxikologische Befund war noch nicht eingegangen, aber der Gerichtsmediziner hatte einen Biologen zu Rate gezogen. Dieser konnte ihm nach einigen chemischen Verfahren mit neunzigprozentiger Sicherheit sagen, dass die Pflanzenteile in Söllners Magen Blätterteile von Mangold und der hochgiftigen Herbstzeitlose waren.

Diese Pflanze, die im Frühjahr mit dem Bärlauch austrieb und im September wunderschön blühte. Eine Schlagzeile aus dem Frühjahr fiel Sandra ein. *Gift-Strudel: Ehepaar verwechselte Bärlauch mit der giftigen Herbstzeitlose*. Das Ammenmärchen, die beiden Pflanzen könne man durch den intensiven Knoblauchgeruch des Bärlauchs unterscheiden, ließ die Menschen in Scharen in den Wald pilgern und das Kraut sammeln. Spätestens nach dem zweiten Blatt stanken aber die Finger derart nach Knoblauch, dass einfach alles, was man anfasste, danach roch, also auch die giftige Herbstzeitlose. Jedes Jahr im Frühjahr wurden solche Vergiftungsopfer beklagt. Darunter auch immer wieder erfahrene Sammler.

»Colchizin heißt das Gift dieser Pflanze, wenn du's genau wissen willst«, ergänzte Hofer. »War wohl in seinem letzten Abendmahl.« Der Gerichtsmediziner lachte über die Doppeldeutigkeit seiner Worte. »Er kann das Gift aber auch schon früher zu sich genommen haben. Wann sagst du, wurde der Tote entdeckt?«

»Am 15. August um halb zwölf.«

»Wie lange war er allein?«

»Laut Familie etwa drei Stunden, zwischen halb neun Uhr morgens und halb zwölf Uhr mittags. Als seine Frau zur Kirche aufbrach, hat er, laut ihren Angaben, noch gelebt. Da war's Viertel über acht.«

»Colchizin wirkt kumulativ«, dozierte der Gerichtsmediziner. »Die Vergiftungserscheinungen treten meistens zwei bis sechs Stunden nach der Einnahme auf und im Gegensatz zu einer Maiglöckchenvergiftung ist hier selten noch was zu machen. Das spukt auch so in den Köpfen der Leute herum, dass Bärlauch zumeist mit Maiglöckchen verwechselt wird«, fuhr Hofer fort. Der erfahrene Gerichtsmediziner beließ es selten bei der Aufzählung seiner Ergebnisse. Das war ihm zu banal. Er hatte ein ungemeines Wissen und das teilte er gerne mit anderen. Sandra war dankbar für sein Talent, ihr seine Erfahrungen in verständlichen, nicht medizinischen Worten nahezubringen. »In Wahrheit wachsen Maiglöckchen auch später als Bärlauch, werden zumeist auch schneller erkannt als die Herbstzeitlose.«

Sandra rechnete laut: »Rein theoretisch könnte er also das Gift auch erst am Morgen zu sich genommen haben und nicht am Abend vorher. Angenommen der Söllner hat um sechs Uhr früh sein Frühstück eingenommen. Für einen ehemaligen Bauern eine ganz normale Zeit ...«, sinnierte Sandra vor sich hin. »Zwei Stunden, sagst du. Die ersten Vergiftungserscheinungen wären demnach so ab acht Uhr aufgetreten. Eine Viertelstunde später hat seine Frau das Haus verlassen. Um neun Uhr beginnt die

Messe, sie dauert bis zehn Uhr. Danach besuchte seine Frau das Grab ihrer Eltern und gegen halb zwölf war sie wieder zu Hause.«

»Na ja«, kam es gedehnt aus der Leitung. Hofer schien mit Sandras Schlussfolgerung nicht übereinzustimmen. »Da müsste es schon sehr schnell gegangen sein. Hast wieder nicht genau zugehört, Sandra. Ich habe gesagt, die ersten Vergiftungserscheinungen …«, betonte er das Wort »… treten zwei bis sechs Stunden nach Einnahme auf. Der Tod tritt etwa zwischen sieben Stunden und eineinhalb Tagen, sehr vereinzelt auch später auf. Letzteres kann ich mir aber bei der körperlichen Verfassung vom Söllner nicht vorstellen. Aber dass er das Gift mit dem Frühstück zu sich genommen hat und nur wenige Stunden später gestorben ist, halte ich für unwahrscheinlich.«

»Gut. Dann hat er das Gift aller Wahrscheinlichkeit nach am Vortag zu sich genommen. Ich kann den Zeitpunkt der Einnahme somit definitiv auf Freitag, den 14. August beschränken.«

»Kannst du«, bestätigte Hofer.

»Fragt sich nun also, wie die Herbstzeitlose in sein Essen kam. Eine Verwechslung mit Bärlauch können wir ausklammern, den gibt es jetzt nicht mehr.«

»Vielleicht hat der gute Mann das Zeug im Frühjahr eingefroren und mit ihm das giftige Gewächs«, riss Hofer sie aus ihren Gedanken.

»Ein Versehen? Wie wirkt eigentlich das Gift? Ich meine, wie stirbt man daran?«

»Atemlähmung. Du erstickst im Normalfall bei vollem Bewusstsein.«

»Und wie ist es, wenn du vorher genug säufst?«, fragte Sandra.

»Dann bist du mit etwas Glück im Delirium, bevor du stirbst. Aber Söllner hat garantiert eine ganze Menge vertragen. Es hätte einige Zeit gedauert, bis er sich in einen Zustand der Bewusstseinstrübung gesoffen hätte. Es kann durchaus sein, dass er seinen Tod mitbekommen hat. Schreckliche Sache.«

»Angenommen, ich vergifte jemanden mit Herbstzeitlose … könnte das auch so eine Art Bestrafung sein? Ich will nicht, dass mein Opfer schnell stirbt, er soll den Tod kommen sehen, wissen, dass es zu Ende geht.«

»Ich bin nur der Arzt, Sandra. Für krankhafte Fantasien bist du zuständig.«

»Welches Gift würdest du verwenden, wenn du willst, dass es schnell geht?«

»So sattelfest bin ich auch nicht, wenn es um Gifte geht, ich müsste nachsehen. Aber aus dem Bauch heraus würde ich jetzt mal sagen: Schnaps vermischt mit Nicotin. Die richtige Dosis kann schon mal innerhalb von fünf Minuten zum Tod führen. Kommt aber ganz selten vor. Und sonst fällt mir spontan nur noch die Paternostererbse ein. Ihre enorme Giftwirkung war schon im Mittelalter bekannt«, zählte Jürgen Hofer Möglichkeiten auf. »Die Pflanze ist aber in Europa kaum anzutreffen. Die Paternostererbse war in Ostindien ein beliebtes Mordmittel.«

»Ich will, dass mein Opfer seinen Tod bewusst miterlebt«, grübelte Sandra. Sie hörte Hofer nur mehr mit einem Ohr zu. »Die Herbstzeitlose ist doch in all ihren Teilen giftig?«

»Ja. Und die Giftigkeit des Krauts nimmt auch nicht ab, egal ob du es einfrierst, kochst oder trocknest. Früher hat man die Blüten in Milch gekocht und als Abführmittel verwendet. Kannst dir sicher vorstellen, wie oft das gut gegangen ist.«

»Stell ich mir schrecklich vor, so ein Herbstzeitlosen-Abführmittel.«

»Was glaubst du, was Menschen früher aufgeführt haben, um entweder Krankheiten zu heilen, abzutreiben oder unliebsame Mitmenschen loszuwerden. Denk an all die angeblichen Hexensalben im Mittelalter.«

»Also bleibt, wenn ich die Sache mit Söllner ganz genau betrachte, unterm Strich eigentlich nur Mord übrig«, unterbrach Sandra Hofers Vortrag. Sie konnte sich im Moment nicht darauf konzentrieren. »Wie viel brauch ich, um einen Erwachsenen mit Herbstzeitlose zu töten?«

»Im Durchschnitt genügen einige Gramm.«

»Wie viel genau?«, fragte Sandra ungeduldig.

»Da kann ich dir nur Richtwerte nennen. Etwa sechzig Gramm,

das sind gerade mal zehn Blätter, das ist ein definitives Todesurteil. Da kann niemand mehr etwas machen. Oder etwa ein Esslöffel von den Samen im Absud und daraus eine Tinktur gemacht. Davon reichen vierzehn Tropfen. Aber er hat pflanzliche Substanzen, also keine Tropfen zu sich genommen, sonst hätte ich sie nicht im Becher gesehen. Pflanzenteile schwimmen immer oben.«

»Danke Jürgen. Bitte keine Details über Mageninhalte.«

»Bei einem geplanten Mord wären Tropfen aber besser gewesen, die hätte ich nicht gefunden. Eigentlich war es Glück, dass ich überhaupt nachgesehen habe, denn aufgrund der Jahreszeit suche ich normalerweise nicht nach Spuren von Colchizin.«

»Und warum hast du es doch getan?«

Er antwortete nicht gleich. »Zufall, Glück, Fügung des Schicksals. Nenn es, wie du's willst. Außerdem lässt du mich eh erst in Ruhe, wenn ich dir ein hundertprozentiges Ergebnis geliefert habe, deshalb bin ich das volle Programm gefahren.«

»Und du bist dir sicher, dass das die Todesursache war?«

»Sicher ist in meinem Beruf nur, dass alle, die auf meinem Tisch liegen, tot sind. Sonst gibt es nichts, was es nicht gibt. Aber ja, der Söllner ist an dem Gift der Herbstzeitlose gestorben. Der toxikologische Befund lässt zwar sicher noch vier Wochen auf sich warten, aber leg mal in dieser Richtung los. Übrigens lass ich die Leiche von der Staatsanwaltschaft freigeben. Die Angehörigen wollen ihn sicher begraben. Mehr ist aus dem Körper nicht mehr rauszuholen.«

»Hab ich dir schon mal gesagt, dass du der Beste bist?«

»Viel zu selten.«

»Du bist der Beste. Ich danke dir vielmals, dass du den Fall so schnell bearbeitet hast. Hast was gut bei mir.«

Sandra informierte Martin Holzer, dass der Fall Söllner nun offiziell geworden war. Während sie ihn über die aktuellen Ergebnisse in Kenntnis setzte, kritzelte sie etwas auf einen Block und hielt ihn Rosa vor die Nase: Muss wissen, wie Herbstzeitlose schmeckt.

Rosa begann augenblicklich, auf die Tastatur ihres Computers einzuhämmern, und reichte Sandra, nachdem die das Telefonat beendet hatte, ein Blatt Papier über den Tisch. Auf einer Internetseite hatte Rosa ein Interview mit einem Arzt gefunden, der bereits einige Vergiftungsopfer behandelt hatte, leider nicht immer erfolgreich: Entweder ignorieren Menschen den bitteren Beigeschmack, weil sie sich der gesunden Wirkung des Bärlauchs sicher sind, oder aber ein anderer, zumeist schärferer Geschmack tut sich hervor, las Sandra. Sie ließ das Papier sinken. Hiermit hatte sie die Bestätigung dessen, was sie bereits vermutet hatte. Sie selbst mochte Mangold wegen seines intensiv-würzigen Aromas nicht. So gesehen aber ein ideales Gericht, um den Geschmack der Herbstzeitlose zu überdecken.

Sofort rief sie bei der Spurensicherung an. Das Team von Hannes Peter sollte die Schnapsflasche nach Spuren von Colchizin untersuchen. Vielleicht hatte jemand auf Nummer sicher gehen wollen und hatte zu den Blättern auch noch Tropfen in den Schnaps geträufelt. Der Verdauungsprozess des letzten Gerichts, das Söllner zu sich genommen hatte, war soweit vorangeschritten, dass man die Anzahl der Blätter unmöglich eruieren konnte. Hannes Peter murrte, weil die Untersuchung der Flasche bereits abgeschlossen war, aber er versprach, es dennoch zu tun. »Rosa und ich fahren noch mal zum Haus, schauen uns ihren Gefrierschrank an, obwohl das wahrscheinlich nach vierzehn Tagen eigentlich schon zu spät ist. Aber nicht, dass sich darin noch eingefrorener, vergifteter Mangoldauflauf befindet, den die Altbäuerin sich auftauen könnte«, sagte sie abschließend. Und wenn doch etwas daran gewesen wäre, was sie bereits gegessen hätte und daran verstorben wäre, hätte Doktor Hamberger sie längst zu diesem weiteren Todesfall gerufen. Dann fiel ihr ein, dass sie den Gemeindearzt über die Todesursache informieren wollte.

Dreißig Minuten später parkten Sandra und Rosa wieder auf dem Parkplatz in Kohlstatt und liefen über die Wiese zum Haus hinauf. Die letzten heftigen Gewitter hatten den Weg ausgewaschen, der Erdbuckel zwischen den Fahrrinnen war uneben, und in tiefen Räderfurchen standen Wasserlachen. Der Aufstieg zu dem Bauernsacherl war mühsam, wenn man vorhatte, oben mit sauberen Schuhen anzukommen. Klüger wäre es gewesen, über den befestigten Wanderweg und dann über die Brücke zu gehen, die über den Proigraben führte. Dazu hätte sie ihr Auto auf dem Parkplatz auf der Umfahrungsstraße abstellen müssen, doch dazu war es nun zu spät. Sandra hatte keine Lust umzukehren.

Die Altbäuerin saß auf der Bank vor dem Haus. Sie trug Trauerkleidung, einen wadenlangen schwarzen Rock und eine dunkelgraue Bluse. Vor ihren Füßen pickten Hühner Fressbares aus dem Boden. Sie nickte den beiden Polizistinnen zur Begrüßung zu. Die beiden Frauen nickten ebenfalls, sie schüttelten ihr nicht die Hand.

Sandra räusperte sich. »Frau Söllner. Wir müssen mit Ihnen reden.«

»Bitte.« Sie deutete auf den Platz neben sich. Sandra und Rosa blieben stehen. »Können wir denn meinen Mann jetzt bald begraben?«, fragte sie.

»Ja, bald, Frau Söllner. Sind Ihr Sohn oder Ihre Schwiegertochter hier?« Sandra wollte auf gar keinen Fall der alten Frau ohne Beisein der Familie das Ergebnis des Obduktionsbefundes erklären.

»Mein Sohn ist da. Hinterm Haus, hackt Holz.«

Rosa löste sich von Sandras Seite. Sandra nahm neben der alten Frau Platz. »Wie geht es Ihnen?«

Sie sah Sandra einige Sekunden an, als habe sie die Frage nicht verstanden. »Mir geht es gut. Wieso?«

»Ich dachte nur, weil Sie kürzlich Ihren Mann verloren haben, doch sehr lange verheiratet waren und man sich wahrscheinlich nur schwer daran gewöhnen kann, allein zu sein.«

Die Greisin zupfte an ihrem Rock. Sandra betrachtete ihre Hände. Sie waren rissig, die Finger derb, ihre Fingernägel kurz geschnitten. Bauernhände. Sandra mochte derartige Hände. Ihre Mutter hatte ähnliche. Sie erzählten vom Leben. Genauso wie das sonnengegerbte Gesicht. Ein Antlitz, in das harte Arbeit und Ereignisse Falten gezeichnet hatten, das jahrelange Mühsal widerspiegelte, der man sich irgendwann gefügt hatte.

»Jetzt sag ich Ihnen einmal etwas, junge Frau«, begann sie mit fester Stimme zu reden. »Mein Mann und ich waren über sechzig Jahre verheiratet. Haben Höhen und Tiefen erlebt, wie in jeder Ehe. Und wenn einen der Himmelvater ruft, muss man gehen. Da gibt es kein Jammern.« So ähnlich hatte sie es auch am Sterbetag ihres Mannes ausgedrückt. Sandra nickte, verzichtete auf eine Antwort.

Rosa kam mit Roman Söllner zurück. Er schüttelte Sandra die Hand. »Ihre Kollegin hat mir gesagt, dass heute Mittag der Obduktionsbericht meines Vaters gekommen ist und Sie mich deshalb sprechen wollen.«

Die Alte schüttelte missbilligend den Kopf.

»Gewissermaßen«, bestätigte Sandra.

»Hat aber lange gedauert.«

»Manche Untersuchungen dauern leider so lange, Herr Söllner. Unser Gerichtsmediziner hat sich eh beeilt.«

»Was haben Sie denn alles untersucht, um Gottes willen?« Er schnaubte belustigt. »Wann können wir meinen Vater denn endlich beerdigen?«

»Bald. Der Gerichtsmediziner gibt ihn heute frei.«

»Nehmen S' doch Platz! Ich hol mir nur schnell einen Stuhl aus der Küche.« Roman Söllner verschwand im Haus und kam kurz darauf mit zwei Stühlen in der Hand zurück. Einen reichte er Rosa.

»Und?«, fragte er. »Wie sieht's aus? Woran ist mein Vater gestorben?«

»Frau Söllner, Herr Söllner«, begann Sandra, »kann sich meine Kollegin, während wir hier miteinander sprechen, den Inhalt des Kühlschranks und der Tiefkühltruhe mal ansehen und eventuell mitnehmen?«

Die beiden sahen sie erstaunt an. »Wozu?«, fragte die Söllnerin. »Da werden Sie nicht viel finden.«

»Ihr Mann ist an einem Gift gestorben, Frau Söllner. Und es könnte gut sein, dass sich noch Reste der Lebensmittel im Haus befinden. Wir wollen nur verhindern, dass auch Sie davon essen.«

»Gift?« wiederholte Roman Söllner, warf seiner Mutter einen

kurzen Blick zu. »Wie? Gift? Eine Lebensmittelvergiftung? Das kann nicht sein. Meine Frau kocht nur mit frischen Lebensmitteln und friert alles ein. Da kann absolut nichts sein.«

Rosa erhob sich, Roman Söllner nickte unmerklich, und sie verschwand im Haus.

»Nein, keine Lebensmittelvergiftung. Es sind in seinem Körper Spuren vom Gift der Herbstzeitlose gefunden worden«, erörterte Sandra. »Möglicherweise hat es eine Verwechslung mit Bärlauch gegeben.«

»Aber den gibt es doch jetzt gar nicht. Im Frühjahr, da sprießt er in den Wäldern Unterachs«, erklärte Roman Söllner.

»Vielleicht hat Ihr Vater im Frühjahr Bärlauch gepflückt und dann eingefroren. Und dabei sind ihm ein paar giftige Blätter drunter'kommen«, schlug Sandra vor.

»Was glauben S', was hier los wäre, wenn wir Einheimische die Herbstzeitlose nicht vom Bärlauch unterscheiden könnten?«, mischte sich die Altbäuerin ein. »Im Gegensatz zur heutigen Jugend, haben wir uns noch mit der Natur auseinandergesetzt. Wir haben jede Blume, jeden Baum und jeden Vogel benennen können. Fragen S' heute die Jungen nach den Namen der Berge!« Sie deutete in Richtung des Sees. »Wenn S' Glück haben, kennen s' den Hochlecken und den Schoberstoa noch. Aber den Rest, sag ich Ihnen, den kennen s' nicht mehr, außer die Bergsteiger«, schränkte sie den Kreis der Unwissenden ein. »Und auch Heilkräuter und Giftpflanzen gehören seit Kindesbeinen zu meinem Alltag. Ich kenne alle, die in unserer Region vorkommen. Das Wissen haben wir sozusagen mit der Muttermilch eingeflößt bekommen. Es war wichtig für uns Kinder, dass wir die Pflanzen auseinanderhalten können. Und meine Mutter, die hat ja noch viele Arzneien selbst hergestellt, müssen S' wissen. Aus der Herbstzeitlose hat sie, glaube ich, mal ein Gichtmittel angefertigt für eine Nachbarin. Aber heute weiß natürlich niemand mehr Bescheid, wie man alte Hausmittel herstellt. Heute laufen die Leute zuhauf in die Apotheke und kaufen Pillen gegen Krankheiten, die sie gar nicht haben. Nur weil ihnen die Ärzte einreden, dass sie sie nehmen müssen. Tabletten mit wichtigen lateinischen Namen, und keiner weiß genau, was wirklich drin ist.«

»Haben Sie schon einmal Herbstzeitlose bei Gicht eingesetzt?«

»Ich habe keine Gicht. Und wenn es so wäre, hätte ich andere Heilkräuter verwendet. Brennnessel oder die Goldrute.«

»Sie haben also niemals Herbstzeitlose verwendet?«

»Was wollen Sie mit der Frage andeuten?«, unterbrach Roman Söllner misstrauisch.

»Wahrscheinlich glauben die Damen von der Polizei am Ende noch, dass es wer von uns gewesen ist«, antwortete seine Mutter.

»Wir vermuten, dass Teile der Herbstzeitlose im Mangoldauflauf waren oder in sonst einer Speise, die Ihr Mann zu sich genommen hat, die vielleicht schon vor längerer Zeit zubereitet, aber erst jetzt gegessen wurde«, erklärte Sandra, ohne weiter auf die Anschuldigung einzugehen.

»Meine Frau verwendet Gemüse immer frisch. Nur für den Winter friert sie manchmal was ein. Aber keinen Bärlauch, sondern Karotten oder Suppengemüse oder so was halt«, mischte sich Roman Söllner ein. »Und eines können S' mir glauben, der Mangoldauflauf war ganz frisch. Meine Frau und ich haben ihn zu Mittag gegessen, und später hat s' dem Papa dann ein Stück auffi bracht.«

Die Altbäuerin griff nach ihrem Stock und erhob sich. »Des is alles ein Blödsinn, was Sie sich da zusammenspinnen. Herbstzeitlose im Mangoldauflauf. Ts ...« Sie schüttelte den Kopf. »Was glauben S', wo Sie da sind? Da arbeitest dein Leben lang, schaust, dass deine fünf Zwetschgen immer beinand hast ... nichts hab ich mir zuschulden kommen lassen, absolut nichts ... und dann kommen Sie daher und auf ja und na wirst beschuldigt, wen umbracht zu haben.« Sie klopfte wütend mit dem Stock auf den Boden. »Ich geh' jetzt in mei' Kammer und ruh' mich aus.«

»Niemand beschuldigt ...«, wollte Sandra erklären, wurde aber jäh von einer ungeduldigen Geste der Altbäuerin unterbrochen.

Roman Söllner sprang von seinem Stuhl, half seiner Mutter und war wenige Augenblicke später wieder bei Sandra vor dem Haus.

»Meine Mutter leidet an Osteoporose«, erklärte Roman Söllner ungefragt, als er zurückkam, als erkläre dies ihr ruppiges Verhalten. »Sie lässt sich von keinem Arzt behandeln, obwohl sie Schmerzen hat.« Er verdrehte die Augen nach oben. Eine Geste des Unverständnisses. »Knoblauch, Rotkraut, Gurken, Petersilie, Schnittlauch, das sind ihre Heilmittel. Ihre Aversion gegen Ärzte ist schon krankhaft.«

»Das haben Sie schon erwähnt. Und? Helfen die Heilkräuter?«

Wieder war ein Achselzucken die Antwort. »Meine Mutter und meine Frau schwören darauf. Unseren Garten müssten Sie sehen. Eine reine Apotheke.«

Rosa kam aus dem Haus. Sie hielt einige Plastikbehälter in ihren Händen. »Ich hab die gesamte Gefriertruhe und den halben Kühlschrank ausgeräumt. Nur den verpackten Käse, das Brot und die geschlossene Butter habe ich stehen lassen. Sie werden dann jetzt gleich mit Ihrer Mutter einkaufen gehen müssen. Könnten wir ein Plastiksackerl haben, Herr Söllner? Die hab ich jetzt in der Eile im Büro vergessen.«

Er erhob sich, verschwand wieder im Haus und kam kurz darauf mit einer Tragetasche aus Stoff zurück. »Geht das auch?«

Rosa nickte und schichtete die Plastikbehälter in den Beutel.

»Hat Ihre Mutter denn nichts bemerkt an Ihrem Vater? Hat sie Ihnen gegenüber keine Bemerkung gemacht? Ich meine, eine Herbstzeitlosenvergiftung ... das geht nicht spurlos an jemandem vorüber. Da gibt es gewisse Symptome.« Sie holte ihren Notizblock hervor und zählte alle auf, die Hofer ihr am Telefon genannt hatte.

»Nein. Meine Mutter hat nichts dergleichen erwähnt. Sonst würde ich es Ihnen doch sagen. Möchten Sie etwas zu trinken? Wie unhöflich von mir. Ich bin noch ganz durcheinander. Auch wenn man ab einem gewissen Alter damit rechnet, dass ein Elternteil stirbt, ist es trotzdem ein Schock.« Er schüttelte den Kopf. »Und jetzt soll er auch noch vergiftet worden sein. Das ist alles ein bisserl viel, auch für mich.« Er seufzte. »Ich hol uns schnell ein Wasser.«

»Wie viel Packerl haben wir?«, fragte Sandra, als Söllner erneut im Haus verschwunden war.

»Nicht viel. Der Kühlschrank war nahezu leer, und in der Gefriertruhe habe ich sieben verschieden große Plastikbehälter gefunden. Das können wir locker zum Auto tragen. In seiner Schlafkammer war auch nichts, was mich aber nicht weiter wundert. Immerhin ist der Mann bereits vor zwei Wochen gestorben. Seine Sachen sind bereits in zwei schwarze Müllsäcke verpackt worden. Entweder landet das alles am Mistplatz oder bei der Volkshilfe. Hm, ist schon traurig, wenn von deinem Leben nichts mehr bleibt als zwei schwarze Müllsäcke.«

»Wird uns nicht unbedingt besser ergehen«, erwiderte Sandra.

Roman Söllner kam mit einer Flasche und drei Gläsern zurück, stellte alles auf dem Tisch ab und schenkte ihnen von dem Mineralwasser ein.

»Hatte Ihr Vater Streit mit jemandem oder war er mit jemandem spinnefeind?«, fragte Sandra, nachdem sie einen Schluck getrunken hatte. »Hat vielleicht jemand eine Drohung gegen Ihren Vater ausgesprochen?«

Roman Söllner schaute die beiden Kriminalistinnen abwechselnd an und schüttelte den Kopf.

»Herr Söllner, irgendetwas muss passiert sein. Ihr Vater wird sich wohl kaum die Giftpflanze selbst unter das Essen gemischt haben«, sagte Sandra ärgerlich. »Und eine Vergiftung passt einfach nicht in das Heile-Welt-Bild, das Sie uns hier ständig vermitteln wollen. Am besten, Sie erzählen etwas, oder wir hören uns im Ort und bei den Nachbarn um.«

Die Höchststrafe, wenn man in einer kleinen Gemeinde wohnte.

Roman Söllner seufzte tief. »Ich weiß aber weder etwas von einem Streit noch von jemandem, der meinem Vater den Tod an den Hals gewünscht hätte. Und wenn meine Mutter etwas Ungewöhnliches bemerkt hätt', dann wäre sie nicht in die Kirche gegangen, sondern hätt' mich sofort angerufen, und ich wäre gekommen.«

»Lassen Sie uns doch mal zusammenfassen, Herr Söllner. Sie haben Ihren Vater zuletzt wann genau gesehen?«

»Warten Sie! ... Er ist am Samstag gestorben ... am Mittwoch, ja am Mittwoch. Ich hab eingekauft und die Sachen hochgebracht.«

»Ihre Frau war gemeinsam mit Ihrer Tochter am Freitagabend

hier, um den Mangoldauflauf zu bringen. Richtig?«

Roman Söllner nickte vorsichtig.

»Und Sie selbst haben auch nichts bemerkt, oder Ihre Frau? Ich gehe jetzt einmal davon aus, dass Ihnen beiden sofort aufgefallen wäre, wenn mit Ihrem Vater etwas nicht gestimmt hätte.«

»Vermutlich.«

»Wenn die Herbstzeitlose tatsächlich unter den Mangoldauflauf gemischt worden war, dann hätten die Symptome schon in der Nacht beginnen können, das hätte Ihre Mutter mitbekommen müssen.«

»Die beiden haben getrennte Schlafzimmer.«

»Trotzdem. Spätestens am nächsten Morgen hätte sie etwas bemerken müssen.«

Roman Söllner strich sich mit seiner Hand übers Gesicht. »Na gut. Jetzt verrate ich Ihnen ein offenes Geheimnis, weil Sie es wahrscheinlich so und so gleich erfahren, wenn Sie die Leute im Ort befragen. Dorftratsch. Sie verstehen? Meine Eltern haben seit dreißig Jahren kein Wort mehr miteinander geredet, geschweige denn übereinander. Sie haben sich … wie drück ich's am besten aus … ignoriert.«

Sandra runzelte die Stirn. »So was gibt's?«

»Ja, so was gibt's.«

Sandra war äußerst verblüfft. Sie hatte mit vielem gerechnet, mit Streit, mit Konflikten, die irgendwann einmal eskalierten. Aber damit, dass Menschen, die unter einem Dach lebten, sich dreißig Jahre lang ignorierten, das hätte sie sich nicht vorstellen können. Jetzt verstand sie auch die Reaktion der alten Söllnerin auf den Tod ihres Mannes. Das war tatsächlich pure Gleichgültigkeit. Sie warf Rosa einen raschen Blick zu.

»Schon gut, ich schreibe«, sagte ihre Assistentin und fingerte aus ihrer Umhängetasche einen Block und Kugelschreiber hervor. Rosa hatte in der Handelsakademie Stenographie gelernt und beherrschte die Kurzschrift nach wie vor. Sie war schnell und die Einzige im Büro, die diese Hieroglyphen dann wieder entziffern konnte. Sandra war jedes Mal froh über Rosas Angebot, Protokoll zu führen, denn sie hatte die Angewohnheit, ihre Notizen auf irgendwelche Zettel zu kritzeln, die dann zumeist in den Tiefen ihrer Tasche verschwanden.

»Meine Mutter durfte nicht in die Nähe seiner Mahlzeiten kommen. Fragen S' mich nicht, woher diese Paranoia gekommen ist, ich weiß es nämlich nicht.«

»Was für eine Paranoia, Herr Söllner?«

»Jeder hat glaubt, der andere will ihm was Böses.« Er lächelte verlegen. »Da haben sich zwei Sturschädel gefunden, Frau Inspektor.«

»Na ja, wenn ich da an die Vergiftung denke ...«

»Geh, Blödsinn«, unterbrach Roman Söllner. »Das werfen die beiden einander doch schon seit einer halben Ewigkeit vor. Der Papa hat sich früher schon seine Mahlzeiten, die ihm wir gebracht haben, selber auf dem Herd gewärmt. Der Dickschädel ist halt im Alter schlimmer geworden. Meine Mutter durfte ja nicht einmal in die Nähe der Küche kommen, wenn er drin war.«

»Und die Tiefkühltruhe?«

Wieder lächelte Roman Söllner, als würde er gerade von einem Lausbubenstreich erzählen und nicht über die Eigenheiten seiner Eltern. »Die war mit einer Kette mit Vorhängeschloss gesichert. Meine Mutter hat sie nie gebraucht.«

»Sie haben sich nicht gewundert und einmal nachgefragt?«

»Mein Gott, wir haben die beiden halt tun lassen, was s' wollten und uns nicht eingemischt. Versuchen Sie mal, Ihren Eltern was dreinzureden.«

Sandra wusste, wovon er sprach. »Und Ihre Mutter?«

»Die hat für sich selbst gekocht. Immer frisch. Jeder hatte eine bestimmte Zeit, zu der er oder sie den Herd benutzen durfte.« Er lachte bitter. »Feste Zeiten, wann er oder sie vor dem Haus auf der Bank sitzen durfte. Feste Zeiten beim Fernsehen. Feste Zeiten beim Baden.«

»Und wieso haben die beiden trotzdem miteinander in einem Haus gelebt, wenn sie sich offensichtlich nichts mehr zu sagen hatten?«, fragte Sandra kopfschüttelnd.

»Bis dass der Tod euch scheidet, Frau Anders. Oder, wie in guten so in schlechten Zeiten? Sagt Ihnen das etwas? Wir haben ihnen, was weiß ich, wie oft angeboten, dass einer von ihnen zu meiner Frau und mir ziehen soll, aber meine Eltern sind tiefgläubige Menschen. Eine Scheidung oder Trennung wäre für sie nie in Frage gekommen. So was kann man sich heute natürlich nicht mehr vorstellen.«

»Aber warum? Ich meine, wie hält man das aus?« Sandra hoffte, dass die Frage nicht zu aufdringlich wirkte.

»Fragen Sie mich etwas Leichteres, Frau Anders. Sie haben sich halt irgendwie arrangiert. Heute dagegen laufen die Jungen doch viel zu schnell auseinander, finden Sie nicht auch?«

»Ich weiß nicht. Ich bin nicht verheiratet.«

»Wie auch immer. Meine Eltern hatten ihre Prinzipien, auch wenn sie Ihnen noch so komisch vorkommen. Jeder lebte sein Leben, wie er es für richtig hielt.« Roman Söllner beugte sich nach vorn, stützte seine Ellbogen auf den Knien ab. »Und dann kommst von der Kirche nach Hause, und der Vater liegt tot im Bett. Schon ein eigenartiges Gefühl, auch wenn du weißt, dass er über achtzig ist und der Tag irgendwann kommen wird.« Er starrte auf den Boden, drehte das leere Glas in seinen Händen. »Trotzdem fragst du dich, warum er sterben musste. Augerechnet, als keiner daheim war.«

»Um die Lösung auf solche Fragen zu finden, Herr Söllner, gibt es uns.«

»Glaubst du an Statistiken?«, fragte Sandra Rosa, als sie die Gutsherrnalm verlassen hatten.

»Kommt auf den Zusammenhang an.«

»Das wundert mich. Ich dachte gerade du, die gern Ordnung in ihrer Welt schafft ... Und irgendwie bringen Statistiken doch Ordnung in unser System ...«

»Ich hab schon verstanden«, sagte Rosa. »Worauf willst du eigentlich hinaus?«

»Laut Statistik sind Giftmorde weiblich«, erläuterte Sandra.

»Glaubst du an Statistiken?«, gab Rosa die Frage zurück.

»Nicht immer, dennoch bin ich der Meinung, dass wir beide gleich einmal mit der Schwiegertochter reden sollten.«

Juli 1943

Inzwischen war ein Jahr vergangen, seit Marias Vater gefallen war. Ihrem Bruder ging es seit einiger Zeit wieder besser, und man hoffte, dass sich die Anfälle eines Tages ganz legen würden.

Hoffen.

Anders überlebte man im Moment nicht. Hoffen, dass der Vater, Bruder oder Sohn wieder mit heiler Haut zurückkehrte. Hoffen, dass man genug zu essen abbekam. Hoffen, dass der Winter nicht zu hart werden und man womöglich erfrieren würde. Hoffen, dass einen die Nachbarn und Freunde nicht anzeigten, wenn man einmal das sagte, was einem auf der Zunge lag.

Fritz und Jakob waren beim Morgengrauen gemeinsam hinauf zur Alm gegangen, um das Gras zu mähen, das man für das verbliebene Vieh im Winter brauchte. Eine Arbeit, die früher mehrere Männer gemacht hatten. Zusätzlich hatte jeder Mäher eine Magd, die hinter ihm herarbeitete. Diese Arbeiten mussten nun die beiden bewältigen, die Mutter weigerte sich nach wie vor, Kriegsgefangene für die Arbeit aufzunehmen.

»Des is ned recht«, war alles, was sie zu diesem Thema zu sagen hatte.

Kurz vor zwölf wollte der Fritz hinunter zum Hof, Mittagessen holen. Sie hatten den Korb vergessen, den ihnen Maria hergerichtet hatte. Jakob blieb auf der Alm und ruhte sich aus. Fritz lief nicht den Weg hinunter zum Hof, sondern nahm eine Abkürzung durch den Wald, hoffte, dass Maria nicht zur gleichen Zeit den Weg hinauf zur Alm nehmen würde, um ihnen das Essen nachzutragen.

Bevor er in die Lichtung trat, die zwischen ihm und dem Hof lag, sah er das Auto. Es stand mitten im Hof, war schwarz.

Neben dem Wagen standen zwei junge Soldaten in braunen Uniformen und schwarzen Lederstiefeln. Die beiden schauten ernst, starrten stoisch Richtung Haus. Sofort kroch ihm die Angst den Rücken hoch. Irgendwann werden s' dich einziehen, kamen ihm Herberts Worte in den Sinn.

Der Trupp musste eben erst angekommen sein, denn er konnte weder Maria noch ihre Mutter irgendwo sehen. Sollte er einfach weitergehen oder sich verstecken? Noch hatten sie ihn nicht entdeckt. Er sah sich um. Sein Instinkt riet ihm: Verstecken! Augenblicklich ging er in die Knie, nutzte das Unterholz zur Tarnung, beobachtete. Er konnte zwar von hier aus kein Wort verstehen, hoffte aber, an den Gestiken und Minen der Gesichter erkennen zu können, worum es ging.

Der Soldat klopfte an die Tür und kurz darauf erschien Maria. Er musste nach ihrer Mutter gefragt haben, denn Maria rief etwas über ihre Schulter hinweg. Die Bäuerin trat vors Haus, der Soldat sagte etwas und dann übergab er ihr ein Kuvert. Marias Mutter nahm es zur Hand, öffnete es, blickte auf das Blatt in ihrer Hand, dann auf den Soldaten, wieder auf das Blatt und dann kippte sie nach vorn, direkt in die Arme des Soldaten, und da begriff Fritz. Sie wollten nicht ihn abholen, sondern Jakob. Blitzschnell wandte er sich um und rannte, so schnell er konnte, zurück zur Alm.

»Ich versteck mich nicht«, sagte Jakob und rannte los. Fritz hatte Mühe, ihn einzuholen. »Bleib stehen, Jakob«, rief er ihm nach. »Bleib stehen!«

Aber der Jungbauer blieb nicht stehen. »Wenn ich gehen muss, dann muss es eben sein. Aber Feigling bin ich keiner, Fritz. Ich nicht«, schrie er in vollem Lauf. Auf der Hälfte des Weges kam ihnen Maria entgegen. Keuchend und nach Luft ringend blieb sie stehen. »Du musst dich sofort verstecken, Jakob. Sagt die Mutter.«

Endlich hielt auch Jakob an, und Fritz konnte ihn einholen.

»Aber die Soldaten ...«

»Die wollen dich nicht für den Krieg holen, sondern in diese neue Heilanstalt bringen. Die haben einen Beschluss mit Stempel. Könnt s' euch des vorstellen? Die wollen den Jakob zwingen, dorthin zu gehen.«

Fritz schüttelte den Kopf, verstand aber genau. Der Herbert hatte es ihm ja erklärt: »Die Geisteskranken kosten das Dritte Reich zu viel Geld. Geld, das du erarbeiten musst, während sie auf der faulen Haut liegen.«

»Aber der Jakob liegt doch nicht auf der faulen Haut«, hatte Fritz geantwortet.

»Und wer macht hier am Hof die meiste Arbeit? Du, Fritz!«

»Du musst dich schnell verstecken, Jakob«, riss Maria Fritz aus seinen Gedanken. Er war froh, dass Maria und ihre Mutter seiner Meinung waren. Verstecken. »Die Soldaten beobachten vielleicht unsern Hof. Komm erst zurück, wenn's dunkel ist. Geh mit ihm, Fritz. Nicht, dass er noch einen Anfall kriegt und erstickt. Ich lauf zurück zur Mutter. Die kann ich jetzt ned allein lassen, die dreht mir bald durch vor lauter Angst.«

Den ganzen Tag hatten sie sich im Wald versteckt gehalten. Erst als es schon dunkel war, waren sie heimgekehrt. Und weil Fritz und Jakob Angst hatten, dass die Soldaten noch irgendwo verborgen warteten, war Fritz vorausgegangen, hatte angeklopft. Maria hatte sofort geöffnet, als hätte sie bereits hinter der Tür gewartet, und ihn ins Haus gezogen.

»Wo ist der Jakob?«

»Draußen. Er wartet ab, weil vielleicht die Soldaten zurückkommen, wenn's wen ins Haus gehen sehen.«

»Ist der Jakob bei dir?« Marias Mutter war aus der Stube in den Flur getreten.

»Noch draußen, Mama. Aber er kommt gleich, is nur vorsichtig wegen der Soldaten.«

Es klopfte. Sie zuckten zusammen. Maria scheuchte Fritz mit einer Handbewegung in die Stube und öffnete. Es war Jakob. Man musste kein Arzt sein um zu sehen, dass es ihm schlecht ging. Die Anspannung setzte ihm zu.

Der nächste Anfall würde nicht lange auf sich warten lassen.

Sie setzten sich um den Tisch. Marias Mutter legte das Blatt Papier auf den Tisch. Es war der Befehl, den Bauernsohn Jakob Hofbauer in die Landesirrenanstalt Niedernhart zu überführen, zwecks Behandlung der Epilepsie. »Die kommen alle nicht mehr zurück«, sagte Marias Mutter leise, dann stand sie auf, packte mehrere Decken zusammen. In dieser Nacht führte Fritz den Jakob an einen Ort, wo ihn nie jemand finden würde.

Freitag, 4. September

Sandra und Rosa machten sich nach dem Gespräch gleich auf den Weg zum Haus von Karin und Roman Söllner in Au am See, jenem Ortsteil Unterachs, der am benachbarten Mondsee lag. Sandra steuerte den Wagen am Schweizerhof vorbei, das zum Anwesen Viktor Kaplans gehörte hatte und nun von seiner Enkelin vollständig renoviert und zeitweise bewohnt wurde. Gleich danach bog sie in eine steil ansteigende Straße ab. Sie hofften, dass Roman Söllner seine Frau nicht unmittelbar nach ihrem Gespräch angerufen hatte, um mit ihr darüber zu reden. Damit hätte sie einen Informationsvorsprung und würde auf manche Fragen anders reagieren.

Eine hohe Buchenhecke versperrte größtenteils den Blick auf das Erdgeschoss des zweistöckigen Hauses. Über der Balustrade eines ausladenden Balkons hing Bettwäsche zum Lüften. Die Fassade war mit wildem Wein bewachsen. Sandra drückte den Klingelknopf neben dem Gartentor. Dann warteten sie einige Minuten schweigend. Nichts geschah. Rosa versuchte, zwischen den Blättern der Hecke hindurch in den Garten zu spähen.

»Siehst du was?«, fragte Sandra.

»Einen Schatten.« Sie kniff die Augen zusammen. »Mir scheint, da arbeitet jemand im Garten.«

»Ist es Frau Söllner?«

Rosa zuckte mit den Achseln. »Kann ich nicht sagen. Ich sehe nur eine Silhouette, die sich bewegt.«

Sandra drückte die Klinke nach unten, und das Gartentor öffnete sich geräuschlos. Ein Steinweg führte zur offen stehenden Eingangstür, auf die sie nur einen kurzen Blick warfen. Sie gingen einige Schritte auf dem Weg und dann über den gepflegten Rasen zu den Beeten, vor denen Karin Söllner kniete und mithilfe einer kleinen Harke Dinge aus dem Boden entfernte und in einen bereitgestellten Kübel warf. Sandra und Rosa waren beeindruckt. Sie hatten noch nie einen derart großen und gepflegten Kräutergarten gesehen. Überall wucherten in symmetrisch angelegten Beeten,

Töpfen und Rabatten Salbei, Rosmarin, Baldrian, Thymian, Frauenmantel, Kamille und vieles mehr. Einiges kannte Sandra, anderes nicht. Der Garten war eine wahre Augenweide und vermutlich Karin Söllners ganzer Stolz. Karin Söllner trug eine beigefarbene Freizeithose, ein gelbes T-Shirt und einen großen Strohhut, der sie vor der Sonne schützte. Sie hatte die beiden Polizistinnen noch nicht bemerkt, arbeitete ohne Hast.

»Frau Söllner.«

Karin Söllner fuhr herum, griff sich ans Herz. »Mein Gott, haben Sie mich jetzt erschreckt.«

»Tut mir leid. Aber meine Kollegin und ich haben geläutet und Sie dann im Garten arbeiten gesehen«, sagte Sandra.

»Ich wollte nur schnell das Beikraut rausreißen. Oder sagen Sie noch Unkraut? Egal. Morgen soll's ja regnen ... das Zeug wächst dann wie blöd und verdeckt mir die Kräuter.« Sie legte die Harke beiseite, zog die Handschuhe von den Fingern und kam aus der Hocke hoch.

Sandra warf einen Blick auf das Beet. »Wunderschön haben Sie's hier.«

»Ein Traum«, bestätigte Rosa.

»Danke.« Karin Söllner errötete leicht. »Ich bin auch sehr stolz darauf, aber viel Arbeit ist es halt.« Sie zuckte mit den Achseln. »Aber meine große Leidenschaft. Ich koche und backe ja ausschließlich mit Kräutern, müssen S' wissen.« Sie deutete mit der Hand auf eine Staude. »Das hier ist Ananassalbei. Den hab ich erst letztes Jahr angepflanzt und schauen S' wie groß der jetzt schon ist.«

Sandra und Rosa bewunderten die Staude, wie es von ihnen erwartet wurde, obwohl sie beide nicht wissen konnten, wie klein das Ding einmal gewesen war.

»Heißt so, weil es nach Ananas riecht.« Karin Söllner riss ein Blatt ab, zerrieb es zwischen ihren Fingern und streckte den Inspektorinnen die Duftprobe entgegen. »Ich misch manchmal einige Blätter unter den Biskuitteig. Schmeckt herrlich und duftet schon beim Backen ganz frisch. Ich pflanze alles an, was gut schmeckt und gesund hält. Wenn Sie wollen, gebe ich Ihnen einen Trieb mit. Die breitet sich relativ rasch aus.« Sie lachte. »Entschuldigung. Deswegen sind Sie sicher nicht gekommen.«

»Pflanzen Sie auch Bärlauch an?«

Karin Söllner wischte sich ihre Hände an der Schürze ab. »Den brauch ich nicht anpflanzen, der wächst im Wald.«

»Ich denke nur, dass es vielleicht sicherer wäre, ihn im Garten statt im Wald zu pflücken.«

»Sicher«, bestätigte Karin Söllner knapp. »Aber Sie sind sicher nicht gekommen, um mit mir über meine Kräuter oder den Garten zu sprechen. Ich vermute, Sie suchen meinen Mann. Es tut mir leid, aber der ist nicht da.«

»Wissen wir. Wir waren gerade in der Gutsherrnalm, haben ihn dort getroffen, hat er Sie nicht angerufen?«

»Nein ... oder vielleicht?« Sie blickte Richtung Haus. »Hier im Garten hör ich nicht, wenn das Telefon läutet. Wir haben kein Schnurlostelefon.«

»Wir wollen eh zu Ihnen, Frau Söllner.«

»Zu mir?«, fragte sie überrascht.

»Ja. Wir würden uns gern mit Ihnen unterhalten.«

»Worüber?«

»Über Ihren Schwiegervater. Wir dachten, dass Sie uns wahrscheinlich am ehesten etwas über ihn erzählen können. Immerhin haben Sie ihn die letzten dreißig Jahre betreut. Der Mangoldauflauf war doch auch von Ihnen. Nicht?«

Karin Söllner errötete als hätte Sandra sie bei etwas Verbotenem erwischt. »Ja.« Sie deutete mit der Hand auf eine Sitzgarnitur. »Setzen wir uns doch auf die Terrasse. Darf ich Ihnen etwas zu trinken anbieten. Kaffee? Wasser?«

»Wasser, bitte«, sagte Sandra.

»Oh ja, für mich bitte auch«, stimmte Rosa ein.

»Nehmen Sie schon mal Platz. Ich wasche mir nur schnell die Hände.«

Karin Söllner verschwand im Haus. Kurz darauf kam sie mit einer Flasche Mineralwasser, drei Gläsern und einem Teller voll Schokoladenschnitten zurück. »Hab ich heute Morgen frisch gebacken. Backen ist ja meine große Leidenschaft. Das mach ich fast lieber als kochen«, erklärte sie, ohne Atem zu holen, während sie die Gläser und die Flasche auf den Tisch stellte und einschenkte. »Bitte. Nehmen Sie!« Sie nahm ihren Hut ab und legte ihn neben sich auf den Boden. »Ist halt jetzt ohne Ananassalbei. Aber schmeckt trotzdem gut.«

Rosa griff nach einer Schnitte. »Fantastisch«, sagte sie kauend.

»Sag ich doch«, sagte Karin Söllner stolz. »Derweil sind die ganz einfach zu machen. Sie müssen nur Butter, Zucker, Dotter und erweichte Schokolade flaumig rühren und Schnee unterheben. Dann den Teig in zwei Teile teilen, unter eine Hälfte das Mehl mengen und backen, nach dem Backen in Würfel schneiden und nach dem Auskühlen mit der zweiten Masse überziehen mit gehackten Haselnüssen bestreuen, noch einmal kurz in den Ofen und danach in Papierschüsseln geben und kühl stellen. Geht ganz einfach. Wenn Sie wollen, schreib ich Ihnen das Rezept auf.«

»Das wär' nett«, antwortete Rosa mit vollem Mund.

Sandra vermutete, dass Karin Söllner sich gern mit anderen Frauen über Rezepte unterhielt und diese austauschte. So wie ihre Mutter dies auch tat, die regelmäßig enttäuscht war, dass Sandra diese Leidenschaft nicht teilte.

Auch Rosa konnte stundenlang über die Zubereitungsarten verschiedenster Gerichte diskutieren. Manchmal beneidete sie ihre Assistentin darum. Denn auch wenn die Menschheit inzwischen im 21. Jahrhundert angekommen war und es gleichgültig sein sollte, ob eine Frau gern kochte und backte, so war Sandra durchaus klar, dass nach wie vor die Anerkennung der Frau in gewissen gesellschaftlichen Schichten unmittelbar mit dem Können in der Küche zusammenhing. Und das, obwohl doch die meisten Starköche Männer waren und Sandra einige Männer kannte, die wunderbar und gut kochten. Bernd gehörte dazu. Warum sollte man ihnen also den Kochlöffel mit Gewalt entreißen?

»Frau Söllner, wir wissen, dass Blätter der Herbstzeitlose in einer der Speisen war, die Ihr Schwiegervater zuletzt gegessen hat, und tippen im Moment auf den Mangoldauflauf«, sprach Sandra den naheliegenden Verdacht aus. »Ihr Schwiegervater ist definitiv vergiftet worden.«

Karin Söllner wurde augenblicklich blass. »Wie sollen denn da Blätter ...« In dem Moment schien Karin Söllner zu begreifen. »Also, wenn Sie denken, dass ich ... also, das ist jetzt wirklich«, brauste sie auf.

»Sie haben ein Motiv, Frau Söllner. Sie haben jahrelang für Ihren Schwiegervater gekocht, ihm das Essen portioniert, gebracht und eingefroren. Und wenn ich mich recht erinnere, hat Ihre Schwiegermutter so etwas Ähnliches gesagt wie: Gedankt hat er's dir eh nie.«

»Das war doch nur ... na ja, mein Schwiegervater war kein, wie soll ich sagen, herzlicher Mensch. Er hat nie jemanden gelobt für seine Arbeit, geschweige denn, einmal danke gesagt. Gute Arbeit, gutes Essen, das war alles selbstverständlich. Nur wenn etwas nicht gepasst hat, hat er halt herumgemeckert.«

»Ich könnte durchaus verstehen, dass man irgendwann mal nicht mehr will oder kann.«

»Was hat er denn getan oder gesagt, wenn er einen seiner schlechten Tage gehabt hat?«, hakte Sandra nach.

Karin Söllner zuckte die Achseln. »Dann hat er halt so Sachen gsagt wie: Den Fraß kannst wieder mitnehmen oder dir hat auch keiner kochen beibracht. So was halt.«

»Und das haben Sie nicht persönlich genommen? Wenn jemand das einmal zu mir sagt, im Zorn, gut, dann würde ich es vielleicht verstehen. Aber regelmäßig? Also ich hätt' ihm nichts mehr gekocht.«

»Was hätt' ich denn tun sollen? Ihn verhungern lassen?«

»Frau Söllner. Auch wenn man glaubt, dass Dinge an einem abprallen. Im Unterbewusstsein registriert man diese ständige Nörglerei doch. Also mir persönlich ginge das ziemlich auf die Nerven und ich denke, dass es auch Ihnen ordentlich auf die Nerven gefallen ist«, bemerkte Sandra.

Karin Söllner starrte Sandra und Rosa mit offenem Mund an. »Jetzt versteh ich, worauf Sie hinauswollen...also, das ist doch eine bodenlose Frechheit. Was glauben Sie eigentlich ...«

»Wir glauben nichts, Frau Söllner. Wir sind Kriminalistinnen, halten uns an Fakten.«

Karin Söllners Blick wanderte in Richtung Gartentor, so als hoffte sie, dass ihr Mann auftauchen würde und sie das Gespräch mit den beiden Polizistinnen nicht allein weiterführen müsste. Aber die erhoffte Hilfe kam nicht.

»Frau Söllner, wir wissen inzwischen auch, dass Ihr Schwiegervater keine Mahlzeit angerührt hat, die nicht von Ihnen gekocht wurde. Machen wir's also kurz. Haben Sie Ihrem Schwiegervater Herbstzeitlose unter den Auflauf gemischt? Wir kommen so oder so dahinter.«

»Natürlich hab ich meinen Schwiegervater nicht umgebracht. Auch wenn ich ab und zu gejammert hab, weil ich ständig für ihn mitkochen und das Essen rüberbringen musste und er eh wieder nur daran herumgenörgelt hat. Aber deswegen bringt man doch niemanden um. Ich koch doch gern, und das Urteil meines Schwiegervaters ... mein Gott, hat's ihm halt oft nicht geschmeckt. Gegessen hat er's trotzdem.«

»Gut, Sie waren es also nicht. Wer war's dann?«

Karin Söllner zuckte mit den Achseln.

»Er wird sich die Blätter wohl kaum selber untergemischt haben.«

Wieder zuckte Karin Söllner mit den Schultern.

»Erzählen Sie uns von Ihrem Schwiegervater«, forderte Sandra sie auf. Sie wusste, dass sich Menschen oft bei einer vermeintlich harmlosen Plauderei in Widersprüche verstrickten.

»Was soll ich Ihnen da erzählen?«

»Wer war er, was mochte er. Frau Söllner, wir müssen klären, was passiert ist. Warum hat er getrunken? Mit wem hat er geredet, denn mit seiner Frau ja nicht mehr, wie uns Ihr Mann eröffnet hat.«

»Das hat er Ihnen gesagt?«, zeigte sich Karin Söllner erstaunt.

Sie drehte den Kopf zum Kräuterbeet, wo noch immer der Kübel mit dem Beikraut stand, kniff die Augen zusammen und wirkte eine Zeitlang nachdenklich, dann schüttelte sie langsam den Kopf hin und her.

»Aber Sie wissen doch eh schon alles über ihn. Was soll ich Ihnen denn da noch erzählen.«

»Hat er irgendwas besonders gemocht?«, fragte Rosa ungezwungen.

»Grillhendl«, kam es augenblicklich. »Der Mann hat leidenschaftlich gern Grillhendl mit Reis gegessen. Am besten hat es ihm geschmeckt, wenn ich das Hendl mit Bier übergossen hab und die Mischung aus Bratensaft und Bier dann über den Reis gegeben hab. Das hab ich natürlich nur gekocht, wenn er zum Essen bei uns war. Zum Einfrieren ist das schwierig, und aufgewärmt schmeckt's ja auch nicht mehr so gut.« Sie knetete auf der Serviette herum.

»Es war also nicht so, dass Sie ihm seine Mahlzeiten immer nach Hause gebracht haben, Sie haben ihn auch manchmal hierher geholt?«

Karin Söllner wiegte den Kopf hin und her. »Einmal im Monat. Meistens an einem Sonntag nach der Kirche kam er zu uns.«

»Und Ihre Schwiegermutter?«, fragte Sandra neugierig.

»Die war auch einmal im Monat bei uns. Aber meistens unter der Woche. An Sonn- und Feiertagen hat sie ganz gern ihre Ruhe. Ist es von früher noch so gewöhnt. Und beide gleichzeitig einladen, ging ja nicht. Sie können sich vorstellen, was das Weihnachten und Ostern immer für ein Theater war. Seit meine Tochter eine eigene Familie hat, machen wir's so, dass sie tagsüber die Oma nimmt und wir den Opa. Am Abend, wenn die beiden zu Hause waren, kamen wir dann mit unseren Kindern und Enkeln zusammen.«

»Stell ich mir anstrengend vor, das ständig zu regeln«, warf Rosa ein.

Karin Söllners Mund zuckte kurz, als würde sie lächeln. »Was glauben S'. Anstrengend ist noch ein Hilfsausdruck. Aber man gewöhnt sich mit der Zeit daran.« Wieder wanderte ihr Blick in Richtung Gartentor. »Ich sollt nicht so viel ausplaudern, das mag mein Mann nicht so gern.« Offensichtlich war Karin Söllner eine Frau, die sich den Wünschen ihres Mannes beugte, obwohl Sandra vermutete, dass diese Frau dennoch froh war, einmal frei von der Leber weg mit jemandem über ihre Familie plaudern zu können, ohne Angst, das Falsche zu sagen. In einer kleinen Ortschaft musste man doch ständig auf der Hut sein, darauf achten, was man wem anvertraute. Nachrichten waren hier schneller rum, als einem manchmal lieb war.

»Und was haben Sie ihm so für Speisen eingefroren?«, hakte Rosa nach, ohne auf die letzte Bemerkung einzugehen.

»Mein Gott, was man halt locker in Plastikbehältern einfrieren kann. Gulasch, faschierte Laibchen, und wenn ich einen Braten gemacht hab, dann hat der Opa zwei, drei Schnitten davon abbekommen. Solche Sachen halt. Aber je älter er wurde, umso weniger hat er gegessen. Manchmal war er tagelang ohne Appetit.«

Auch das war ein Symptom für einen Leberschaden, erinnerte sich Sandra an die Internetseite.

»Wie viel hat Ihr Schwiegervater getrunken?«

Karin Söllner schüttelte unmerklich den Kopf. »So genau kann ich das nicht sagen, aber seine paar Halbe Bier, dazu einige Gläser Wein und vier, fünf Schnaps, das wird er schon ghabt haben täglich.«

»Haben Sie eigentlich nie etwas dagegen unternommen?«, fragte Sandra.

»Was wollen Sie bei einem alten Menschen unternehmen? Wir hatten ja nicht einmal die Möglichkeit, ihn in so eine Spezialklinik einweisen zu lassen. Sie wissen schon ... so eine Klinik, wo sie sich um Alkoholiker kümmern und sie einen Entzug machen. Versucht haben wir's. Aber wissen Sie, was uns die beim Gericht gesagt haben, als wir deshalb mal nachgefragt haben? Dass wir den Opa nicht zwingen können. Verstehen Sie? Erst wenn mein Schwiegervater einer Therapie zugestimmt hätte, hätten wir etwas unternehmen können.«

»Und er hat nicht zugestimmt?«

Karin Söllner machte eine abfällige Handbewegung. »I wo.« Ihr Ton wurde rauer. »Der hat die Wirklichkeit doch nur betrunken ertragen.«

»Die Wirklichkeit? Was meinen Sie damit?«

Karin Söllner streckte sich. Plötzlich schien ihre offene Art unter der Erkenntnis zusammenzubrechen, dass sie hier nicht mit einer Freundin, sondern mit der Polizei über ihren toten Schwiegervater redete. Deshalb zuckte sie nur die Achseln und antwortete lapidar. »Irgendwie halt alles. Das Alter.«

»Und wenn einfach kein Schnaps mehr im Haus gewesen wäre?«

Sandra war sich durchaus bewusst, dass diese Fragen für die Familie eines Alkoholkranken mehr als unangenehm waren. Aber darauf konnte sie keine Rücksicht nehmen. Um einen Fall lösen zu können, musste sie sich ein gesamtes Bild über die Lebenssituation des Opfers machen. Zusätzlich interessierte sie die Antwort nicht nur als Inspektorin, sondern auch als Mensch. Immerhin hatte sie erst heute bemerkt, wie wenig sie über das Leid von Angehörigen von Alkoholikern wusste.

»Auch das haben wir versucht. Dann ist er halt losgezogen und hat sich irgendwo einen Schnaps besorgt. Im Supermarkt am Hauptplatz oder bei einem befreundeten Bauern ... hat ihn dann immer gleich vor Ort getrunken, und mein Mann musste ihn von irgendwo abholen. Das war ganz schön peinlich, sag ich Ihnen. Vor allem, wenn er am Hauptplatz vor dem Supermarkt saß und von jedermann gesehen werden konnte. Na ja, und dann haben wir es eben wieder gelassen und ihm seinen Schnaps gebracht. War für alle Beteiligten einfacher.«

»Aber etwas versteh ich trotzdem nicht«, sagte Sandra. »Ihr Schwiegervater ging partout nicht zum Arzt, weil er kein Vertrauen hatte, wie Ihr Mann meinte. Er deutete sogar an, wir würden seine Prinzipien missachten, wenn wir ihn obduzieren lassen. Aber in eine Spezialklinik hätten Sie ihn einweisen lassen?«

Karin Söllner errötete leicht, gab keine Antwort.

»Und Ihre Schwiegermutter hätte das zugelassen?«

»Was sollte sie dagegen gehabt haben?«

»Ich meine wegen ihrem Verhältnis zu Ärzten.«

»Sie sagen es: IHR Verhältnis zu Ärzten. Meinem Schwiegervater war es egal. Er hätte auch mit Ärzten leben können, hat halt drauf verzichtet, weil sie das so wollte, und später hat er gwusst, dass sie ihm den Alkohol verbieten würden. Das war dann auch ein Grund, sie zu meiden.«

Sandra griff instinktiv an ihre Ohrringe.

»Das lag doch auf der Hand, dass er sich nicht in eine Klinik einweisen lässt.«

»Natürlich. Aber niemand kann uns vorwerfen, dass wir nicht alles versucht hätten, um ihm zu helfen. Niemand kann das.«

Wieder einmal geht es um das Ansehen bei den Nachbarn, dachte Sandra.

»Apropos Alkoholiker. Sie haben Ihrem Schwiegervater doch regelmäßig Lavendelwein gebracht«, bemerkte Rosa.

Karin Söllner nickte.

»Aber macht es denn Sinn, einem Alkoholiker einen Heilkräutertrunk zu bringen, der Wein beinhaltet? Ist doch kontraproduktiv?«

Karin Söllner griff nach ihrem Glas Wasser, trank aber nicht, sondern drehte es hin und her. »Natürlich. Da habm S' schon Recht. Auch wenn sich eigentlich der Großteil des Weins verkocht und maximal 3% Restalkohol bleibt, wäre es für einen Alkoholiker zu viel. Deshalb hab ich die Lavendelblüten ja mit Honig und Wasser zubereitet. Das funktioniert genauso gut. Dem Vater hab ich das nicht gesagt, der sollte ruhig glauben, dass da ein Wein drinnen ist.« Sie nahm einen Schluck Wasser, stellte das Glas zurück.

»Hat er den Unterschied nicht geschmeckt?«

»Man glaubt, was man glauben will.«

September 1943

Fritz zwang sich, täglich seiner Arbeit nachzugehen, als wäre nichts geschehen. Marias Mutter ging kaum mehr aus dem Haus, saß den ganzen Tag vor dem Fenster und starrte hinaus. Wenn es dunkel wurde, zog sie sich eine schwarze Decke über den Kopf und schlich bei der Kellertür hinaus. Jede Nacht lief sie durch den Wald hinauf zur Alm, wo sich Jakob versteckt hielt.

Einmal am Tag kam Anita vorbei um zu erzählen, was sie unten im Ort redeten. »Jeder hofft, dass sie den Jakob nicht finden. Auch wenn einige Alte sich denken können, wo er ist, weil sie die Gegend wie ihre Westentasche kennen und sich auch im ersten

Krieg hier viele versteckt haben, halten s' den Mund«, versicherte sie immer aufs Neue. Aber Maria traute dem Frieden nicht recht und eines Tages, beim Melken, war es ihr herausgerutscht. »Dieser blöde Krieg, zerstört doch nur Leben und hetzt die Leut gegeneinander auf. Was will er denn dieser Hitler, dass wir alle draufgehen?« Dass jemand den Jakob verraten würde, sprach sie aber nicht laut aus, nur, dass der Hitler endlich verrecken solle. Zum Glück hatte sie es ganz leise zum Fritz gesagt, denn wenn man sich gegen den Führer versündigte, holten einen Soldaten ab. Fritz hatte das schon einmal beobachtet.

Seit Jakob verschwunden war, tauchten jeden Tag Soldaten auf dem Hof auf, stellten alles auf den Kopf, zerschlugen Krüge, raubten Lebensmittel, drohten Marias Mutter mit dem Arbeitslager. Aber Maria und ihre Mutter schwiegen eisern, auch, als die Soldaten den Fritz mitnahmen, um ihn zu befragen. Sie hatten den Zettel und die Fahne unter seinem Strohsack gefunden.

Sie machten ihm keine Angst. Legten ihm nur das Stück Papier vor, das Herbert ihm gegeben hatte. Verwendeten die gleichen Wörter: Rassenreinheit, vererbliche Geisteskrankheit und rechneten ihm immer und immer wieder vor, was solch ein Depp wie der Jakob das Dritte Reich kostete.

Als Fritz wieder auf den Hof kam, rannte ihm Maria entgegen, umarmte ihn.

»Du hast den Jakob nicht verraten, goi Fritz?«

Er schüttelte den Kopf.

An diesem Abend durfte Fritz zum ersten Mal am oberen Teil des Tisches Platz nehmen. Maria entwickelte einen Plan, wie Jakob fortan verpflegt werden sollte. »Die Soldaten beobachten uns. Irgendwann schleicht uns einer nach.« Sie schlug vor, Anita einzuweihen.

Erschrocken fuhr ihre Mutter hoch. »Na, des geht ned. Die is doch mit dem Herbert verlobt. Die verrat den Jakob.«

»Na, Mama. Die Anita doch ned.«

Fritz hätte etwas sagen oder den Zettel, den die Nazis ihm gelassen hatten, aus seiner Schlafkammer holen und ihn Maria zeigen können. Der Herbert war der Meinung, dass Geisteskranke kein Recht hatten zu leben, das hatte er ihm doch gesagt. Dass es gut sei, dass nur gesunde Männer einen Hof übernehmen sollten.

»Fritz«, riss Marias Mutter den Knecht aus seinen Gedanken. »Jetzt bist du der Bauer. Solang, bis der Jakob wiederkommt.«

Bauer, hallte es in Fritz' Kopf nach. Ein Wort, das mehr wert war als alles Gold dieser Welt.

»Und wenn der Jakob wieder zurück ist, dann bist auf Lebzeiten der Moar, Fritz, das versprech ich dir. Und auch im Alter musst dich nicht sorgen. Du darfst bis an dein Lebensende bleiben.«

Einleger, dachte Fritz. Der Bauer war aus seinem Kopf verschwunden.

Freitag, 4. September

Das Wohnhaus der Familie Fellinger lag direkt am See in der Jeritzastraße. Sandra grübelte, wie viel ein Haus in dieser Lage wert war. Sie wusste, dass Grundstücke mit reiner Badeplatzbenutzung ab einhunderttausend Euro aufwärts kosteten, also würde das hier mindestens bei drei- oder vierhunderttausend Euro liegen. So wohnten also Banker, die für ihr Unternehmen Seegrundstücke, Villen und Häuser an reiche Leute verkauften und sicher auch Golf spielten. Konrad Fellinger öffnete die Tür. Er trug einen hellgrauen Jogginganzug. Sandra hielt ihm ihre Dienstmarke unter die Nase.

»Wir würden gern mit Ihnen und Ihrer Frau sprechen.«

»Bitteschön!« Er trat zur Seite und bat mit einer Geste Sandra und Rosa einzutreten.

Auch das Innere des Hauses enttäuschte Sandras Erwartungen nicht. Es war stilvoll und teuer eingerichtet. Das geräumige Wohnzimmer mit Blick Richtung See war mit einem exklusiven Holzfußboden ausgelegt. Sandra tippte auf Lärche. Dicke Teppiche schützten ihn vor Abnutzung. Ein luxuriöses weißes Sofa im englischen Stil war so ausgerichtet, dass man ohne Mühe durch das große Panoramafenster sowohl in den Garten sehen konnte, als auch auf einen überdimensional großen Flachbildfernseher an der gegenüberliegenden Wand. Der Esstisch war massiver Landhausstil aus Kirschbaumholz. Dazu passend sechs Sessel mit weißen Hussen überzogen. In den Regalen, ebenfalls Kirschholz, standen zahlreiche Bücher aneinandergereiht. Im Vorbeigehen las Sandra einige Titel des bedeutenden österreichischen Schriftstellers Thomas Bernhard. Meterware, oder lasen Menschen wie die Fellinger tatsächlich Bernhard?

Die Terrassentür stand offen. Die beiden Teenager der Fellingers vergnügten sich im Garten am Seeufer mit ihren Handys, hatten Kopfhörer im Ohr.

»Wir waren letztens mit den Kindern in München. Deutsches Museum, Zoo und ein bisschen einkaufen«, erklärte Konrad Fellinger. »Die letzten beiden Ferienwochen sind immer die schlimmsten. Da wissen sie halt nichts mehr mit sich anzufangen. Neun Wochen Ferien ...« Er drehte die Handflächen nach oben, ließ sie wieder fallen. »Da unternehmen wir halt viel mit ihnen oder fliegen in den Süden. Aber das geht ja heuer nicht.« Er schloss die Tür zum Garten. In diesem Moment betrat Franziska Fellinger den Raum. Sie trug ebenfalls legere Freizeitkleidung, sah aber dennoch elegant aus.

»Hab ich mich doch nicht getäuscht. Wir haben Besuch.«

Sandra stellte sich und Rosa vor.

»Ah! Meine Mutter hat mich schon angerufen, um mir zu sagen, dass Sie vorbeikommen würden.«

Sie betrat das Wohnzimmer mit einem Tablett in der Hand, stellte Tassen, Zucker, ein Milchkännchen und eine Porzellankanne mit Kaffee auf den Tisch. »Sie trinken doch hoffentlich einen Kaffee mit uns?«

Sandra und Rosa nickten.

»Meine Mutter hat mir erzählt, dass mein Großvater angeblich vergiftet wurde?«

»Nicht angeblich, Frau Fellinger, sondern ganz sicher«, erwiderte Rosa. »Sie waren am fünfzehnten August nicht in der Kirche. Wo waren Sie denn?«

Sie sah Sandra und Rosa abwechselnd an. »Und jetzt kommen Sie in unser Haus und beschuldigen womöglich uns, nachdem Sie meine Mutter bezichtigt haben, meinen Großvater umgebracht zu haben? Sagen Sie, ist das Ihr Ernst? Einen dreiundachtzigjährigen Mann. Aus welchem Grund hätten wir das tun sollen?«

»Mein Gott, da gibt es viele Gründe. Ein Erbschaftsstreit, aufgestauter Hass, Streit um Geld, Immobilien«, schlug Sandra wahllos vor.

Konrad Fellinger schlug sich mit der flachen Hand auf die Stirn. »Da liegt also der Hund begraben. Sie wissen, dass wir ihn entmündigen lassen wollten, und weil das Gericht das Ansuchen abgewiesen hat, soll nun einer von uns den Großvater meiner Frau umgebracht haben. Ist das nicht etwas sehr weit hergeholt, Frau Inspektor?«

»Oh, Sie glauben gar nicht, wie oft so etwas vorkommt, Herr Fellinger«, gab Sandra süffisant zurück. *Und ich danke dir, für diese Neuigkeit.* »Würden Sie uns bitte sagen, wo Sie waren?«

»Na, hier, zu Hause! Es war ja ein Feiertag, das nützen wir aus um auszuschlafen, und danach haben wir auf der Terrasse ein sehr ausgiebiges und langes Frühstück genossen.«

»Zeugen?«

»Wir waren zu viert. Reicht das?«

»Vorläufig«, sagte Sandra. »Und am Vorabend waren Sie, Frau Fellinger, mit Ihrer Mutter bei Ihren Großeltern im Haus?«

Franziska Fellinger nickte verunsichert. »Meine Mutter und ich haben die Tiefkühltruhe aufgefüllt.«

»Warum waren Sie zu zweit?«

»Sie stellen vielleicht Fragen.« Franziska Fellinger schüttelte den Kopf. »Weil ich halt meine Mutter begleitet hab, wieder einmal bei meinen Großeltern vorbeischauen wollte. Ist das so abwegig?«

Wenn danach jemand stirbt, dann ja. »Nein. Erinnern Sie sich, war Ihr Großvater gerade beim Essen oder schon fertig?«

»Er hat noch nicht gegessen. Wir haben den Auflauf doch frisch gebracht.«

Sandra notierte geistig, dass sich diese Aussage mit der von Roman Söllner deckte. »Und er hat ihn sich gleich gewärmt, während Sie die Truhe aufgefüllt haben, oder wie?«

»Die Mama, nicht der Opa, hat den Auflauf zum Aufwärmen in den Backofen gestellt und ist dann zu mir in den Keller gekommen, um mir beim Einräumen der Truhe zu helfen.«

»Wissen Sie noch, um wie viel Uhr Sie im Haus Ihrer Großeltern waren?«

»So gegen fünf.«

»Und während Sie und Ihre Mutter die Truhe eingeräumt haben, hat Ihr Großvater gegessen?«

»Nein. Der Opa hat die Hühner in den Stall gesperrt. Das macht er jeden Abend um die Zeit, sonst holt sie in der Nacht der Fuchs. Als wir fertig waren, sind meine Mutter und ich dann rauf ... meine Mutter ist vors Haus und hat den Opa zum Essen gerufen.«

»Und wo hat er gegessen?«

»Was Sie alles wissen wollen«, sagte Franziska in einem ungeduldigen Ton. »In der Küche hat er gegessen. Wie immer.«

»Und wo war zu diesem Zeitpunkt Ihre Großmutter?«

»Woher soll ich das wissen? Wahrscheinlich ist sie in ihrem guten Sessel im Wohnzimmer gesessen. Sie stand jedenfalls im Vorhaus, als der Opa in die Küche gegangen ist.«

»Wie lange waren Sie mit der Truhe beschäftigt?«

Konrad Fellinger atmete tief durch, machte damit seinem Unmut über die Befragung deutlich Luft, lehnte sich mit dem Rücken gegen die Fensterscheibe. Sandra konnte sich durchaus vorstellen, auch in einem Haus wie diesem zu leben, bei Schönwetter auf der Terrasse zu frühstücken und danach gleich in den See zu springen.

»So was dauert nicht lange. Fünf oder zehn Minuten. Aber warum fragen Sie das alles?«, erklärte Franziska Fellinger.

»Wir müssen uns ein Gesamtbild machen«, antwortete Sandra knapp. »War sonst noch etwas? Denken Sie nach, Frau Fellinger.«

»Die Truhe war doch verschlossen«, bemerkte Rosa plötzlich. »Haben Sie einen Schlüssel für die Truhe?«

Franziska Fellinger hob die Schultern und verzog ihre Mundwinkel zu einem mühsamen Lächeln. »Meine Mutter hat einen. Wieso fragen Sie?«

»Was soll diese Befragung«, mischte sich nun Konrad Fellinger ein. »Das sind doch absurde Unterstellungen.«

»Wir haben niemandem etwas unterstellt, Herr Fellinger«, sagte Sandra. »Wir wollen lediglich wissen, was genau passiert ist an diesem Abend.«

Er machte eine ungeduldige Handbewegung. »Natürlich unterstellen Sie meiner Frau und meiner Schwiegermutter unterschwellig, ihren Opa bzw. Schwiegervater vergiftet zu haben, Frau Inspektor. Wir sind doch nicht blöd.«

»Sie wollten Ihren Großvater entmündigen lassen. Warum?«, fragte Sandra ruhig, ohne weiter auf die Anschuldigungen einzugehen, und sah beide Fellinger direkt an.

Franziska Fellinger straffte sich. »Wie Sie wissen, hatte mein Großvater ein massives Alkoholproblem.«

»Er ist aber deshalb nie aggressiv aufgefallen, hat man uns gesagt.«

»Er war zwar nicht einer von denen, die im Suff aggressiv wurden und laut herumbrüllten ... das wäre mir manchmal bei Gott lieber gewesen, dann hätten wir bei Gericht wahrscheinlich mehr erreicht. Aber es war halt ...« Sie seufzte laut. »Mein Großvater tat alles, um meiner Großmutter wehzutun, wenn er betrunken war. Nicht körperlich, wenn Sie wissen, was ich meine. Eher psychisch.«

»Psychisch«, wiederholte Sandra.

»Wissen Sie, wie es ist, mit einem Alkoholiker zusammenzuleben?«

Sandra schüttelte den Kopf, erneut wurde sie auf ihre Unbekümmertheit gestoßen, mit der sie bisher das Leid der Familien mit einem Alkoholiker ignoriert hatte. Natürlich hatte sie bei ihrer Polizeiarbeit immer wieder damit zu tun. Zumeist waren es keine angenehmen Begegnungen. Wegweisungen, Körperverletzungen,

Raufereien. Dennoch war eine Amtshandlung etwas anderes, als ein Leben Seite an Seite.

»Er hat manchmal, wenn er besoffen war, mitten in die Stube ... wie soll ich sagen ...«, sie druckste verlegen herum, »... gemacht und ist danach schlafen gegangen«, sagte Franziska Fellinger so, als hätten Sandra und Rosa darüber Bescheid wissen müssen.

»Sie meinen, er hat in die Stube uriniert?«, fragte Sandra verwundert.

Franziska Fellinger schüttelte den Kopf. Das Gespräch war ihr sichtlich unangenehm. »Ich meine ...«

Sandra und Rosa sahen einander überrascht an.

»Ja, da staunen Sie, was?«, sagte Konrad Fellinger. »Das hätten Sie nicht geglaubt, dass so ein alter Mann fähig ist, seiner Frau sozusagen vor die Füße zu scheißen.« In seiner Stimme lag sehr viel Schärfe.

»Konrad«, kam es beschwichtigend. »Die beiden Inspektorinnen haben schon verstanden.«

»Und was hat Ihre Großmutter dann getan?«

»Sie hat es weggeputzt. Was hätte sie sonst tun sollen? Ihm gehört die Hälfte der Gutsherrnalm, also muss sie auch damit leben. So oder so ähnlich hat es der Richter ausgedrückt. Solange er sie nicht unmittelbar bedroht hat, solange konnte sie nichts tun.«

Jetzt war Sandra wirklich sprachlos. Auch ihre Assistentin wusste darauf nichts zu erwidern. Zum Glück erwartete Franziska Fellinger offensichtlich keine Reaktion, denn sie sprach im gleichen Tonfall weiter. »Natürlich macht man sich da so seine Gedanken. Wir hatten Angst, dass er das Erbe noch einmal ...« Sie unterbrach, wechselte einen raschen Blick mit ihrem Mann. »Ähm, na ja ... wieder versäuft.«

Ihre Kinder klopften gegen die Scheibe der Terrassentür. Konrad Fellinger stand auf, um sie ihnen zu öffnen, und die beiden stürmten in das Wohnzimmer. »Hallo«, begrüßten sie unisono Sandra und Rosa. »Wir ziehen uns um und gehen zum Campingplatz. Sophia und Paul warten«, erklärten sie ihren Eltern.

»Um neun Uhr seid ihr bitte daheim«, sagte Konrad Fellinger, ganz Vater. Die beiden nickten und verschwanden in Richtung Flur. Gleich darauf hörten sie die beiden die Stufen in das obere Stockwerk hinauflaufen.

»Bevor er stirbt, wollten Sie sagen«, sagte Rosa.

Die Enkelin des Verstorbenen wiegte den Kopf hin und her. »Er wollte seinen Anteil der Gutsherrnalm verkaufen.«

»Er wollte was?«

»Er wollte seinen Anteil verkaufen.«

»Aber wer kauft denn ein halbes Haus, das noch von dem Eigentümer der anderen Hälfte bewohnt wird?«

»Niemand natürlich«, klärte Konrad Fellinger auf. »Aber er hat es trotzdem versucht. Glauben Sie, das Gehirn eines Alkoholikers tickt noch richtig?«

Franziska Fellinger stand auf. »Wissen S', der war kein guter Mensch, mein Großvater. Immer nur an sich hat er dacht, nicht einmal an die Oma. Obwohl sie doch ...« Die Wut ließ Tränen über ihre Wange fließen. »Die Oma hat schon Recht ghabt, dass sie ihm kein Geld mehr geben hat.«

»Wie meinen Sie das, wie war das möglich?«

»Das gemeinsame Konto läuft auf den Namen meiner Oma.«

»Auf Ihrer Bank, vermute ich?«, fragte Sandra in Richtung Konrad Fellinger.

»Ja. Wenn auch nicht direkt. Ich selbst arbeite bei der Zentrale in Linz. Das Konto ist aber hier in der Filiale in Unterach eröffnet worden.«

»Mein Großvater war nicht zeichnungsberechtigt«, stellte Franziska Fellinger klar.

»Was heißt das jetzt genau?«

Eine kurze Pause entstand. Konrad Fellinger schaute beiläufig seine Frau an.

»Er bekam halt nur ein Taschengeld«, erklärte Franziska Fellinger schließlich.

»Von wem, von Ihnen?« Die Familie hatte also doch einen Weg gefunden, ihn ohne gerichtliche Verfügung zu entmündigen, dachte Sandra und wartete auf eine Antwort.

»Frau Fellinger? Herr Fellinger?«, hakte nun auch Rosa nach.

»Das Geld für den Opa kam von meinen Eltern und von uns zu gleichen Teilen.«

»Wie viel?« Rosa zückte ihren Notizblock.

»Zweihundert Euro.«

»Zweihundert? Aber Ihr Großvater hat doch sicher Rente bezogen. Wo ist das Geld?«

Wieder hörten sie das Getrampel von Füßen. Die beiden Teenager kamen die Stiege herunter. Kurz darauf hörten sie die Eingangstür zuschnappen.

»Hier kann man die Kinder noch laufen lassen, ohne Angst haben zu müssen, dass ihnen etwas passiert«, sagte Franziska Fellinger. Sie fummelte nervös an der Kaffeekanne herum, goss sich selbst ein, nippte an der Tasse.

»Noch einmal, Frau Fellinger. Was ist mit der Rente Ihres Großvaters?«

»Die wird auf das Konto meiner Großmutter überwiesen und er hat davon keinen Cent gesehen. Sie hat es einbehalten. Sozusagen als Ausgleich.«

»Von welchem Ausgleich sprechen Sie, um Himmels willen?«, fragte Sandra.

»Irgendwie steht es ihr ja auch zu«, verteidigte Franziska Fellinger das Vorgehen ihrer Großmutter, wenngleich auch mit einer Art Verzweiflung in der Stimme. »Aber der Papa und ich meinten halt, so ganz ohne eigenes Geld können wir den Opa auch nicht lassen. Auch wenn er eh nur alles versoffen hat.«

»Was hat er denn versoffen?«, fragte Sandra ungeduldig. »So lassen Sie sich doch bitte nicht alles aus der Nase ziehen.«

»Na, das Mathiasgut. Ein alter Erbhof in Buchenort, der vierhundert Jahre lang im Besitz der Familie meiner Großmutter war. Mein Großvater hat es im wahrsten Sinne des Wortes versoffen«, spuckte sie Sandra die Wörter förmlich entgegen. »Das war vor dreißig Jahren. Der hat sich damals doch nur noch in Wirtshäusern herumgetrieben, das ganze Geld verzockt, und als nichts mehr da war, hat er Schuldscheine auf den Hof unterschrieben.« Franziska Fellinger hatte sich innerhalb von Sekunden in eine Gift und Galle speiende Furie verwandelt. »Irgendwann war

Schluss, verstehen Sie. Da hat die Bank den Hahn zugedreht und das Mathiasgut wurde versteigert.«

Mit einem Mal erklärten sich auch die Antiquitäten im kleinen Bauernsacherl von selbst. Es waren tatsächlich Relikte aus einer anderen, besseren Zeit.

Sandra blickte zu Konrad Fellinger. »War vor meiner Zeit.«

»Genau«, giftete seine Frau. »Das war lange vor unserer Zeit, aber es ändert nichts an der Tatsache, dass dieser alte Bsuf die Oma um ihr Hab und Gut und damit die gesamte Familie um ein Erbe gebracht hat. Ich war damals sechs Jahre alt und hab nicht verstanden, warum man mir die Kitty wegnahm.«

»Kitty?«

»Eine Kuh.«

»Aha.«

»Für ein sechsjähriges Kind ein Drama.«

»Hätten Sie denn Interesse am Hof gehabt?«, fragte Rosa. »Meines Wissens muss ein Erbhof doch landwirtschaftlich genutzt werden, und wenn ich mich hier so umsehe ...«

»Darum geht's doch nicht«, lamentierte Franziska Fellinger. »Es geht hier ums Prinzip. Ich kann doch nicht ein vierhundert Jahre altes Erbe versaufen. Das Gut hat ja nicht nur einen materiellen Wert, darin haben die Erinnerungen meiner Großmutter und meiner Eltern gewohnt. Ich habe als Kind meine halbe Freizeit in den Ställen verbracht. Und ja, ich hätte wahrscheinlich die Landwirtschaftliche Schule in Weyregg besucht und den Hof weitergeführt. Auch wenn es jetzt nicht danach aussieht. Wahrscheinlich hätt' ma dann des Haus hier gar nicht. Außerdem bewirtschaften viele Frauen einen Hof nahezu allein, während ihre Männer anderen Berufen nachgehen. Heut läuft vieles über Computer, ganz automatisch, was früher noch mit der Hand gmacht werden musste. Zum Beispiel die Fütterung. Die Kühe bekommen Halsbänder und wenn die zum Futterplatz gehen, weiß die Anlage, ob die Kuh schon ihre Ration erhalten hat oder nicht. Sogar das Ausmisten des Stalls kannst heutzutage automatisch regeln, und und und.«

Sie interessiert sich tatsächlich für die Landwirtschaft, registrierte Sandra.

Franziska Fellinger wandte sich ab, starrte beim Fenster hinaus und schüttelte den Kopf. »Mein Großvater war ein versoffener Idiot, und meine Großmutter hat seine Rente einbehalten, wollte damit irgendwann einmal das Mathiasgut zurückkaufen. Das war ihr großes Ziel. Jeden Cent hat sie zur Seite gelegt.«

»Und? Besteht eine Möglichkeit?«

Franziska Fellinger zuckte die Achseln. »Ich weiß es nicht. Den Hof hat ein alter Freund meines Großvaters ersteigert, für seine Tochter.«

»Sie mochten ihren Großvater nicht sonderlich«, stellte Sandra fest.

Franziska Fellinger wandte sich um. »Genau, ich mochte ihn nicht. Aber ich habe ihn nicht umgebracht. Wär' er nicht so stur gewesen, würde das Mathiasgut heute noch in Familienbesitz sein.«

»Was meinen Sie mit stur? Was hätte er Ihrer Meinung nach tun sollen, wenn der Hof verschuldet war, wie Sie mir selbst gesagt haben.«

Franziska Fellinger funkelte Sandra an. »Ich weiß auch nicht, wie. Aber eines weiß ich mit Sicherheit. Wenn man will, gibt es immer eine Lösung. Verstehen Sie? Aber er hat das Problem ja so lange anstehen lassen, bis nichts mehr ging. Einfach weitergesoffen und gezockt, bis keiner mehr helfen konnte. Nicht einmal mit meinem Vater – seinem Sohn! – hat er darüber geredet. Und genauso wollt er es jetzt mit der Gutsherrnalm machen. Zumindest hat er's sich so vorgestellt. Hinter dem Rücken der Familie verkaufen, an Fremde verscherbeln. Pah. Auch wenn das niemals funktioniert hätte.« Sie tippte sich an die Stirn. »Allein auf so eine Idee muss man einmal kommen. Aber soweit, dass sein genialer Plan ...«, sie malte Anführungszeichen in die Luft, »... absolut hirnrissig war, hat der alte Depp nicht gedacht. Auswischen wollt er uns eins. Seiner eigenen Familie. Das war mein Großvater, Frau Inspektor.«

Sandra beschlich ein eigentümliches Gefühl. Sie konnte plötzlich verstehen, was es hieß, einen Hof unbedingt halten zu wollen und innerhalb der Familie weiterzugeben. Ein Bauernhof war mehr als nur ein Haus, das man vererbte. War das eine Frage des Alters, dass sie plötzlich so darüber dachte? Sie nahm sich vor, demnächst ihrem Vater bei den Friesen zu helfen. Vielleicht fand sie ja doch noch Gefallen an der Arbeit. Ein Ausgleich zu Mord und Totschlag wäre es allemal.

Konrad Fellinger legte seiner Frau eine Hand auf den Unterarm. »Um das noch einmal klarzustellen: Ich arbeite in der Immobilienabteilung meiner Bank und kann meiner Frau nur beipflichten. Ihr Großvater hätte unter Garantie keinen Käufer gefunden. Kein Mensch kauft die Hälfte eines renovierungsbedürftigen Hauses, wenn nicht auch die andere Hälfte in absehbarer Zeit zur Verfügung stehen würde. Und da fünfzig Prozent der Gutsherrnalm der Großmutter meiner Frau gehören ... Sie sehen also, Frau Inspektor. Es ergibt für die Familie keinen Sinn, den alten Söllner umzubringen.«

»Von diesen Wahnvorstellungen meines Großvaters einmal abgesehen, selbst wenn es Gründe gegeben hätte, ihn umzubringen, diese Gründe hätten wir doch schon lange gehabt. Also warum ausgerechnet jetzt, Frau Inspektor? Haben Sie sich das schon einmal gefragt? Und ich will Ihnen noch was mit auf den Weg geben. Vielleicht hat er sich ja selbst umgebracht. Nur um uns eins auszuwischen.«

»Das ist jetzt aber sehr weit hergeholt«, sagte Sandra. »Trauen Sie ihm so was wirklich zu? Ich meine, denken Sie doch mal nach. Wer beendet freiwillig sein Leben, nur um dem anderen eins auszuwischen?«

Franziska Fellinger schnaubte verächtlich durch die Nase, ließ die Behauptung im Raum hängen.

War der alte Söllner wirklich ein solches Monster? Sandra überlegte. Die Aussage von Felix Gremel kam ihr in den Sinn: Er war nie unangenehm aufgefallen ... Seine Frau hingegen war den Kindern mit der Mistgabel hinterhergelaufen.

War hier eine ganze Familie bemüht, ein abschreckendes Bild des Verstorbenen zu zeichnen? Wer konnte schon das Gegenteil beweisen, der einzige Zeuge war das Opfer, und wenn man etwas nur lange genug wiederholte, würde es irgendwann einmal zur Wahrheit werden.

Freitag, 4. September

Die Altbäuerin hatte ihren Sohn zum Einkaufen in den Ort geschickt. Sie wollte im Moment nicht unter Leute gehen, ertrug es nicht, wenn man ihr die Hand reichte, Beileid wünschte und hinter ihrem Rücken tuschelte. Normalerweise machte ihr das nichts aus. So wie damals, als sie den Hof verloren hatten und im ganzen Ort natürlich über nichts anderes mehr gesprochen worden war. Aber heute war sie dreißig Jahre älter und müde. Und leutselig war sie sowieso nie gewesen.

Inzwischen wusste jeder im Ort, dass sie ihrem Mann das Familiengrab verweigerte. Wie ein Lauffeuer hatte es sich herumgesprochen. Der Altpfarrer höchstpersönlich war vorbeigekommen, um mit ihr zu reden. Die Söllnerin kannte ihn seit zig Jahrzehnten, und er kannte die Söllner mit all ihren Macken und Fehlern, hatte ihre Kinder und Enkelkinder getraut und die Urenkel getauft. Danach war er in Pension gegangen. Unterach teilte sich seitdem den Pfarrer mit Attersee, Nußdorf und Abtsdorf. Seit einer Stunde schon diskutierten sie über Gott und die Aufgabe der Menschheit auf Erden – und über die Grabstätte ihres Mannes.

»Schau, Söllnerin. Jeder Mensch macht einmal Fehler, wir sind nicht vollkommen. Und das mit dem Alkohol, das ist so eine Sache.« Er machte eine hilflose Geste. »Aber eines zeichnet uns Menschen doch aus gegenüber dem Vieh. Wir können denken und verzeihen.«

»Da gibt es nichts zu verzeihen«, kam es scharf zurück.

»Mein Gott, Söllnerin. Was hat dein Mann denn so Schreckliches getan, dass du ihn so hart bestrafst.«

»Das werd ich dann sagen, wenn ich's sagen will«, kam es trotzig zurück.

»Jetzt hab ich ghofft, dass zumindest der Tod euch wieder vereint. Er steht doch eh schon vor dem Herrgott und muss seine Schuld bekennen.«

»Der sitzt scho im Fegefeuer, Herr Pfarrer. Der sitzt scho im Fegefeuer.«

»Siehst, was ich mein. Der muss seine Sünden eh beim Herrgott bereuen, da kannst du ihm doch verzeihen, wenn nicht seiner, dann wenigstens deiner Seele zuliebe.«

»Lass meine Seele aus dem Spiel, Herr Pfarrer. Ich hab nichts zum Beichten.«

»Willst mir nicht endlich sagen, warum du so hartherzig bist, Söllnerin?«

Die Söllnerin schüttelte den Kopf. »Mein Entschluss steht fest. Da fährt der Zug drüber.« Um ihre Meinung zu untermauern, klopfte sie mit dem Gehstock auf den Boden.

Der Pfarrer seufzte tief. »Dann kann ich dich nicht mehr umstimmen, Söllnerin?«

»Da gibt's nichts mehr zum Reden.«

Er stand auf. »Dann geh ich jetzt. Und du wirst deine Hartherzigkeit irgendwann dem Herrgott erklären müssen.«

Sie griff nach dem Stock, wollte aufstehen.

»Bleib sitzen. Ich find schon raus. Grüß Gott, Söllnerin.«

»Pfiat di Pfarrer.« Der Herrgott weiß scho, warum ich das tu, dachte die Altbäuerin. Und er versteht's.

Kaum hatte sich die Tür geschlossen, erhob sich die Söllnerin und begann, die Kleidung ihres Mannes fürs Begräbnis herzurichten. Roman wollte später die Sachen abholen und zum Beerdigungsinstitut bringen. Der Anzug, das Hemd und die Schuhe sollten vor Ort sein, wenn ihr Mann nach dieser ganzen Herumschnipplerei an seinem Körper zur letzten Ruhe gebettet werden konnte. So sagte man. Aber sie hoffte, dass er keine Ruhe nimmer mehr finden würde. Sie putzte seine Sonntagsschuhe. Das hatte sie seit dreißig Jahren nicht mehr gemacht. Die Nische, wo die Schuhe untergebracht waren, lag hinter dem Stiegenaufgang. Ein hölzernes Regal beherbergte Halbschuhe, Arbeitsschuhe, Winterstiefel. Jeder von ihnen hatte seine eigene Reihe und am Boden standen zwei Paar Gummistiefel für sie und ihren Mann.

In Gedanken versunken nahm sie aus einem alten Schuhkarton einen Putzfetzen und eine Dose schwarze Schuhwichse heraus. Eine gute Beschäftigung, die die Zeit vergehen ließ. Sie lächelte und putzte Schuhe. Immer noch so, wie sie es von ihrer Mutter gelernt hatte. Zuerst entfernte sie den Schmutz mit einem feuchten Lappen, dann trocknete sie nach und trug Schuhcreme auf. Sie tat es ohne Hast und ohne Gründlichkeit. Warum sollte ein Mensch mit schmutziger Seele extrasaubere Schuhe auf seiner letzten Reise tragen? Sie waren ohnehin alt, ausgetreten, und an manchen Stellen war das Leder brüchig geworden, so brüchig wie seine Versprechen. Sein Anzug und das Hemd hingen schon in der Stube. Die Kleidung war mindestens genauso in die Jahre gekommen wie die Schuhe, wenngleich nicht ganz so abgetragen. Mit spitzen Fingern entfernte sie ein Haar vom Kragen. Es war der letzte Handgriff, den sie für ihren Mann tun würde.

Bernd war überrascht, als Sandra plötzlich vor ihm stand. Sie hatte ihn noch nie ohne Voranküdigung in der Redaktion besucht. Er war allein, seine Kollegen hatten bereits Feierabend gemacht, die Tür aber offensichtlich nicht abgeschlossen. Er war damit beschäftigt, den nächsten Artikel der Serie über die Landwirtschaft der Region, diesmal über einen Schweinebauern mit Verkauf ab Hof, für die nächste Ausgabe einzubauen.

»Welch schöne Überraschung. Was führt dich denn in mein Büro?«, fragte er.

»Ich wollte dich auf einen Drink entführen, zum Mayr ins B1+C1.«

Bernd wandte sich ihr zu und grinste breit. »Wenn du mir noch zehn Minuten gibst, bin ich dabei.« Er passte Bilder in die Maske auf dem Bildschirm ein. Zwei Schweine in Großansicht. Eine Außenaufnahme des Hofs und die Landwirte in ihrem Verkaufsladen. Im Hintergrund eine Kühlvitrine mit Speck, Schinken und Aufstrichen. Die Bilder erinnerten sie an einen Walt Disney Cartoon der »Drei kleinen Schweinchen«, den sie einmal irgendwo gesehen hatte. Sie konnte sich aber nicht mehr erinnern, wo. Jedenfalls hing im Haus der kleinen Schweinchen ein Bild eines prächtigen Ebers an der Wand, darunter stand in fetten Buchstaben: Vater. Auf dem Bild daneben konnte man Würste sehen, aufgereiht an einer Stange. Darunter stand: Mutter.

Sandra ließ sich auf den freien Sessel neben Bernd fallen. »Was hat denn mein Lieblingsjournalist bisher über die Landwirtschaft der Region herausbekommen?«

Bernd sah sie von der Seite an. »Wenn du das sagst, klingt es, als würdest du von der Mafia sprechen.«

»Versuch denen mal ihr Territorium streitig zu machen oder ins Gehege zu kommen. Dann vergessen die glatt ihre gute katholische Erziehung und ihren Herrgott.«

Bernd sah sie irritiert an.

»War ein Scherz, mein Schatz.« Sie grinste. »Obwohl ein bisserl wahr ist es schon.«

Bernd schüttelte den Kopf. »Du musst's ja wissen als Bauerntochter.«

Es dauerte tatsächlich nur zehn Minuten, bis Bernd aufstand und den Computer ausschaltete. »Gehen wir?«

Das B1+C1 an der Dörflbrücke in Vöcklabruck war an diesem Abend gut besucht. Einige Gäste waren nach der Arbeit schnell auf einen Absacker gekommen, tranken ein oder zwei Gläser Wein und verabschiedeten sich wieder, und sofort kamen die nächsten. Einem Plakat im Eingangsbereich konnte Sandra entnehmen, dass am Vortag eine lokale Rockband im Cafe gespielt hatte. Schade. Sie wäre gern wieder mal zu einem Konzert ins B1+C1 gegangen, das hatte jedes Mal etwas von einer Jamsession, was aber leider aufgrund von Anrainerprotesten nur noch drei Mal im Jahr möglich war. Dafür gab es jetzt vermehrt Lesungen.

Sie fanden am Ende der Terrasse einen freien Tisch, bestellten zwei Gläser Rotwein und eine Karaffe Leitungswasser dazu. Bernds Magen knurrte, erinnerte ihn daran, dass er außer einigen Tassen Kaffee und zwei Butterweckerln noch nichts zu sich genommen hatte. »Noch einen Schinken-Käse-Toast, bitte«, rief er der Kellnerin hinterher.

»Also, raus mit der Sprache, meine süße Polizistin. Was brauchst du von mir?« Er nahm seine Brille ab, putzte sie mit einer Ecke des Tischtuchs, setzte sie wieder auf.

»Wie kommst du auf die Idee, dass ich etwas von dir brauche?«, spielte Sandra die Erstaunte. »Kann ich meinen Freund nicht ganz einfach mal überraschen und ihn auf einen Drink entführen?«

Sie erntete lediglich einen skeptisch-amüsierten Blick, wusste ganz genau, dass Bernd sie bereits durchschaut hatte. Bisher hatte sie ihr Auftauchen immer vorher angekündigt, außer ein Mal. Da hatte sie unangemeldet vor seiner Wohnungstür gestanden, mit zwei Flaschen Rotwein in der Hand, um sich für ihr Misstrauen ihm gegenüber zu entschuldigen.

Instinktiv fasste sie sich an ihr rechtes Ohr und drehte den Ohrring hin und her. Ein Löwe, ihr Sternbild. Die Ohrstecker hatte sie von ihren Eltern zur bestandenen Polizeiprüfung geschenkt bekommen. Ihre Mutter hatte damals gemeint, dass sie als Polizistin sicher soviel Mut und Kraft wie ein Löwe brauchen würde. Übrigens Sandras einziger Schmuck außer der Armbanduhr.

»Du massakrierst einen deiner Löwen. Komm, spuck 's schon aus, dann können wir entweder darüber streiten, diskutieren, oder ich mach's.«

Sandra drehte ihre Löwen nur, wenn sie gereizt, nervös oder bei etwas ertappt wurde. Mein Gott, dieser Mann kannte sie gut, viel zu gut.

Gregor, der Chef des Hauses, kam mit einem großen runden Teller in der Hand auf die Terrasse. Darauf hatte er Kostproben seiner neuesten Kreation, handgemachte Schokoladetrüffel mit bestem Parzmair Edelbrand. Er ging von Tisch zu Tisch, reichte jedem Gast den Teller, deutete mit der freien Hand auf die süßen Verführungen und erklärte: »Blutorange und Chili, probiert's und sagt mir dann, wie's schmeckt.«

Für eine Antwort brauchten Sandra und Bernd nicht lange zu überlegen.

»Sensationell, beide!«, presste Sandra zwischen den Zähnen heraus. Sie ließ gerade das zweite Stück Edelschokoladekuvertüre versetzt mit Blutorangenbrand im Mund zergehen. Gregor bedankte sich, und als Dankeschön gab's eine Runde aufs Haus. Auch das war typisch B1+C1.

»Okay«, sagte Sandra schließlich zu Bernd. »Ich sag dir, worum es geht.« Sie erzählte ihm von den Ermittlungsergebnissen. »Und jetzt dachte ich, wenn du eh schon deine Serie über die Höfe machst, dann könntest du doch auch das Mathiasgut ...«

Bernd Rotaro lehnte sich zurück, verschränkte die Arme vor der Brust und sah Sandra belustigt an. »Kannst du das bitte wiederholen und dabei ganz langsam sprechen, damit ich auch jedes Wort verstehen kann.« Er genoss fühlbar die Situation. »Du bittest mich für dich zu spionieren? Der Journalist soll etwas herausfinden ... ausgerechnet für ebenjene Polizistin, die sich bisher für die strikte Trennung von Beruf und Privatem ausgesprochen hat?« Der Toast und die zwei Gläser Rotwein wurden serviert. Bernd stieß mit seinem Glas gegen Sandras, nahm einen kleinen Schluck und begann zu essen.

»Wenn du das sagst, klingt es wie eine Szene aus einem Fernsehfilm mit Bruce Willis in der Hauptrolle.« Ihr Blick schweifte ab, folgte zwei Wildenten, die knapp über der Vöckla, die unterhalb der Terrasse floss, nahezu geräuschlos über dem Wasser dahinglitten, bevor sie laut schnatternd mit den Beinen voran im Fluss landeten. Punktgenau. »Eigentlich wollte ich heute Abend mit dem Rad um den See fahren. Ich hab zugenommen. Zwei Kilo, mein Lieber ... du kochst viel zu gut ... die müssen wieder runter.«

»Und warum hast du's nicht gemacht?«

Sandra wandte sich ihrem Freund zu. »Weil ich dich sehen wollte?«

»Lügnerin«, grinste Bernd. Er griff unter dem Tisch durch, zwickte sie sanft in die Oberschenkel. »Und die zwei Kilo musst du auch nicht abnehmen. Wie heißt es so schön: Ich liebe jedes Gramm an dir.« Er zog die Hand wieder zurück. »Aber jetzt mal Tacheles. Ich kann gern das Mathiasgut in meine Serie aufnehmen, kein Problem. Was exakt brauchst du?«

»Ich will wissen, wie das Verhältnis der jetzigen Besitzer zu der Söllner ist. Mich interessiert einfach, ob sie Kontakt zueinander haben, miteinander reden oder streiten. Du weißt doch selbst, dass eine gesunde Portion Getratsche manchmal ganz hilfreich ist. Das Mathiasgut war ein Erbhof, der vom ehemaligen Bauer versoffen und verzockt wurde. Die Enkelin erschien mir ziemlich emotional und aufgebracht, hat den Verkauf des Hofes wohl nicht gut weggesteckt , obwohl sie damals noch ein Kind war und heute in einem tollen Haus lebt. Aus so einer Story werden normalerweise Heimatfilme gemacht.« Jetzt hielt Sandra ihr Glas hoch, stieß gegen Bernds, nippte an ihrem Wein, ließ den Rebensaft genussvoll ihre Kehle hinunterlaufen. »Das entspannt.« Sie setzte das Glas ab, schrieb ihm die Namen der Söllner und Fellinger auf einen Zettel, schob ihn über den Tisch. »So hießen die Vorbesitzer und das hier ...«, sie zeigte auf den Namen von Franziska, »... ist die Enkelin.«

»Und warum fährst du nicht selbst hin?«, fragte Bernd.

»Mit welcher Begründung? Ich hab doch nichts, was mich berechtigt rumzuschnüffeln.«

»Eine zwanglose Plauderei im Zuge der Ermittlungen?«, schlug Bernd vor.

»Mit mir plaudert man nicht zwanglos, mir beantwortet man Fragen, und die kann ich im Moment nicht stellen, weil ich die Zusammenhänge noch nicht sehen kann. Ich weiß aber, dass das alles mit meinem Giftopfer zu tun hat.«

Er sah sie an, wusste, was das bedeutete.

Sandra verknüpfte die ersten Anhaltspunkte miteinander.

September 1943

»Der Teufel ist durch den Ort gritten und hat den Jakob mitgnommen«, schrie Anita, während sie auf den Hof zulief. »Der Teufel ist durch den Wald gritten.«

Fritz lief aus dem Stall ins Freie. Maria und ihre Mutter stürzten zeitgleich aus dem Haus. Keuchend blieb Anita vor ihnen stehen, hielt sich die Seite und wiederholte nach Luft ringend, immer wieder diesen einen Satz. »Der Teufel ist durch den Wald gritten und hat den Jakob mitgenommen.« Als sie sich einigermaßen beruhigt hatte, erzählte sie von Soldaten, die ihr begegnet waren, die Gegend nach einem Entflohenen durchkämmt und sie aufgefordert hatten, sofort den Wald zu verlassen. Anita hatte vermutet, dass sie den Franzosen meinten, der kürzlich von einem Nachbarhof in den Wald geflohen war. Mit scharfen Hunden waren sie ausgerückt.

Den Kriegsgefangenen hatten sie nicht gefunden, dafür den Jakob. Er hatte in einem alten Fuchsbau gelegen, bis der Stress und die Anspannung irgendwann wohl zu viel geworden waren, und er war aus dem Bau gestürzt. Die Soldaten hatten davor gestanden. Die ganze Aufregung hatte bei Jakob einen Anfall ausgelöst. Anita hatte ihm, trotz der Warnung der Soldaten, gerade etwas zu essen bringen wollen und war dazu gekommen. Sie hatte versucht, den Anschein zu erwecken, sie sei zum Pilze sammeln in den Wald gekommen und beobachte nun alles wie eine Unbeteiligte. Aber die Soldaten hatten sie erneut verjagt. Zum Glück hatten sie nicht in ihrem Korb nachgesehen, sonst wäre womöglich auch sie dran gewesen. Jedenfalls war sie sofort auf den Hof gelaufen. Die Nachricht zog Marias Mutter den Boden unter den Füßen weg. Sie knickte ein, und Fritz hatte sie im letzten Augenblick zu fassen bekommen, sonst wäre sie mit dem Kopf auf dem Boden aufgeschlagen.

Maria hatte unterdessen gellend zu schreien begonnen und war hin und her gelaufen, und Fritz hatte gewusst, dass die Geschichte so nicht ganz stimmte.

»Diese braunen Teufel haben ihn einfach mitgenommen, wie einen Verbrecher haben s' ihn behandelt«, erzählte Anita aufgebracht. Marias Mutter war wieder zu sich gekommen, schleppte sich, von Fritz gestützt, auf die Bank vor dem Haus.

Maria und Anita waren plötzlich losgelaufen, hinunter in den Ort. »Ih red mit dem Bürgermeister«, rief Maria ihrer Mutter noch zu.

Fritz blieb bei der Altbäuerin am Hof zurück. Was hätte er, ein Knecht, in diesem Fall auch ausrichten können? Er dachte an bessere Zeiten und Jakob.

Stieglitz, Stieglitz, `s Zeiserl is krank
Rupf´ma eahm a Federl aus.
Stieglitz, Stieglitz, `s Zeiserl is krank.

Am späten Nachmittag war Maria wieder zurückgekommen. Anita war nach Hause gegangen. »Der Bürgermeister kann uns nicht helfen. Befehl ist Befehl. Wir haben uns nicht von ihm verabschieden können«, presste Maria zwischen Tränen hervor, als sie den Hof erreicht hatte.

»Der Teufel is durch den Wald gritten, hat den Jakob mitgenommen«, wiederholte nun auch sie laut und deutlich Anitas Worte. Es schien ihr egal zu sein, ob diese an falsche Ohren dringen würden.

»Sollen diese Nazi uns doch erschießen«, hatte Maria später zu Fritz gesagt. »Uns ist ´s inzwischen egal.«

»Wenn der Herrgott den Jakob zurückschickt, dann bauen wir eine Kapelle.« Ein Versprechen, auf das Marias Mutter all ihre Hoffnung baute. Gott konnte nicht zulassen, dass ihrem Sohn etwas zustieß, er würde doch nicht auf eine feine Kapelle verzichten wollen.

Fritz wusste, wenn jetzt der Tod gekommen wäre, Marias Mutter wäre mit ihm mitgegangen. Ihr Gesicht war schmerzverzerrt und an diesem Tag um Jahre gealtert. Aber es sollte noch schlimmer kommen.

Am Abend, als Marias Mutter endlich eingeschlafen war, Maria hatte ihr einen Trunk aus Baldrian, Hopfen und einem kräftigen Schuss Birnenschnaps gegeben, schlich Maria zu Fritz in die Schlafkammer, schmiegte sich eng an ihn. Er legte seine kräftigen Arme um sie. »Jetzt ist es ganz aus. Die Mutter dreht mir durch«, jammerte sie. »Wenn dem Jakob was passiert, stirbt auch die Mutter. Des weiß ich.«

In dieser Nacht schlief Maria zum ersten Mal mit ihm.

Montag, 7. September

Je höher Bernd die Egelseestraße im Ortsteil Buchenort hinauffuhr, umso mehr nahm ihn das Panorama gefangen. An der Kreuzung, an der man in Richtung des Panoramagasthofes Druckerhof abbiegen konnte, sichtete er sogar den Schafberg. Dieser wurde aber, je näher man dem Mathiasgut kam, von einem umliegenden Waldstück verdeckt. Der Hof lag auf einer großen Wiesenlichtung mit Obstbäumen. Eine Waldschneise gab, direkt vor dem Hof, den Blick auf eine atemberaubende Kulisse aufs Höllengebirge, den Leonsberg und davor den Attersee frei. Hier oben bekam man eine gute Vorstellung davon, dass der See der größte Binnensee Österreichs war. Natürlich wurde er größenmäßig noch vom Bodensee und vom Neusiedlersee im Burgenland übertroffen. Aber diese beiden Seen lagen nicht zur Gänze auf österreichischem Boden.

Bernd hatte sich vorgenommen, nach diesem Termin zum Viktor-Kaplan Mausoleum hinaufzugehen, um einige Aufnahmen zu machen. Er konnte den Artikel über das Mathiasgut ideal mit einer Beschreibung des Wanderweges vom Egelsee nach Au am See verbinden. Immerhin endete die Badesaison bald und die Wandersaison begann. Zwei Fliegen mit einer Klappe und wichtige Themen für den Regionalteil der Tageszeitung.

Das Mathiasgut war ein für die Region typischer Einhof, bei dem sich Wohn- und Wirtschaftsräume unter demselben Dach befanden. Natürlich hatte sich Bernd vorweg über den Hof und die Familie, die ihn nun bewirtschaftete, genauer erkundigt. Jetzt wusste er zumindest so viel, wie man über die Internetseiten des Tourismusverbandes und die Homepage des Urlaubshofs in Erfahrung bringen konnte. Die Bauern hatten Milchkühe, ganz normales Fleckvieh, wie man sie überall in dieser Region sah. Diese Rasse ging auf die Hausrinder im Berner Oberland zurück und war ein sogenanntes Doppelnutzrind. Fleisch- und Milchlieferant. Einige wenige Bauern waren inzwischen auf Galloway Rinder umgestiegen, weil man diese das ganze Jahr über im Freien halten konnte. Allmählich bekam Bernd tatsächlich Spaß an der Landwirtschaft. Ich hoffe, du wirst kein Bauer, hatte er Sandras Stimme im Ohr.

Die Zenz boten auch Urlaub am Bauernhof an und produzierten Schnaps mit dem Obst aus eigenem Anbau. Der Hof war nachweislich seit dem sechzehnten Jahrhundert im Besitz der Familie Hofbauer gewesen. Vierhundert Jahre Familienbesitz, bevor er in den achtziger Jahren von der Familie Zenz erworben worden war. Direkt neben dem Hof lag das Ferienhaus. Bernd vermutete, dass es sich dabei um das ehemalige Auszugshaus handelte.

Er parkte seinen Audi neben dem sichtlich neu gebauten Ferienhaus, das etwas abseits des alten Einhofs stand.

Er hatte die Eingangstür des Hauptgebäudes noch nicht ganz erreicht, als sich die Tür öffnete. Vor ihm stand eine mittelgroße Frau in einem roten T-Shirt und einer dunkelblauen Freizeithose, Anfang sechzig, schätzte Bernd.

»Herr Rotaro?«

»Frau Zenz, nehme ich an?«

Sie schüttelten einander die Hände.

»Danke, dass Sie so kurzfristig Zeit für mich haben.«

»Ich bin doch eh immer da. Schon wegen der Urlauber. Mein Mann ist schnell noch weggefahren, meine Mutter holen. Sie lebt auf dem Hof meines Bruders. Allein lassen können wir sie halt nicht mehr. Aber meine Schwägerin ist heute Morgen zur Kur. Bis sie zurück ist, holen wir die Mutti zu uns. Darf ich Ihnen einen Kaffee anbieten?«

»Gern.«

Gerti Zenz verschwand im Haus. Bernd sah sich um.

Das Erste, was ihm auffiel, war die Reinheit auf dem Hof. Kein Stroh, das herumlag, keine Erdpatzen auf dem Asphalt, kein Traktor mitten am Weg. Alles war verstaut und sauber. Dem weißen Verputz nach war der Hof erst kürzlich renoviert worden. An der linken Hausmauer lehnten große Milchkannen zum Trocknen mit der Öffnung nach unten.

Bernd machte einige Aufnahmen.

Die Bäuerin kam mit einem Tablett mit zwei Tassen, einer

Thermoskanne, einem Milchkännchen, Zucker und zwei Tellern Apfelkuchen zurück. Wahrscheinlich hatte sie das alles bereits in der Küche vorbereitet gehabt.

»Setzen wir uns doch unter den Apfelbaum.« Sie deutete mit dem Kopf auf eine Sitzlandschaft aus Vollholz. »Der Kuchen ist übrigens mit unseren eigenen Äpfeln gemacht.«

»Schön haben Sie's hier«, bemerkte Bernd.

»Ja«, bestätigte die Bäuerin. »Nur einen Seezugang haben wir hier heroben natürlich nicht. Zu uns kommen Urlauber, die ein bisschen was anderes wollen, als nur im Attersee baden. Viele sind Städter, die den Ausblick, die Ruhe und leichte Wandermöglichkeiten direkt vor der Haustüre bevorzugen. Das Naturschutzgebiet Egelsee ist ja nur wenige Minuten von uns entfernt. Zum Jubiläumsbaum sind's etwa vierzig Minuten, bis zum Mausoleum vom Kaplan gehen S' a guade Stund. Ist aber auch für Fußkranke leicht zu schaffen.« Sie kicherte.

»Genau, Sie bieten ja Urlaub am Bauernhof an, hab ich auf der Homepage gelesen?«

»Ja, die Kinder der Urlauber helfen halt im Stall beim Melken und so. Das Jungvieh ist aber jetzt auf der Alm. Wenn S' da ein Foto machen wollen, müssen wir zu Fuß rauf. Im Stall stehen nur die trächtigen Mutterkühe. Früher waren die im Sommer auch auf der Alm, aber des is scho sehr mühsam, wenn ma jeden Tag rauf muss, um zu schauen, ob eine kalbt, und wenn mal was ist, dauert es a halbe Ewigkeit, bis der Tierarzt dort oben is. Und die Zeit hat heut keiner mehr. Deshalb kalben die Mutterkühe jetzt im Stall und dürfen dann, wenn alles guad gangen is, mit den Kleinen auf die Alm auffi.«

»Wie viele Kühe haben Sie denn?«, unterbrach Bernd den Redefluss der Frau.

»Siebzehn. Aber mit der Milchwirtschaft allein würden wir ja nicht mehr überleben. Wir bekommen gerade noch neunundzwanzig Cent pro Liter, und das wollen s' jetzt auf sieben- oder sogar fünfundzwanzig Cent kürzen. Vierundvierzig bräuchten wir, um einigermaßen über die Runden zu kommen. Natürlich schreien unsere Herrn und Damen Vertreter in der Politik und der Landwirtschaftskammer laut im Fernsehen auf, wenn die Milch aus dem Ausland nach Österreich importiert wird, aber in Wirklichkeit ist denen das doch sehr recht. Was glauben S', was die da mitkassieren ...« Sie unterbrach sich. »Entschuldigung. Jetzt is es wieder mal mit mir durchgangen. Aber weil's wahr ist. Na ja, und wir haben halt irgendwann eine Alternative zur Viehwirtschaft gesucht. Anders geht's heutzutage nicht mehr. Und gegen die Großkopferten kannst dich eh nicht wehren.« Sie nahm einen Schluck Kaffee, stellte die Tasse zurück und zeigte aufs Holzhaus. »Das Ferienhaus hat mein Mann gebaut. Ist zur Gänze aus Holz. Er macht überhaupt viel selber auf dem Hof. Er war Tischler, bevor er mir zuliebe Bauer wurde. Ich zeig's Ihnen nachher mal. Die Zimmer sind für zwei bis sieben Personen mit Badezimmer, WC und komplett eingerichteter Küche. Manche Gäste sind gern völlig unabhängig.«

Bernd machte sich einige Notizen. »Und der Hof? Der wurde doch erst renoviert, jedenfalls macht er mir den Eindruck.«

»Da habm S' schon Recht. Wir haben aber alles so gelassen, wie es früher war. Die grünen Fensterläden, die weißen Kastenfenster. Alles originalgetreu, aber halt mit modernem Material. Und aus dem alten Auszugshaus haben wir auch ein Ferienhaus gemacht.« Sie zeigte in die Richtung des kleinen Hauses, das neben dem Einhof lag und von dem Bernd bereits vermutet hatte, dass es das Auszugshaus gewesen war. »Meine Mutter braucht es ja nicht, weil sie am Hof meines Bruders lebt.«

»Das haben Sie wirklich alles sehr schön hergerichtet«, lobte Bernd. Er überlegte, wann und wie er sie auf die Vorbesitzer ansprechen sollte, entschied sich, es einfach direkt zu machen. Nachdem sie das mit dem Auszugshaus bereits erwähnt hatte, schien ihm der richtige Augenblick gekommen zu sein. »Apropos Auszugshaus. Ich habe mir sagen lassen, dass das einmal ein alter Erbhof war und Sie den Hof gekauft haben.«

Gerti Zenz wiegte den Kopf langsam hin und her. »Des war a schiache Gschicht. Is aber scho dreißig Jahren her. Die Söllnerin hat ja seitdem mit meinem Vater kein Wort mehr geredet. Erst an seinem Totenbett hat sie ihm vergeben.«

»Am Totenbett?«

»Ja, er wollt unbedingt noch einmal mit ihr reden. Der Altpfarrer hat das eingefädelt. Pfarrer habm wir in Unterach ja keinen eigenen mehr, den teilen wir uns mit drei anderen Pfarreien.« Sie schlug sich mit der flachen Hand auf den Mund, als wäre ihr plötzlich etwas Schlimmes eingefallen. »Des is schon tragisch, goi. Vergiftet hat der Söllner sich, hab ich g'hört. Mit Herbstzeitlose. Derweil gibt's die jetzt doch gar nicht. Das muss der geplant habm, sag ich. Schon tragisch. Goi?«, wiederholte sie.

Die Nachricht, dass der alte Söllner an einer Herbstzeitlosenvergiftung gestorben war, hatte sich natürlich schon herumgesprochen. Um Neuigkeiten zu verbreiten, brauchte es keine Zeitschrift, redefreudige Nachbarn hatten mindestens die gleiche Streuung wie ein Artikel in der Tageszeitung.

Gerti Zenz schüttelte unterdessen unentwegt den Kopf. »Na ja«, seufzte sie zwischendurch. Dann rührte sie in ihrem Kaffee und leckte nachdenklich ihren Löffel ab.

»Und der Roman Söllner und seine Frau haben auch nichts mit Ihrem Vater geredet, ich meine bis zu seinem Tod? Ist das schon lange her?«

»Mein Vater ist im März gestorben. Er war schon sehr krank, war eine Erlösung für ihn. Und die Karin und der Roman reden schon mit uns. Der Roman war ja Elektriker, und manchmal glaub ich sogar, ganz froh, dass der Hof weg war. Die Landwirtschaft hat ihn nie richtig gfreut. Aber ich red schon wieder zu viel.«

»Der alte Söllner hat den Hof versoffen. Stimmt das?«, fragte Bernd verschwörerisch.

»Stimmt. Das war ein Drama, damals, sag ich Ihnen. Uns hat's ja allen das Herz gebrochen, als die Familie verkaufen musste. Aber was hätt s' denn machen sollen, die Söllnerin? Ihr Mann hat ja schon länger gsoffen wie ein Loch. Mit dem Spielen hat er erst später angefangen, und als ihm sei Bua, der Roman, draufkommen ist, war's scho zu spät.«

»Hat er im Casino gespielt?«

»I wo. Er hat sich da mit so ein paar Kunten eingelassen, Mannsbilder halt, die selber gern ins Wirtshaus gegangen sind. Die haben ihn ständig abgefüllt und ihm über Jahre hinweg beim Spielen die Hose ausgezogen, wenn S' wissen, was ich meine.«

»Aber wenn das hier in Unterach war, dann hätt' sein Sohn doch was mitbekommen müssen.«

»Das war ja nicht hier in Unterach. Der ist halt immer rüber in die Burgau ins Salzburgerische, dort hat ihn keiner gekannt und hier hat keiner gwusst, wo er sich herumtreibt. Angefangen habm s' mit kleinen Einsätzen beim Kartenspielen, aber dann ist immer mehr daraus worden. Und wenn der Söllner kein Geld mehr ghabt hat, haben sie ihm Schuldscheine vorgelegt. Im Laufe der Jahre sind die Schulden dann immer höher geworden ... und wenn sich die Spirale einmal nach unten bewegt ... Na ja. Des dürfen S' aber nicht schreiben, goi.«

Bernd nickte. »Wer war denn da beim Spiel dabei?«

Die Bäuerin zuckte die Achseln. »So genau weiß ich das auch nicht. Aber es hat schon ein paar gegeben, die ihre Zeit lieber am Stammtisch als bei der Arbeit verbracht haben. Aber da hat ja keiner den anderen verraten. Wissen S' eh. Keine Krähe hackt der anderen ein Auge aus. –Wahrscheinlich leben die meisten heute nicht mehr.«

»Und hat die Frau Söllner nichts bemerkt? Sie muss das doch gesehen haben, dass ihr Mann Geld verspielt.«

»Sie? Die Söllnerin?« Sie wischte sich verlegen die Hände an der Hose ab. »Ich hab sie ja schon als Kind gekannt, meine Eltern waren früher ja mit den Söllners befreundet. Jedenfalls hat sie, was man so hört, ihren Mann immer ziemlich knapp gehalten. Das Geld und den Hof hat sie mit in die Ehe gebracht. Der Altbauer hat nichts ghabt. Und von ihr hat er sicher kein Geld zum Spielen bekommen. Der hat sich immer irgendwo Geld geborgt, angeschrieben und Spielschulden angehäuft und irgendwann is halt dann nimmer gangen. Die Gläubiger wollten ihr Geld, und die Spielschulden waren schon enorm, und der Hof hat damals auch nicht so viel abgeworfen, da hat die Bank halt dann ... Ich mein, ob's stimmt, weiß ich jetzt auch nicht so genau. Der Konrad, ihr Enkerl, hat damals noch nicht bei der Bank gearbeitet, ist ja viel zu jung. Mitte oder Ende dreißig jetzt, wenn mich nicht alles täuscht. Aber wer weiß, ob der bei den hohen Schulden, die der Söllner gmacht hat, noch was richten hätt' können.«

Die Bäuerin zuckte die Achseln. Sie schenkte Kaffee nach. »Aber wissen Sie, Herr ...« Sie warf einen flüchtigen Blick auf die Visitenkarte. »Rotaro ... ist aber kein hiesiger Name?«

»Nein. Ist er nicht«, sagte Bernd knapp.

»Woher kommt der?«, hakte die Bäuerin nach.

»Italien.«

»Sie sind Italiener? Wirklich? Sie sprechen aber gut deutsch.«

Die Frau hatte wirklich eine ausgesprochene Gabe, binnen kürzester Zeit Themen zu wechseln.

»Mein Großvater war Italiener. Ich bin Österreicher«, erklärte Bernd.

»Ja, dann!«

»Aber Sie wollten mir doch etwas erzählen«, forderte Bernd sie auf weiterzureden.

Gerti Zenz sah ihn fragend an. Offensichtlich hatte sie vergessen, worüber sie gerade gesprochen hatten.

»Von der Söllnerin, dass sie ihren Mann knapp bei Kasse gehalten hat.«

In den Augen der Bäuerin blitzte kurz Misstrauen auf. »Wieso wollen Sie das wissen? Schreiben Sie das etwa doch alles in der Zeitung?«

»Nein. Um Gottes willen. Reines Interesse. Sie wissen ja ...« Er zwinkerte ihr zu. »Journalisten sind neugierige Wesen.«

»Aber des sind doch alles alte Gschichten. Die interessieren heute niemanden mehr.« Sie zupfte ihr T-Shirt zurecht. »Na ja, jetzt wird's hoffentlich bald dem Söllner sein Begräbnis geben. Ich frag mich, wann die von der Gerichtsmedizin den Leichnam freigeben. Kein Mensch weiß, was die da jetzt noch suchen, ich meine, wo man doch weiß, dass er sich vergiftet hat.« Es schien, als grübelte sie einige Sekunden darüber nach. »Und dann auch noch die Sach mit dem Grab ... dem Söllner bleibt nichts erspart.«

»Was für eine Sache mit dem Grab?«

»Des dürfn S' aber auch ned schreiben. Des müssen S' ma versprechen.«

»Versprochen.« Bernd legte nun demonstrativ seinen Stift auf den Block und lehnte sich zurück. Er hatte ja wirklich nicht vor, etwas davon zu veröffentlichen.

»Die alte Söllnerin lässt ihn nicht im Familiengrab beerdigen. Der kriagt jetzt ein eigenes, ganz hinten, weit weg von den Hofbauern.«

»Warum?«

»Ich woaß ned. Des müssen S' schon die alte Söllnerin fragen.« Sie stand auf, räumte demonstrativ die leeren Kuchenteller und Tassen aufs Tablett. Möglicherweise war ihr die Richtung, die das Gespräch genommen hatte, unangenehm. Bernd beschloss, das Thema wieder auf die Landwirtschaft zu lenken. Immerhin beschäftigte sich seine Zeitungsgeschichte damit.

»Ist auf dem Mathiasgut eigentlich schon immer Milchwirtschaft betrieben worden, oder wurden ... sagen wir einmal ... auch Schweine gehalten?«

Gerti Zenz dachte kurz nach, schüttelte den Kopf. »Also, was ich weiß, waren immer Milchkühe auf dem Hof. Was vor hundert Jahren war, kann ich natürlich nicht sagen. Aber die letzten drei Generationen haben meines Wissens Milchkühe ghabt.«

In diesem Moment hielt ein dunkelblauer Kombi vor dem Hof. »Ah, der Leopold, mein Mann.«

Leopold Zenz war ein Mann jenseits der fünfzig, groß gewachsen, zwar mit leichtem Bauchansatz und Glatze, aber dennoch schien es, als habe er die letzten Jahre auf sein Aussehen geachtet. Er trug Jeans und ein kariertes Hemd. Leichtfüßig umrundete er das Auto und hielt die Beifahrertür auf. Eine alte Frau in einem dunkelgrauen Kostüm stieg aus. Ihre weißen Haare waren kurz geschnitten. Sie kamen zu der Sitzecke unter dem Apfelbaum.

»Sie müssen der Journalist sein. Griaß Gott«, sagte Leopold Zenz. Sie schüttelten einander die Hände.

»Und das ist meine Mutter«, erklärte Gerti Zenz. »Sie und die Söllnerin sind fast gleich alt, kennen sich schon von klein auf, goi, Mama«, brüllte sie der Alten ins Ohr. »Sie hört schon a bisserl schlecht«, erklärte sie Bernd.

Die Alte nickte. Gerti Zenz zeigte auf den Stuhl neben sich und forderte sie mit lauter Stimme auf: »Komm, setz dich her zu uns. Ich hol dir gleich noch ein Häferl.« Und dann wieder leiser: »Und manchmal kriegt sie halt manches Durcheinander, deshalb lassen wir sie nicht mehr allein«, erklärte sie Bernd.

»Geh nur zua«, sagte die Alte zu ihrer Tochter.

»Magst auch einen?«, fragte Gerti Zenz ihren Mann. Er nickte und sie verschwand.

»Und Sie sand wegen unserem Hof da?«, fragte Leopold Zenz, »schreiben in der Zeitung darüber?«

»Ja, ich arbeite an einer Serie über die Bauern aus der Region«, erklärte Bernd.

»Aha.«

»Ihre Frau hat mir ein bisschen etwas über die Geschichte des Hofs erzählt. Sehr interessant«, kam Bernd sofort auf den eigentlichen Punkt seines Besuchs, was Leopold Zenz als Aufforderung sah, ihn mit der Geschichte von Hofnamen zu unterhalten. »Nur die alten Höfe haben Hausnamen.«

Bernd nickte, er wusste, dass Hausnamen aus der Notwendigkeit heraus entstanden waren, um die Lage eines Anwesens zu definieren, lange bevor es Grundbücher oder Hausnummern gab.

»Manche beschreiben die Umgebung«, erklärte Leopold Zenz weiter, »in der sich das Anwesen befindet. Manchmal war's aber auch der Beruf des Hofbesitzers wie Müller oder Binderbauer. Und bei uns war's halt der Vorname des Hofbauers. Der Hausname bleibt, wie Sie vielleicht wissen, immer am Hof, auch wenn sich der Familienname des Hausbesitzers durch Einheirat oder Verkauf ändert«, fuhr Leopold Zenz in seinen Ausführungen fort.

»Der Mathiashof is bald ein Geisterhof«, sagte plötzlich die Loidl-Bäuerin.

Bernd sah Zenz irritiert an.

»Alzheimer ist nicht heilbar. Es wird immer schlimmer mit ihr. Es gibt Tage, da kennt s' uns und dann glaubt s' wieder, dass wir die alten Söllner sind. Spielen S' einfach mit. Sie versteht eh nicht, wenn S' ihr erklären, dass der Krieg schon vorbei ist.«

Die Alte winkte Bernd zu sich. »Umbracht habm s' eahm! Saubagage.« Dann kicherte sie. »Aber des darf man ned laut sagen.«

Montag, 7. September

Sandra hatte mehrmals versucht, Bernd zu erreichen, war aber nur auf seine Mailbox gekommen. Sie hätte gerne etwas über seinen Besuch auf dem Mathiasgut erfahren, bevor sie ins Meeting mit ihrem Chef ging.

Rosa und sie hatten Martin Holzer am Nachmittag zur Lagebesprechung gebeten. Es war klar, hier einen äußerst kniffligen Fall auf dem Tisch zu haben. Aufgrund der Erkenntnis, dass der Altbauer Söllner an einer Pflanzenvergiftung gestorben war, und der Annahme, dass die Blätter der Herbstzeitlose mit hoher Wahrscheinlichkeit unter den Mangoldauflauf gemischt worden waren und die ganze Familie ein Mordmotiv hatte, und da sich andererseits durch ihre Recherchen keine Verdachtsmomente gegenüber anderen Personen ergeben hatten, gab es keinen Anlass für Sandra und Rosa, außerhalb des engsten Familienkreises zu ermitteln.

Martin Holzer zündete sich eine Zigarette an und stellte sich ans geöffnete Fenster. Sandras und Rosas Chef hatte irgendwann einmal versucht, sich das Rauchen abzugewöhnen. Und irgendwann einmal hatte er aufgehört, es sich abzugewöhnen. Seither rauchte er mehr als zuvor, obwohl inzwischen in fast allen öffentlichen Gebäuden Rauchverbot herrschte.

Rosa griff in ihre Schreibtischlade, holte einen Aschenbecher hervor und reichte ihn Martin. Sandra war immer wieder erstaunt, wie organisiert und auf alles vorbereitet sie war.

Zeitgleich bot Rosa Martin ein Glas Mineralwasser an, das er dankend annahm. Sie stand auf, öffnete ein Fenster, setzte sich wieder und zählte die Fakten auf, die inzwischen auch in Papierform an Sandras Leine hingen.

Dann informierte Sandra über die letzten Aktivitäten. »Ich hab Bernd auf das Mathiasgut angesetzt. Er ist heute Morgen raufgefahren. Ich hab aber noch keine Nachricht von ihm.«

»Ist Bernd jetzt neuerdings Polizist?«, fragte Sandras Chef.

»Nein. Aber was hätte ich dort oben machen sollen?«

»Eine generelle Befragung?«

Sandra verdrehte die Augen. »Lässt du mich das bitte auf meine Weise machen?«

»Bitte«, sagte er generös, ihn regten Sandras unkonventionelle Methoden schon lange nicht mehr auf. »Du gehst also davon aus, dass eines der Familienmitglieder der Mörder sein muss, weißt nur noch nicht welches, richtig? Dann klär mich doch bitte mal über die Motive der Familie auf, damit ich mir das Lesen deiner Berichte erspare.«

»Die Berichte hab ich geschrieben«, empörte sich Rosa halbherzig.

»Na, dann werde ich sie selbstverständlich lesen«, grinste Holzer. »Ich hab schon befürchtet, Sandras handgekritzelte Aufzeichnungen darin zu finden, die keiner entziffern kann, außer sie selbst.«

»Haben wir's dann?«, fragte Sandra mit gespielter Ernsthaftigkeit. Dann klärten sie und Rosa ihren Chef über die Familienverhältnisse der Söllners auf, erzählten von den Bemühungen rund um die Entmündigung, den alten Erbhof und den Demütigungen, die der alte Söllner seiner Frau zugefügt hatte.

»Du meinst, das Maß war voll, und jemand hat dem Mann mal gezeigt, wo der Bartl den Most herholt?«

»Wie schön du das wieder ausdrückst«, schmunzelte Sandra. »Aber ja, so ungefähr meine ich das. Entweder wollte sich die Ehefrau nicht mehr drangsalieren lassen, oder die Schwiegertochter hatte genug vom ewigen Kochen und Einfrieren und seiner Nörglerei, oder die Enkelin konnte die Sekkiererei ihrer Großmutter nicht länger mitansehen.«

»Das heißt, wir haben jede Menge Vermutungen und Indizien, aber keine Beweise«, fasste Martin Holzer zusammen. »Was ist mit den Männern?«

»Die behalten wir natürlich auch im Auge«, ergänzte Rosa. »Aber wenn, dann haben die geholfen, denn die stärkeren Motive haben die Frauen. Bei ihnen blieb die Arbeit mit dem Alten hängen, und g'feigelt hat er auch in erster Linie die Frauen.«

»Vielleicht haben auch sie ihn gequält, und er hat sich nur gewehrt«, sagte Martin Holzer.

Sandra neigte den Kopf zur Seite, legte die Stirn in Falten und sah ihren Chef an. »Das meinst du jetzt nicht ernst, oder?«

»Soll schon vorgekommen sein. Egal, wird jedenfalls nicht einfach werden, die Wahrheit zu finden. Hier helfen keine Spuren, sondern nur die gute alte Ermittlungsmethode, die man Verhör nennt. Was ihr braucht, ist ein Geständnis. Alles andere hauen uns die Anwälte um die Ohren, wenn nicht eh schon das Gericht eine Anklage von vornherein ablehnt.«

»Ja, ja, wissen wir ... Ist schon alles sehr eigenartig, irgendwie scheint mir dieser Söllner ein komischer Kauz gewesen zu sein. Fast schizophren.«

»Na! Ist das nicht ein wenig weit hergeholt?«

»Schon ... aber auf der einen Seite legt er seiner Frau einen Krapfen vor die Füße, nur um sie zu sekkieren«, begann Sandra. Holzer verzog angewidert das Gesicht. »Und auf der anderen Seite akzeptiert er ihre Wünsche, oder vielleicht sollte ich es Vorgaben nennen? Keine Ahnung. Jedenfalls will die alte Söllnerin nichts mit Medizinern zu tun haben, warum auch immer. Und er übernahm das, machte auch für sich so etwas wie ein ehernes Gesetz daraus. Ist doch eigenartig.«

»Was soll ich darauf sagen, Sandra? Ich würde es bis zu einem gewissen Punkt auch Selbstschutz nennen. Ein Arzt hätte ihm nämlich vor allem sofort den Alkohol verboten.«

Rosa entnahm ihrem Schreibtisch einen Putzfetzen und eine Sprühflasche, begann ihren Bildschirm mit einem Spezialreiniger zu putzen. Sandra und ihr Chef sahen ihr dabei zu. »Wahrscheinlich hast du Recht, Martin.«

Rosa schien die Blicke zu spüren, unterbrach ihre Tätigkeit. »Was ist? Da waren Schlieren.«

»Aha. Und seit wann bunkerst du Putzmittel in deinem Schreibtisch?«, fragte Sandra.

»Schon seit einiger Zeit. Die Putzfrau reinigt so oberflächlich. Jeden Morgen sind Schlieren auf dem Schirm und Staubreste auf meinem Schreibtisch.«

»Und jetzt hast du ihr das Zepter der Sauberkeit aus der Hand genommen, oder wie?«

Rosa nickte. »Was dagegen? Du könntest übrigens auch mal ...«

Sandra hob abwehrend die Hände. »Nein, danke. Ich finde, unsere Putzfrau macht das ganz wunderbar.«

Holzer dämpfte breit grinsend seine Zigarette im Aschenbecher aus. Rosa griff sofort danach, während der Chefinspektor begann, oberflächlich in den Akten zu blättern. »Dann versucht mal, hier etwas Licht in die Sache zu bringen. Aber bitte mit Tempo, wir haben noch andere Fälle.« Er legte die geschlossene Akte auf den Schreibtisch. »Wenn's was Neues gibt, meldet euch umgehend.« Er ging zur Tür, nahm die Klinke in die Hand.

»Soll das heißen, wir sollen den Fall Söllner nur mehr halbherzig betreiben oder einfach gleich abschließen?«

Martin Holzer zuckte mit den Achseln. »Finde Beweise oder hol ein Geständnis, sonst kommt der Fall automatisch irgendwann zu den Akten. Man kann nicht immer gewinnen, Sandra. Niederlagen gehören leider auch zu unserem Job.« Er drückte die Klinke nach unten. »Und lass mir den Kollegen Bernd recht schön grüßen«, grinste er süffisant und weg war er.

Rosa folgte ihm mit dem Aschenbecher in der Hand. Sandra wusste, dass sie diesen jetzt sofort säubern würde. Bevor sie ihre Kollegin wegen ihres Putzeifers necken konnte, klingelte ihr Handy.

Es war Bernd: »Sorry, hab vergessen, nach dem Termin am Mathiasgut mein Handy wieder einzuschalten, hab gesehen, du hast ein paar Mal angerufen. Ich bin noch rüber zum Kaplan-Mausoleum.« Er mutmaßte, dass die Informationen, die er erhalten hatte, für Sandra nicht hilfreich seien. Die Söllnerin habe das Mathiasgut seit dreißig Jahren nicht mehr betreten. »Genau genommen, war sie das letzte Mal am Tag ihres Auszugs vor Ort. Die alten Loidl haben den Hof für ihre Tochter ersteigert.«

»Heißt die jetzige Bäuerin Loidl?«, hakte Sandra nach.

»Nein. Die jetzige Bäuerin heißt Gerti Zenz. Loidl war ihr Mädchenname.«

»Loidl, sagst du?« Sandra grübelte. Den Namen hatte sie doch schon irgendwo gehört. Sie drehte sich um, suchte die Unterlagen an ihrer Wäscheleine mit den Augen ab, während sie Bernd zuhörte.

»Genau. Weißt ja, wie das so ist. Der Sohn kriegt den Hof, und die Tochter muss sich einen Bauern suchen oder was anderes machen. Hast ein Glück, dass du keinen Bruder hast«, witzelte Bernd.

»Das Glück hast wohl eher du, wenn st' auf den Hof heiratest.« Scheiße, das war ihr jetzt einfach herausgerutscht.

»War das ein Heiratsantrag?«, fragte Bernd. »Romantisch war der aber nicht.«

»Nein, eher eine Feststellung. Erzähl weiter.«

»Na, jedenfalls hat das die Freundschaft wohl erheblich getrübt. Zwischen den beiden Familien hat lange Zeit Eiszeit geherrscht, also zwischen den alten Loidls und den alten Söllner, denn die Söllnerin wollte eigentlich, dass der Loidl ihnen mit einem Privatkredit aus der Patsche hilft, und das hat er nicht getan, sondern abgewartet bis zur Pleite und dann später den Hof aus der sogenannten Konkursmasse ersteigert. Den Rest erzähl ich dir beim Abendessen. Ich koche ... um sieben bei mir? Ich muss jetzt nämlich schnell in eine Besprechung, Sandra.«

Sie verabschiedeten sich, und Sandra war froh, dass er das Thema Heiratsantrag nicht mehr erwähnt hatte. Sandra Anders gehörte nämlich nicht zu den Frauen, die unbedingt geheiratet werden wollten, zum Leidwesen ihrer Mutter, die schon gerne mehrere Enkelkinder beaufsichtigen würde.

In diesem Moment stieß Sandra auf den Namen Loidl. Er stand auf einem ihrer handgekritzelten Notizen, die Rosa an die Vorderseite eines von ihr schön getippten Berichtes geheftet hatte. Altersdemenz stand in Klammern daneben. Felix Gremel hatte den Namen auf dem Polizeiposten in Unterach erwähnt, als sie nach Freunden der Söllner gefragt hatte.

Rosa kam zurück. In der Hand den sauberen Aschenbecher. Sie ließ ihn wieder in ihrer Schublade verschwinden. Sandra erzählte ihr von dem Gespräch mit Bernd. Den Teil mit dem unfreiwilligen Heiratsantrag ließ sie aus.

»Dann können wir die Familien Loidl und Zenz wohl ausklammern, konzentrieren uns wie bisher auf den engeren Familienkreis«, schlussfolgerte Rosa.

»Aber reden möchte ich trotzdem mit denen, denn alte Freunde haben manchmal viel zu erzählen.«

Die Söllnerin wollte ihre Sachen geregelt wissen. Nichts dem Zufall überlassen, über alles unterrichtet sein, was in ihrer unmittelbaren Nähe passierte. Das hatte sie immer so getan. Nur einmal hatte sie nachgegeben.

Die Kraft war ihr einfach ausgegangen. Und prompt hatte das Leben sie bergab geschupst, eine Talfahrt, die sie ihre Nerven und das gesamte Vermögen gekostet hatte. Wenn sie nur eine Spur früher reagiert hätte ...

Aber jammern nutzte nichts. Als sie meinte, am Tiefpunkt angekommen zu sein, hatte sie begonnen, ihr Dasein wieder selbst in die Hand zu nehmen. Und dazu gehörte, das Geld ihres Mannes einzubehalten. Damit würde sie jetzt ihren Nachlass regeln. Und dabei fühlte sie sich plötzlich wieder jung, wähnte eine längst vergessen geglaubte Kraft in ihren alten Knochen.

Der Termin war eine reine Formalität, denn sie hatten den Vertrag schon vor längerer Zeit besprochen und aufsetzen lassen. Das Bauernsacherl hatte ursprünglich dem Ehepaar Söllner zu gleichen Teilen gehört, und es war vereinbart worden, dass die Hälfte dem jeweils Überlebenden vermacht wurde. Dann hatte die alte Söllnerin das Haus vorzeitig überschreiben lassen wollen, um zu verhindern, dass der Mann es wieder versoff. Den Grund hatte sie ihrem Mann natürlich nicht gesagt, und der hatte dem Vorhaben auch wirklich zugestimmt. Sie waren zu einem Freund von Konrad gegangen, hatten alles geklärt, und dann hatte der alte Söllner plötzlich Angst bekommen, sie könnten hinter seinem Rücken einen Passus in den Vertrag aufnehmen, der half, ihn aus dem Haus zu werfen. Und er hatte seine Unterschrift verweigert.

»Punkt Acht. Die Rechtserwerber erklären im Sinn des Paragraphen ...«, riss sie die Stimme des Notars aus ihren Gedanken. Der Notar erklärte bereits seit einer Stunde jeden Absatz, erläuterte und versuchte, das juristische Kauderwelsch einigermaßen verständlich zu machen. Es gelang ihm halbwegs, jedenfalls hatte sie das Gefühl, dass in dem Vertrag alles stand, was sie in Gesprächen vorher geklärt hatten.

Die Altbäuerin bekam das Wohnrecht bis zu ihrem Tod. Es war unter Punkt vier erläutert. Auch was passieren sollte, falls sie ein Pflegefall werden würde, war geregelt. Sie würde im Haus bleiben, und Franziska ihre Pflege übernehmen. Das war immer noch günstiger als in eines dieser Pflegeheime zu kommen. Denn ihre Pension würde für eine Unterbringung dort nicht ausreichen. Dann müsste sie um Sozialhilfe ansuchen, ein schrecklicher Gedanke. Und es würde von Amts wegen geprüft, ob die Familienangehörigen nichts zahlen könnten. Und dazu gab es in jedem Bundesland andere Regelungen, hatte man ihr erklärt.

Österreich und seine Bürokratie, dachte die alte Söllnerin. Aufgebläht wie in der Österreichisch-Ungarischen Monarchie.

Der Notar hatte schöne Hände und einen geschmackvollen Anzug an. Die Verträge lagen ausgebreitet auf dem Tisch. Sie mussten nur noch unterschreiben.

Die Sekretärin hatte Kaffee und Wasser serviert. Franziska saß neben der Altbäuerin vor dem Schreibtisch. Ihr würde das alte Sacherl in Zukunft gehören. Roman, Karin und Konrad saßen in zweiter Reihe. Christine und Simon waren zu Hause geblieben.

»Haben Sie alles verstanden, Frau Söllner.«

Die Alte nickte.

»Oder soll ich es noch mal erklären?«

Die Bäuerin schüttelte den Kopf, griff nach dem Stift, der auf dem Schreibtisch lag. Sie hatte genug von dem Anwaltsgewäsche, das sie zumeist eh nicht verstand, weil es so kompliziert formuliert war. Da konnte sich dieser Mann noch so abmühen.

»Sie haben ein Wohnrecht in der Gutsherrnalm, und wenn Sie ein Pflegefall werden, sind die Franzi und der Konrad verpflichtet, Sie zu pflegen.«

Papier ist geduldig, dachte die Altbäuerin als sie ihren Namen unter den Vertrag setzte. »Wie lange dauert es, bis meine Enkelin als neue Besitzerin im Grundbuch steht?«

»Wenn die Gebühr bei uns hinterlegt wird, geht es ganz schnell.

Wenn Sie auf den Bescheid des Finanzamtes warten, dauert es bis zu drei Monate«, erklärte der Notar.

»Ich nehme die schnelle Variante«, entschied die Altbäuerin.

Der Notar nickte. »Ich lass gleich alles vorbereiten.«

»Du musst das jetzt aber nicht so gach machen, Oma«, sagte Franziska Fellinger kaum, dass der Notar durch die Tür verschwunden war.

Anstatt einer Antwort legte die Altbäuerin ein Sparbuch auf den Tisch. »Und damit wird das jetzt alles bezahlt.«

Die Familienmitglieder sahen einander an.

Roman Söllner beugte sich nach vorn. »Ist das ...?«

»... das Geld deines Vaters. Ja, das ist es«, ergänzte die Altbäuerin. »Jeden Cent hab ich auf die Seite gelegt, damit ich irgendwann einmal das Mathiasgut zurückkaufen kann. Aber der Tag wird nicht mehr kommen, die Zenz wären deppert, wenn's verkaufen würden. Und es reicht wohl auch noch nicht. Also wird jetzt mein Nachlass damit geregelt, kostet eh genug Geld ... und mit dem Rest könnt s' machen, was ihr wollt.«

Der Notar kam zurück, und Franziska Fellinger steckte das Sparbuch ein.

Knapp vor sechs Uhr abends kehrten sie nach Unterach zurück. Die alte Söllnerin ließ sich beim Friedhof absetzen. Sie war seit dem fünfzehnten August nicht mehr am Familiengrab gewesen. Roman hatte angeboten, seine Mutter in einer Stunde wieder abzuholen und nach Hause zu bringen, aber die Altbäuerin hatte abgewunken. »Die Bewegung wird mir guttun. Sind eh nur umeinander gesessen heut Nachmittag. Und dunkel wird's auch erst in ein paar Stunden.« Sie hasste es, auf andere angewiesen zu sein und sich an deren Zeitplan halten zu müssen.

Auf dem Vorplatz der Kirche waren Tafeln angebracht mit den Namen der Gefallenen darauf, alphabetisch gereiht nach Kriegsjahren: 1914-1918 und 1939-1945. Auch der Name ihres Vaters war darauf in weißer Schrift auf grauem Granit verewigt. Immer wenn sie daran vorbeikam, schlug sie ein Kreuz.

Dann stieg sie langsam und mit Hilfe ihres Stocks die Stufen zum Friedhof hinauf. Ihr Körper schmerzte heute besonders stark. Beim Grab ihrer Familie lehnte sie den Stock gegen den schwarzen Marmor, kramte eine Friedhofskerze und Zündhölzer aus ihrer Handtasche hervor, beugte sich zu der Laterne am untern Ende des Grabsteins hinab.

»Soll ich dir helfen, Söllnerin?«, vernahm sie eine vertraute Stimme. Sie richtete sich wieder auf. Der Altpfarrer kam den Weg entlang.

»Bittschön.« Die Söllnerin reichte ihm die Kerze und die Zündhölzer. Mit einer raschen Handbewegung entzündete er das Zündholz und brannte den Docht der Friedhofskerze an, stellte sie in die Laterne und schloss das Glastürchen.

»Vergelt's Gott«, sagte die Söllnerin.

»Is scho recht. Gott sei mit uns. Ich war grad bei dem Grab, in dem dein Mann ruhen wird, Söllnerin.« Er hob die Hand, deutete in eine Richtung. »Da hinten liegt's.«

Die Altbäuerin nickte desinteressiert.

»Na, dann. Grüß Gott, Söllnerin.«

»Pfiat di, Pfarrer.«

Kurz überlegte sie, ob sie ihn um die Abnahme der Beichte bitten sollte. Aber als sie sich umdrehte, war er schon weg. Egal, ich mach mir mei Sach mit dem Herrgott direkt aus, dachte sie, nahm den Stock und ging die wenigen Meter zurück zur Friedhofsmauer, setzte sich auf eine der Parkbänke. So feig kann doch nur ein Mann sein. Sechzig Jahre lang den Mund halten. Von der Bank aus konnte sie auf das frisch ausgehobene Grab für ihren Mann sehen. Sie war zufrieden. Er würde dort sein, wo er hingehörte. Weit genug weg vom Familiengrab der Hofbauer. Die alte Söllnerin hatte dafür gesorgt, dass die Welt wieder in Ordnung gekommen war.

Sandra hatte immer wieder versucht, die Fellingers und die Söllners zu erreichen. Erst beim fünften Mal hatte sie schließlich Roman Söllner am Apparat gehabt. Er erzählte ihr, dass sie einen Termin beim Notar gehabt hätten, weil seine Mutter heute Nachmittag die Gutsherrnalm seiner Tochter überschrieben hätte. »Sie wollt das eigentlich schon vorm Tod vom Papa machen, aber mein

Vater war ja bekanntlich dagegen gwesen«, wiederholte er, was Sandra und Rosa schon von Franziska Fellinger erfahren hatten.

»Wir sind gerade eben nach Hause gekommen«, schloss er.

»Ich halte Sie nicht lange auf, Herr Söllner. Nur eine Frage: Wie war eigentlich das Verhältnis zwischen den Loidl und Ihren Eltern?«

»Die waren früher sehr gut befreundet. Aber, ich weiß nicht, ob Sie wissen, dass der alte Loidl unseren alten Familienerbhof ersteigert hat.« Dann erzählte er Sandra dieselbe Geschichte, die ihr kurz zuvor Bernd erzählt hatte. »Und von da an haben meine Eltern kein Wort mehr mit den beiden gesprochen«, schloss Roman Söllner.

»Wurde das Verhältnis irgendwann wieder besser?«

»Nein. Meine Mutter hat dem Loidl erst am Sterbebett verziehen. Und danach ist sie dann einmal zur alten Loidl. Aber die ist ja demenzkrank, hat wohl nicht mehr viel mitbekommen.«

»Warum hat sich Ihre Mutter ausgerechnet zu diesem Zeitpunkt mit den Loidls wieder vertragen? Können Sie mir das erklären?«

»Irgendwann muss man verzeihen, Frau Anders. Religiöse Menschen, wie meine Mutter, lassen niemanden ins Jenseits gehen ohne vorher Frieden geschlossen zu haben. Das gehört sich so. Aber am besten fragen Sie das alles meine Mutter.«

»Das hätte ich gerne getan, aber sie hebt das Telefon nicht ab.«

»Sie ist am Friedhof.«

»Ihrem Vater hat sie nicht verziehen.«

»Das hätte sie sicher getan, wenn sie gewusst hätte, dass er sterben würde, während sie in der Kirche saß.«

Nach dem Telefonat hatten Rosa und sie die bisherigen Ergebnisse zusammengefasst und hatten kurz vor sieben Uhr Feierabend gemacht.

Bernd hatte schon vor längerer Zeit die Liebe zum Kochen entdeckt, und Sandra hatte festgestellt, dass es sie entspannte, wenn sie jemandem beim Kochen zuschaute. Wahrscheinlich ein Relikt aus ihrer Vergangenheit. Ihre Mutter war immer mit der Vorbereitung der Mahlzeiten beschäftigt gewesen, egal wann Sandra nach der Schule heimgekommen war, und sogar auch später, als sie schon längst Polizistin war. Lieselotte Anders hatte gekocht, und Sandra war daneben gestanden und hatte ihr von ihrem Tag erzählt. Und je öfter Sandra darüber nachdachte, umso mehr wurde ihr klar, dass ihr diese Gespräche fehlten. Seit Jahren war sie nicht mehr in der Küche gestanden und hatte mit ihrer Mutter über Gott und die Welt gesprochen. Sie nahm sich vor, es demnächst wieder zu tun. Immerhin war für sie persönlich die Küche ein wunderbarer Ort der Kommunikation. Aber die drehte sich, wie schon so oft zuvor, in erster Linie um Sandras aktuellen Fall. Sie konnte einfach schwer abschalten.

»Mir ist nach unserem Telefonat eingefallen, wo ich den Namen Loidl schon mal gehört hab. Gremel hat den Namen erwähnt.«

»Wer, bitte schön, ist Gremel?«

Bernd öffnete eine Flasche Cabernet Sauvignon, schenkte zwei Gläser ein und stellte sie auf der Arbeitsplatte ab.

»Ein Kollege aus Unterach. Ich hab ihn gefragt, ob die Söllner Freunde haben, und da hat er erwähnt, dass die Loidl und die Söllner früher mal befreundet gewesen seien, und dass ich sie gar nicht befragen brauch, weil s' an Altersdemenz leidet und nur noch in der Vergangenheit lebt.«

Sandra legte eine CD ein. Theessink *Songs from the Southland*. Dann nahm sie ein Rotweinglas in die Hand, sog den Duft des Weines tief ein und nahm einen Schluck. Später, nach dem Hauptgang, würde sie Ray Charles auflegen. Musik war für sie etwas ganz Wunderbares. Für jede Stimmung brauchte sie andere. Zum Entspannen und Nachdenken schwankte sie zwischen Klassik und Aaron Neville, zum Energietanken Hans Theessink, zum Radfahren Cher oder Ramazzotti und zum Lieben eben Ray Charles.

»Sie ist die Mutter von Gerti Zenz. – Was hältst du von Penne mit Pesto und Tomaten in Sahnesauce?«, fragte Bernd und hielt das Glas mit selbstgemachtem Pesto in die Luft, das ihm Rosa zum Geburtstag geschenkt hatte.

»Klingt verführerisch. – Die Mutter?«

Er schlüpfte aus den Jeans und T-Shirt und begann augenblicklich zu kochen. Er wuchtete einen großen Topf mit Wasser auf den Herd. »Übrigens. Der Hof ist sehr gepflegt und außergewöhnlich sauber, das werde ich in meinem Artikel erwähnen. Ich hab nämlich schon anderes gesehen. Das kannst mir glauben.«

Bernd kochte zumeist in Shorts mit nacktem Oberkörper, was ihm bereits einige kleine Brandverletzungen auf der Haut eingebracht hatte.

»Die bieten doch Urlaub am Bauernhof an. Da muss es schon schön sein, wenn du Gäste am Hof hast. Schau dich doch mal bei meinen Eltern um«, bestätigte Sandra.

»Ja, stimmt, bei euch ist es auch so ordentlich. Und die Familie Zenz ist ebenfalls ausgesprochen freundlich ...« Bernd nahm sein Glas, stieß damit gegen Sandras. »Ich kann die Sauce erst machen, wenn die Nudeln fertig sind. Die geht nämlich ziemlich schnell.«

»Hast du ihnen eigentlich gesagt, warum du ausgerechnet über ihren Hof einen Artikel schreibst?«

Er schüttelte den Kopf. »Ein Artikel über die Bauern der Region ist doch ein plausibler Grund, einen Hof zu besuchen. Findest du nicht?«

»Schon. Aber ich hätte dich wahrscheinlich gefragt, warum du ausgerechnet meinen Hof ausgewählt hast.«

»Du bist Kriminalistin, Sandra. Normale Menschen sind nicht ganz so misstrauisch.« Er küsste sie auf die Stirn, dann warf er eine Handvoll Salz in das Wasser und ließ die Penne hineingleiten.

»Das hat mit Misstrauen nichts zu tun. Ich denke, das ist ganz normale Neugier, wenn ich wissen will, warum ausgerechnet mein Hof und nicht der des Nachbarn.«

»Sie haben mich aber nicht gefragt.«

»Warum haben sie nicht gefragt?«

Er sah sie an. »Sandra! Das ist mit Abstand die unnötigste Frage, die du je von mir beantwortet haben wolltest. Aber wenn du dich besser fühlst, ruf sie doch an und frag, warum sie mich nicht gefragt haben.« Bernd begann, Champignons in Scheiben zu schneiden. »... irgendwie war's auch schräg ... die Loidl-Bäuerin saß die meiste Zeit nur einfach da, hat vor sich hin gestarrt und auf einmal hat s' meinen Arm packt und so was gesagt wie: Habm s' eahm umbracht. Saubagage.« Er gab die geschnittenen Champignons in einen Topf mit Öl.

»Was hat sie damit gemeint?«

»Das hab ich auch nicht verstanden. Aber der Zenz hat mich dann aufgeklärt. Die Söllnerin hat einen Bruder gehabt, der war Epileptiker. Der ist von den Nazis in Niedernhart umgebracht worden. Und das hat sie wohl noch einmal durchlebt.«

»Schrecklich. Und sie hat jetzt geglaubt, dass du einer von den Nazis bist, oder wie?«

Bernd zuckte mit den Achseln. »Genau weiß ich nicht, welche Rolle ich dabei gespielt haben soll. Jedenfalls hat mir der Zenz dann die ganze Geschichte erzählt. Bevor die Nazis den Bruder der Söllnerin umbringen konnten, hat ihn die Familie im Wald versteckt gehalten, um ihn vor einer Zwangseinweisung zu schützen. Aber die Soldaten haben ihn aufgestöbert. Der Zenz hat gesagt, dass seine Schwiegermutter und die Söllnerin felsenfest davon überzeugt sind, dass er verraten wurde. Denn das Versteck muss so genial gewesen sein, dass niemand es gefunden hätte, der nicht Bescheid gewusst hat und ortskundig gewesen ist.«

»Wo?«, fragte Sandra rein aus Neugier.

»Irgendwo in den Wäldern. Wo genau, hab ich nicht gefragt, Sandra.«

Die Champignons waren goldbraun. Bernd fügte Pesto, getrocknete Tomaten und Sauerrahm dazu, ließ alles aufkochen.

»Die Aussicht vom Mathiasgut ist sensationell. Solltest du dir mal ansehen. Wir können doch mit dem Miro einmal den Höhenweg abgehen«, schlug er vor.

»Miro und gehen?« Sandra lachte laut auf. »Aber ich trag ihn nicht heim, das sag ich dir gleich.«

»Du denkst, der faule Sack lässt sich heimtragen?«

»Genau das denke ich.«

Bernd seufzte schmunzelnd. »Hunde sind halt auch nicht mehr das, was sie mal waren, oder? Ach ja, noch etwas. Stell dir vor, die Söllnerin verweigert ihrem Mann das Familiengrab.«

»Öha!«

»Ist natürlich Sprengstoff in so einer kleinen Gemeinde.«

»Warum macht die Ehefrau das?«

»So genau weiß das anscheinend keiner.« Bernd gab die Nudeln in eine Schüssel und goss die Sauce darüber. »Mehr kann ich dir leider nicht mehr erzählen.« Er sah sie von der Seite an. »Ich befürchte, dass dir das alles nicht wirklich weiterhilft.«

Sandra zuckte die Achseln. »Wer weiß.«

»Essen fertig! Komm, lass uns auf der Terrasse essen. Wer weiß, wie oft wir noch draußen sitzen können. Nimm den restlichen Wein mit und leg vorher eine neue CD ein.«

»Was Bestimmtes?«

»Wonach dir ist.«

Sandra brauchte nicht lange zu suchen. Jetzt war Rays Zeit. Sie griff nach einer schwarzen CD-Hülle. *Genius loves company.*

Schon die erste Nummer *Here we go again* im Duett mit Norah Jones brachte sie in die richtige Stimmung, ließ sie die Anspannung vergessen, die ihr Beruf ihr regelmäßig bescherte. Bernd hatte Recht. Mit so einem attraktiven Mann an der Seite, wie er einer war, sollte man öfter an sein Privatleben denken. Sie schob die dunklen Gedanken mit dem leeren Teller beiseite, lächelte Bernd verführerisch entgegen. Der Abend würde wunderbar werden.

Ray Charles. *Very Good Year.*

Oktober 1943

Fritz stand vor dem Hof und schaute auf Buchenort hinunter. Über dem See hing, einer dicken Daunendecke gleich, herbstlicher Frühnebel. Mit etwas Glück würde er aufsteigen und es würde ein schöner Herbsttag werden. Maria und er waren endlich ein Paar. Nur die Mutter durfte nichts davon erfahren, sie waren ja beide noch minderjährig. Und ein Knecht und die Bauerntochter, das war nur mit Erlaubnis der Eltern möglich. Aber vielleicht würde er ja noch Bauer? Und dann begann er zu überlegen, wie es dem Jungbauern wohl erging? Sie hatten bis jetzt nichts von ihm gehört. Maria war einige Male im Ort beim Bürgermeister gewesen, aber auch er hatte keine Nachricht erhalten. Marias Mutter pilgerte jeden Morgen zur Kirche, blieb dort den ganzen Tag um zu beten und kehrte spät abends wieder zurück. Sie hatte aufgehört, sich in irgendeiner Weise um den Hof zu kümmern. »Du bist jetzt die Bäuerin«, hatte sie Maria die gesamte Verantwortung in die Hände gelegt.

»Sie muss dir eigentlich den Hof richtig übergeben«, hatte Fritz angemahnt. »Du machst doch die ganze Arbeit hier.«

»Wenn der Jakob zurückkommt, wird's wieder anders werden.«

Der Jakob wird nicht mehr kommen, wollte Fritz ihr schon oft ins Gesicht sagen. Aber er getraute es sich nicht. Dann hätte er ihr auch sagen müssen, woher er das so genau wusste.

Fritz kniff die Augen zusammen. Hatte er da eben eine Gestalt gesehen? Er rieb sich die Augen, schaute noch einmal genau hin. Im morgendlichen Zwielicht sah er nun deutlich einen Mann, der sich aus der Dunkelheit des Waldes löste und direkt auf den Hof zusteuerte. Der Bürgermeister, schoss es Fritz durch den Kopf. Instinktiv war ihm klar, dass das kein gutes Zeichen war.

»Komm mit, Fritz!«, forderte er den Knecht auf. »Ich werde dich jetzt brauchen. Der Jakob ist gestorben. Herzlähmung. Ich hab die Nachricht gerade bekommen, bin gleich selber raufgelaufen.«

Nur mit großer Mühe konnte Fritz verbergen, wie aufgewühlt er war, und dem Bürgermeister zur Haustür folgen. Es war also passiert. Der Jakob ist tot, hämmerte es in seinem Kopf. Was würde nun werden?

Maria öffnete die Tür. Als sie Fritz und den Bürgermeister sah, schlug sie die Hände vors Gesicht und stieß einen entsetzten Schrei aus, der mehr dem eines Tiers als dem eines Menschen glich und den Fritz nie wieder vergessen sollte. Auch überraschte ihn, wie instinktiv Menschen in solch einer Situation reagierten. Intuitiv hatte sie schon Bescheid gewusst, bevor der Bürgermeister auch nur ein Wort gesagt hatte. Da hieß es doch immer, der Mensch wird durch sein Denken gelenkt. Aber wenn es drauf ankam, spürten sie Gefahr genauso wie jedes Tier auch.

Marias Mutter kam angerannt.

»Hofbauerin, es tut mir leid«, sagte der Bürgermeister und reichte ihr ein Kuvert. »Er hat nicht leiden müssen, ist friedlich eingschlafen. Der Herrgott hat halt doch seine Hand über ihn ghalten«, versuchte er zu trösten.

Die Augen der Altbäuerin wurden schmal. Sie spuckte dem Bürgermeister ins Gesicht. »Verschwind. Du und dei Bagage. Verschwind s' von meinem Hof.«

Mit einem überraschten Gesichtsausdruck trat der Bürgermeister einen Schritt zurück und wischte sich mit dem Ärmel übers Gesicht.

»Woast, was ih deim Hitler wünsch'? Verrecken soll er, die Drecksau, die verlauste. Erst hat er mein Mann umbracht und jetzt auch noch mein Buam.« Sie riss dem Bürgermeister das Schriftstück aus der Hand, warf es auf den Boden. »Und des verlogene Blatt'l könnt s' euch sparen.« Dann wandte sie sich um und ging zurück in die Küche.

Maria stand noch immer sprachlos in der Tür, Tränen liefen ihr über die Wange. Ein gellender Schrei riss die drei aus ihrer Erstarrung. In der Küche fanden sie die Mutter zusammengebrochen auf dem Boden liegen.

Der Jakob war gestorben.

Herzlähmung.

Stieglitz, Stieglitz, `s Zeiserl ist krank
Gehn ma zum Bader, lass ma eahm Ader.

Dienstag, 8. September

Der erste Anruf von Sandra gehörte an diesem Morgen Felix Gremel.

»Ich habe gestern zufällig erfahren, dass Frau Söllner ihrem Mann das Familiengrab verweigert. Wissen Sie etwas darüber?«, fragte Sandra in ruhigem Ton.

»Nur das, was man sich so erzählt. Der Roman Söllner war beim Pfarrer und hat um eine andere Grabstätte gebeten. Warum, das kann aber keiner beantworten. Angeblich weiß der Roman selbst nicht, warum sich seine Mutter sträubt, seinen Vater im Familiengrab beizusetzen.«

»Und warum rufen Sie mich nicht sofort an, wenn Ihnen Derartiges zu Ohren kommt?«, fragte Sandra etwas schärfer.

»Hätt' ich das tun sollen?«, kam es unschuldig zurück. »Ist das wichtig?«

»Das fragen Sie noch, Gremel? Was glauben Sie, was ich hier mache? Ich ermittle in einem Mordfall. Alles ist wichtig und nichts. Und bevor Sie sich in Zukunft Gedanken darüber machen, ob eine Information für mich wichtig ist oder nicht, rufen Sie mich an und erzählen mir davon. Und ICH entscheide dann, ob's wichtig ist oder nicht. Verstanden?«

»Verstanden.«

»Gut. Und jetzt fahren Sie zu Roman Söllner und fragen ihn persönlich. Und wenn er es Ihnen nicht beantworten kann, dann fragen Sie die alte Söllnerin. Oder besser. Sie fragen gleich die Witwe, sparen Sie sich den Weg zu ihrem Sohn. Und sobald Sie etwas wissen, rufen Sie mich an!«, schnaubte sie ins Telefon.

Er versprach es, und sie legten auf. Rosa betrat das Büro und reichte ihr eine Tasse Kaffee. »Siehst aus, als könntest' einen brauchen.«

»Danke.«

Mit der Tasse in einer Hand klickte Sandra sich durch die Preise von Ferienwohnungen am Attersee. Sie hatte es am Vorabend tatsächlich geschafft, sich zu entspannen. Bernd und sie hatten bis spät nachts über ihre Beziehung und über ihre Erwartungen an das Leben geplaudert, sich gemeinsam unter eine Decke gekuschelt, als es kühler geworden war. Nach einer Flasche Wein hatten sie naturgemäß die Welt verbessert, und Sandra überlegte, ob die nach letzter Nacht nicht wirklich um ein Stück besser geworden war. Was aber wahrscheinlich an ihrer guten Laune lag.

»So eine Gutsherrnalm würde sich auf Dauer schon auszahlen«, sagte Sandra zu Rosa, die heute ebenfalls gute Laune hatte. »In der Hauptsaison kannst du achtundneunzig Euro pro Tag einnehmen, in der Vorsaison immerhin noch bis zu sechzig.«

»Keine schlechte Vorstellung, Besitzer mehrerer Häuser zu sein, die man vermieten oder in Krisenzeiten sogar verkaufen kann. Nur falls der Herr Banker arbeitslos werden sollte.« Der einst so sichere Arbeitsplatz, die Bank, wurde ebenfalls, wie andere Unternehmen auch, Rationalisierungen unterzogen, Bereiche wurden ausgelagert oder ganz geschlossen. Fellinger wäre nicht der erste Banker, der seine Stellung verlor.

Wahrscheinlich waren in Zukunft die sichersten Arbeitsplätze jene bei der Polizei. Denn für Leute wie Sandra und Rosa würde es immer Arbeit geben. Verbrechen waren unabhängig von Konjunktur und Wirtschaftslage.

Sandra wechselte ins Outlook. Eine Mail von der Spurensicherung war eingegangen. Sie rief den Laborbericht auf ihrem Bildschirm auf. Weder in den Speisen aus der Gefriertruhe noch in der Schnapsflasche waren Spuren von Colchizin gefunden worden. Sandra war weder enttäuscht noch überrascht. Ehrlich gesagt, hatte sie nichts anderes erwartet. Hofer hatte mit dem letzten Abendmahl wahrscheinlich Recht gehabt. Und derjenige, der die giftigen Blätter darunter gemischt hatte, hatte das Zeug, falls noch etwas übrig war, garantiert schon längst irgendwo verschwinden lassen. Blieb die Frage: Wer hatte die Möglichkeit, Herbstzeitlose unter den Mangoldauflauf zu mischen? Jeder, außer Konrad Fellinger, gab sie sich sofort die Antwort. Roman Söllner, bevor seine Frau den Auflauf zu seinem Vater gebracht hatte, seine Frau jederzeit, die Enkelin, als sie mit der Mutter an diesem Abend noch bei den Großeltern vorbeigesehen hatte, und die Ehefrau, als der Söllner vielleicht eine Minute lang nicht aufgepasst hatte. Und dann fiel ihr eine Bemerkung ein, die Roman Söllner gestern nebenbei fallengelassen hatte.

»Ich fahr zum Mathiasgut rauf«, sagte sie zu Rosa.

»Was tun?«

»Bin mir selbst noch nicht sicher. Ich glaub, ich klammer mich gerade an jeden Strohhalm, der sich bietet.«

»Soll ich mitkommen?«

»Nein, bleib du hier. Denn wenn nichts dabei herauskommt, haben wir wenigstens nicht beide unsere Zeit verplempert.«

In Höhe Nußdorf rief Gremel auf Sandras Handy an. Er hatte nicht viel in Erfahrung gebracht, hatte doch Roman Söllner befragt, der wusste aber wirklich nicht, warum seine Mutter die Entscheidung mit dem Grab getroffen hatte. »Und aus der alten Söllnerin bring ich kein Wort raus. Die nimmt mich nicht ernst«, mutmaßte er. »Immerhin kennt sie mich seit Kindestagen.«

Kalter Wind peitschte über den See. Die Oberfläche war unruhig, kleine Wellen schlugen gegen das Ufer. Wasservögel schaukelten auf und ab wie auf einer Hochschaubahn. Eine graue Wolkendecke hing schwer über der Region, ließ den Morgennebel nicht nach oben abziehen. Die Egelseestraße glänzte nass vom Regen und war mit nassem Laub bedeckt. Dazwischen lagen Eicheln und Walnüsse, die der Wind von den Ästen gerüttelt hatte. Wann erntete man eigentlich Walnüsse? Ende September, Anfang Oktober? Oh Gott, eine Bauerntochter, die nicht wusste, wann genau die Erntezeit von Nüssen war. Diese Wissenslücke sollte sie schnellstens schließen.

Sie parkte ihren Golf vor dem Ferienhaus, das ihr Bernd beschrieben hatte. Neben ihr stand ein Wagen mit deutschem Kennzeichen. Wahrscheinlich Urlauber. Der Hof war genauso wie Bernd ihn beschrieben hatte, sauber und aufgeräumt. Ihr Freund hatte kein bisschen übertrieben. Auch die Aussicht war unbezahlbar. Die Blätter der Obstbäume waren leicht verfärbt, hatten noch kaum Laub abgeworfen. Postkartenidylle, wenn nicht das miese Wetter wäre.

Sie ging über den asphaltierten Vorplatz zur Eingangstür. Die Haustür öffnete sich, bevor sie läutete. Die Frau, die ihr auf der Schwelle gegenüberstand, musste Gerti Zenz sein. »Ich hab ein Auto gehört, und nachdem wir das einzige Haus in dieser Straße sind ...«

Sandra hielt ihr den Ausweis entgegen. »Frau Zenz?«

Die Frau erschrak sichtlich, als sie erkannte, wer da vor ihr stand.

»Keine Angst. Ich möchte mich nur kurz mit Ihnen unterhalten.«

»Worüber?«

»Routinebefragung im Rahmen von polizeilichen Ermittlungen«, behauptete sie. »Kann ich reinkommen? Ich halte Sie nicht lange auf.«

Zögernd trat Gerti Zenz zur Seite. »Wenn's unbedingt jetzt sein muss. Bitte.«

Sandra trat ein und folgte der Bäuerin in die Wohnküche. Hier saß eine alte Frau zusammengesunken beim Tisch.

»Meine Mutter«, stellte Gerti Zenz vor. Fast wäre Sandra ein *Weiß ich* herausgerutscht. »Grüß Gott.«

Die Alte reagierte nicht.

»Sie hört sehr schlecht.« Gerti Zenz wedelte mit der rechten Hand vor ihrer Stirn hin und her. »Außerdem ist sie demenzkrank. Altersdemenz. Der Arzt meint, ihr geht's nicht schlecht. Sie lebt halt in ihrer Welt, nimmt uns manchmal gar nicht wahr.«

Sandra vermutete, dass Gerti Zenz mit *uns* die Umwelt meinte. »Das ist gewiss nicht leicht für die Angehörigen.«

Gerti Zenz warf der Alten auf der Eckbank einen traurigen Blick zu. »Is schon schlimm, wenn dich deine eigene Mutter nicht mehr kennt. Darf ich Ihnen was anbieten?«, fragte Gerti Zenz. »Hab grad einen Zwetschkenfleck aus dem Ofen geholt und einen Kaffee aufgsetzt.«

Sandra nahm dankend an. »Frau Zenz«, begann sie, »es kommt Ihnen jetzt vielleicht komisch vor, aber wissen Sie den Grund, warum Ihr Vater die Frau Söllner an sein Totenbett rufen ließ?«

»Woher wissen Sie das?«, fragte sie überrascht.

»Der Sohn hat es uns erzählt«, antwortete Sandra, und das war nicht einmal gelogen.

Die Bäuerin legte Sandra ein Stück Kuchen auf den Teller und schenkte Kaffee ein. »Und was wollen S' da genau wissen?«

»Ich sag es Ihnen ehrlich. Genau weiß ich es auch nicht, aber wir ermitteln hier in einem Mordfall …«

»Mordfall?«, unterbrach Gerti Zenz und hielt in ihrer Bewegung inne. »Ich dachte, der alte Söllner hat sich selbst vergiftet.«

»Wer hat denn das behauptet?« Sandra steckte sich ein Stück Kuchen in den Mund.

»Na ja, ich dacht halt …«

»Wir gehen im Moment von Mord aus, und da müssen wir halt alle Leute befragen, die in letzter Zeit mit den Söllnern zu tun hatten.«

»Wia geht's dir denn, Hofbauerin?«, fragte plötzlich die Loidl-Bäuerin.

»Geht schon«, antwortete Sandra.

»Die Hofbauerin war die Altbäuerin vom Mathiasgut«, erklärte Gerti Zenz.

»Is scho sehr tragisch. Erst dei' Mann und jetzt dei' Bua.«

Sandra nickte.

»Aber d' Maria bleibt bei dir.«

»Ja, bleib ich«, antwortete Gerti Zenz und stellte die Kanne auf den Tisch, lehnte sich zurück. »Und Sie glauben, dass das, was mein Vater der Söllnerin gsagt hat …«

Die Loidl-Bäuerin versank wieder in andächtiges Schweigen. »Sie starrt die meiste Zeit vor sich hin«, erklärte Gerti Zenz. »Nur ab und zu sagt s' was.«

»Wann ist denn Ihr Vater gestorben?«

»Heuer. Am fünften März.«

Sandra notierte sich das Datum. »Und wissen Sie nun, warum Ihr Vater die Frau Söllner rufen ließ?«

Sie zuckte die Achseln. »Mein Gott. Er wollt halt Frieden schließen, bevor er stirbt. Macht doch jeder so. Die beiden waren ja lange Zeit über befreundet gewesen, bevor der Vater den Hof ersteigert hat. Zuerst hat er den Pfarrer rufen lassen, der ihm die Beichte abgenommen hat und danach zur Söllnerin gefahren ist. Uns hat er nur gsagt, dass der Vater die Altbäuerin sprechen will, weil ihm noch etwas auf dem Herzen liegt, was er unbedingt loswerden wollt.« Sie schob die Schultern nach oben und machte einen verzweifelten Gesichtausdruck. »Aber was des woar, mein Gott, des weiß ich auch nicht. Der Pfarrer hat ja sein Beichtgeheimnis, und die Söllnerin hat danach nicht groß mit uns gesprochen.«

»Versuchen Sie, sich zu erinnern, Frau Zenz. Was für einen Eindruck hat die Frau Söllner auf Sie gemacht, nachdem sie mit Ihrem Vater geredet hat?«

Gerti Zenz dachte einige Minuten nach, dann erhellte sich ihr Gesicht. »Sie hat gesagt: Jetzt kann ich mein Versprechen einlösen.«

Sandra wusste, dass ihr die Zeit davonlief. Der Altbauer Söllner würde morgen Vormittag begraben werden. Bis dahin wollte sie zumindest einen Schritt weitergekommen sein. Der Besuch auf dem Mathiasgut war zwar nicht ganz so verlaufen, wie sie sich erhofft hatte. Aber zumindest hatte sie nicht mehr das Gefühl, sich im Kreis zu drehen. Am Ende der Egelseestraße hielt sie am Straßenrand, rief Rosa an. Ihre Assistentin hob beim dritten Läuten ab.

»Und, was gefunden?«

»Bin mir nicht sicher, denke aber schon. Gib mir doch bitte die Telefonnummer vom Fellinger, am besten die von seinem Büro.«

Rosa gab ihr beide Nummern durch. »Ich meld mich später.« Sandra legte auf und wählte sofort die Nummer der Bank und Fellingers Durchwahl.

»Fellinger.«

»Hier ist Inspektorin Sandra Anders. Nur eine Frage. Wann hat Ihr Schwiegervater zum ersten Mal darüber gesprochen, seine Haushälfte zu verkaufen?«

Am anderen Ende der Leitung herrschte Schweigen.

»Herr Fellinger, sind Sie noch dran?«

»Ja. Lassen Sie mich kurz in meinen Unterlagen nachsehen. »Das muss ... ja, das war Mitte März. Ein befreundeter Immobilienmakler hat mich angerufen. Ihm wurde das Objekt angeboten.«

»Hat Ihr Schwiegervater vielleicht früher schon einmal davon geredet zu verkaufen?«

Wieder war einige Sekunden Stille in der Leitung. »Nein«, kam es schließlich. »Er hat eigentlich nie davon gesprochen.«

»Hat er dem Makler einen Grund genannt, warum er verkaufen will?«

»Nein. Das muss der Makler auch nicht wissen, außerdem hat ihm mein Kollege gleich gesagt, dass die Haushälfte kaum zu verkaufen ist.«

Sandra bedankte sich und legte auf. »Jetzt kann ich mein Versprechen einlösen«, schoss es ihr unentwegt durch den Kopf. »Welches Versprechen? An wen? Das hatte ja etwas mit dem Besuch beim sterbenden Loidl-Bauern zu tun. Warum hat die Söllnerin nach nur einer halben Stunde eine Feindschaft beendet, die dreißig Jahre lang gedauert hat? Das muss doch einen Grund haben, verdammt noch mal«, fluchte Sandra laut, dann bog sie rechts ab Richtung Kohlstatt. Sie musste dringend mit der alten Söllnerin reden.

Oktober 1943

Es war warm.

Der Tag hatte mit leichtem Frühnebel begonnen, dem bald herrlicher Sonnenschein gefolgt war. Es war, als wolle der Himmel sie verhöhnen, schickte Wärme und Sonnenstrahlen statt Regen und Kälte hinunter, obwohl es doch auf der Erde dunkel geworden war.

Als die wenigen Trauergäste nach der Einsegnung in der Kirche endlich das frisch ausgehobene Grab erreichten, begann Fritz, in Gedanken mit dem Jungbauern zu sprechen. Sentimentalitäten waren normalerweise nicht so seine Sache, auch Gesprächen mit Toten konnte er nichts abgewinnen. Aber in diesem Fall ... war es schlechtes Gewissen? Er suchte tief in seinem Inneren danach, konnte aber keine Erklärung finden.

Griaß di Jakob, begann er stumm. Schau, du kannst jetzt wenigstens neben deinem Vater liegen. Ich hab meinen Vater nicht einmal gekannt, weiß nicht, ob er lebt oder schon tot ist. Auch das Grab der Mutter hab ich noch nicht gesehen. Auf die Maria pass ich schon auf, kannst dich drauf verlassen.

Der Pfarrer begann mit der Zeremonie. Zwischendurch hielt der Gottesmann inne, zog ein Taschentuch unter seiner schwarzen Sutane hervor, wischte seine Tränen weg. Er hatte den Jakob gut gekannt und hoffte, dass der Herrgott seinem besten Ministranten einen sehr guten Platz da oben reserviert hatte. Maria und ihre Mutter weinten bitterlich. Immer wieder unterbrach ihr lautes Schluchzen die Rede des Pfarrers. Maria stützte ihre Mutter, die nach vorn gebeugt dastand, als würde sie jeden Augenblick zusammenbrechen. Fritz stand neben ihnen, auf gleicher Höhe. Inzwischen war es Maria egal, was die anderen dachten oder laut aussprachen. Der Fritz gehört zur Familie, hatte sie gemeint, und die Mutter hatte desinteressiert genickt. Der Fritz stand innerlich ganz unberührt neben ihnen, spürte kein Bedauern, keine Schuld: Jeder muss selbst schauen, wo er bleibt.

Wind kam auf, und der Pfarrer sah dies als Zeichen, dass Jakobs Seele jetzt in den Himmel aufgefahren sei. Die Trauergäste bekreuzigten sich und sahen nach oben.

»Schön hat er gsprochen, der Herr Pfarrer, goi«, wiederholte Marias Mutter mehrmals auf dem Nachhauseweg. Immer wieder mussten sie stehen bleiben, weil die Altbäuerin Angst hatte, die Kontrolle über ihre Beine zu verlieren.

Zu Hause legte sie sich sofort ins Bett. Fritz und Maria sahen abwechselnd nach ihr. Sie hörte an diesem Tag nicht auf zu wimmern, wie ein verwundetes Tier.

Fritz war mitten in der Nacht wach geworden. Ein Geräusch hatte ihn aufgeschreckt. Er horchte. Ein Fuchs auf der Suche nach einer Henne? Ketten klirrten. Der Kuhstall. Wieder klirrten Ketten.

Diebesgesindel, schoss ihm durch den Kopf. Leise schlich er aus seiner Kammer, griff nach einer Mistgabel, die neben dem Stalleingang lehnte, und trat leise ein. Eine Katze verschwand im Stroh.

Im Dunkeln nahm er eine Gestalt wahr. Sie stand neben Resi und streichelte ihr sanft über den breiten Rücken. Es war Maria. Fritz erster Impuls war, näher zu gehen und sie in den Arm zu nehmen. Aber irgendetwas hielt ihn davon ab. Maria summte ihr Lied. Stieglitz, Stieglitz, 's Zeiserl is krank. Und dann hörte er, wie Maria mit dem Vieh sprach. »Eines sag ich dir, Resi. Wenn ich den erwisch, der meinen Bruder an diese braunen Teufl verraten hat, den bring ich um. Bei allem, was mir heilig ist. Den bring ich um«, schwor Maria. Fritz zog sich zurück. Er wusste, dass sie es ernst meinte. Ihm war, als würde plötzlich die halbe Welt auf ihn herabblicken. Rede mit ihr, sag ihr, was du getan hast, hämmerte es in seinem Kopf.

In dieser Nacht hätte er weggehen können, sich freiwillig an die Front melden. Ein Held werden und nie mehr zurückkehren. Aber was wurde dann aus seinem großen Traum? Bauer werden.

Dienstag, 8. September

Es war Zeit, das Mittagessen vorzubereiten. Obwohl sie jetzt zu jeder Tages- und Nachtzeit kochen konnte, hielt sich die Altbäuerin strikt an die Uhrzeiten, die sie und ihr Mann sich zu seinen Lebzeiten ausgemacht hatten. Sie war es nun mal so gewohnt und wich nicht gern von Regeln ab. Von sieben bis halb acht war ihre Frühstückszeit. Ihr Mann hatte bereits um sechs Uhr morgens gefrühstückt, immer bevor er die Hühner aus dem Stall geholt und im Stroh nach Eiern gesucht hatte. Von zwölf bis ein Uhr war ihre Mittagszeit und das Abendessen nahm sie zumeist in der Stube vor dem Fernseher während der Nachrichten ein.

Währenddessen hatte der Altbauer vor dem Radioapparat in der Küche gegessen, wenn er um diese Uhrzeit nicht schon besoffen in seiner Kammer gelegen hatte. Was der Söllnerin am allerliebsten gewesen war.

Beim Kramen in ihren Erinnerungen kam der Söllnerin wieder vieles in den Sinn, wie die Lieblingsspeise ihres Bruders. Kartoffelpüree und ein Spiegelei dazu. Er hatte mehr Kartoffelbrei verputzen können, als alle anderen Familienmitglieder zusammen. »Na, wenigstens essen kann er«, hatte ihr Vater dann immer gesagt. »Wenn er schon zu nichts anderem taugt.«

Natürlich hatte der Jakob etwas getaugt. Die Anfälle waren halt meistens ohne große Vorwarnung gekommen. Jakob war plötzlich umgefallen, hatte mit den Armen und Beinen gezuckt. Ihre Mutter hatte ihr eingeschärft, dann immer sofort auf Jakobs Zunge zu achten. »Sonst erstickt er daran.« Ihre Mutter war mit dem Jakob natürlich zum Arzt gegangen. Aber der konnte nicht viel tun, machte einen Test, untersuchte Jakobs Kopf, sein Blut und sonst noch so einiges, und mit der Zeit hatten alle mehr oder weniger gelernt, damit umzugehen. Und dass der Jakob sich etwas langsamer entwickelte als alle andern Kinder, lag doch daran, dass er ein Herbstkatzerl gewesen war. Wenn ihr Bruder wieder einmal zum Gespött der Nachbarkinder geworden war, dann hatten sie sich weit in den Wald zurückgezogen, waren den ganzen Tag beim Egelsee geblieben oder sie waren bis zum Mausoleum gelaufen und manchmal noch weiter. Dann waren sie schon am Mondsee, hatten gespielt, dass sie in einem fremden Land lebten, und waren oft erst spät abends wieder nach Hause gekommen. Der Vater hatte dann natürlich fürchterlich geschimpft, und hie und da hatten sie auch Prügel eingefangen.

»Such dir einen Mann, der herzieht, keinen Bauern, der dich von hier wegholt. Der Jakob braucht dich«, hatte ihr zuerst der Vater und später die Mutter aufgetragen. Nichts anderes hatte sie getan, und genau das hatte all das Leid über sie gebracht, wusste sie heute.

Die alte Söllnerin hatte ihren Bruder geliebt. Er war so ein ruhiger, besonnener Mensch, wenn er keine Anfälle gehabt hatte. Zugegeben, er war keiner dieser bärenstarken Kunten, aber er hatte andere Werte. Sie hatte sie erkannt. Auch die Mutter wusste, was in ihm steckte. Aber was war das schon wert, in Zeiten, wo nur ein großes Mundwerk und Muskelkraft zählten?

Der Tod ihres Mannes erinnerte sie daran, dass auch sie nur mehr eine begrenzte Lebenszeit hatte. Nicht etwa, dass sie sich vor dem Tod fürchtete. Ganz im Gegenteil. Er nahm ihr eine Bürde ab, die Schmerzen, die sie seit Jahren sowohl körperlich als auch psychisch erdulden musste. Die Erinnerungen, die sie quälten und ihr seit Monaten schlaflose Nächte bereiteten.

Aber heute würde sie leben und sich Jakobs Lieblingsspeise zubereiten. Nicht dieses gekaufte Packerlklumpert. Nein. Das Püree würde sie aus Kartoffeln selbst herstellen. Zielstrebig stieg sie die Stufen in den Keller hinunter und holte eine Handvoll Erdäpfel, befreite die Schale vom Schmutz und setzte einen großen Topf Wasser auf.

Es klopfte. Die alte Söllner sah auf die Uhr über dem Herd. Dreiviertel zwölf. Sie erwartete niemanden. Den Bruchteil einer Sekunde überlegte sie, nicht zu öffnen. Menschen, die zur Mittagszeit an Türen klopften, waren unhöflich und brachten zumeist keine guten Nachrichten. Schließlich verschob sie das Kochen auf später und schlurfte zur Eingangstür. Den Stock hatte sie in der Küche vergessen.

»Grüß Gott, Frau Söllner. Entschuldigen Sie, dass ich Sie einfach so überfalle, aber ich hätte da noch ein paar Fragen«, sagte Sandra Anders. Am Gesichtausdruck der Frau erkannte Sandra, dass sie alles andere als willkommen war. »Ich halt Sie nicht lange auf, versprochen.«

Wortlos trat die Alte beiseite, schlug hinter Sandra die Tür wieder zu und ging voran in Richtung Küche. Die Söllnerin setzte sich auf den freien Sessel, auf dem sie bei Sandras erstem Besuch gesessen hatte. Sie bot der Inspektorin keinen Platz an. Sandra kannte dieses Verhalten nur allzu gut, hatte es schon oft beobachtet, wenn Hausbesitzer durch derartiges Verhalten unbewusst ihre Macht demonstrierten. »Wenn Ihnen Ihr Gegenüber keinen Platz anbietet, möchte er Sie einschüchtern«, hatte sie während eines psychologischen Trainings gelernt. »Wer stehen muss, hat die schwächere Position. Wer sitzt, ist König.« Sandra grinste innerlich. Niemand konnte auf Dauer gegen das Unterbewusstsein ankämpfen.

Sie setzte sich, beschloss, in die Offensive zu gehen. »Frau Söllner, ich möchte wissen, warum Ihr Mann sterben musste.« Sie taxierte die alte Bäuerin, damit ihr keine Regung entging.

Aber die Söllnerin ignorierte den Vorwurf, wirkte unnatürlich ruhig. Hatte diese Frau tatsächlich ihre Gefühle derart im Griff? Wo lag ihre Achillesferse, jeder Mensch hatte eine Schwachstelle. Irgendetwas, wo man einhaken konnte. Egal, jetzt musste sie alles geben, wenn sie das Spiel doch noch gewinnen wollte. »Sie waren am Totenbett des alten Loidl.«

Da, eine Regung. Die Altbäuerin hatte die Augenbrauen gehoben.

»Warum?«

»Er wollt mit mir reden.«

»Worüber?«

»Des geht niemanden was an, außer den Loidl und mich.«

»Frau Söllner«, sagte Sandra streng. »Wir ermitteln hier wegen des Mordes an Ihrem Mann. Da geht uns leider alles etwas an. Sie waren im März am Totenbett Ihres ... sagen wir einmal ... Feindes, und kurz danach will Ihr Mann unbedingt seine Haushälfte verkaufen und jetzt ist er tot. Das hängt doch alles irgendwie miteinander zusammen. Ich will jetzt endlich die Wahrheit wissen.«

»Die Wahrheit. Wen interessiert die noch, nach so vielen Jahren.«

»Mich.«

»Nicht Sie, Frau Inspektor. Ihr Beruf will die Wahrheit wissen. Sie wissen gar nicht, was Wahrheit ist.«

Sandra ließ sich von dieser aus der Luft gegriffenen Anschuldigung nicht provozieren, schüttelte den Kopf. »Das kommt aufs selbe raus. Hat Ihr Mann etwas getan, was Sie gekränkt hat, mehr als das, was er sonst immer getan hat? Ich weiß, dass er Sie drangsaliert hat, Frau Söllner. Ich weiß, dass Ihr Leben mit ihm kein Zuckerschlecken war, er im betrunkenen Zustand auf den Teppich gekotet hat. Waren Sie mit Ihrer Geduld am Ende?«

Die Mine der Altbäuerin verriet, dass Sandra ihre Neugier geweckt hatte. Wahrscheinlich hätte sie gerne gefragt, was sie erfahren hatte. Sie schwieg jedoch.

»Aber trotzdem gibt es einem nicht das Recht, jemanden zu töten.«

Schweigen.

»Hat die Wahrheit etwas mit Ihrem Bruder zu tun?«

In den Augen der Altbäuerin regte sich etwas.

»Ihr Bruder wurde von den Nazis umgebracht. Stimmt doch?«

Die Söllnerin hob den Kopf und senkte ihn wieder. »Ja, stimmt. Und er fehlt mir, obwohl das schon so lange her ist. Manchmal träume ich sogar noch von ihm. – Lassen S' die Wahrheit ruhen. Es hilft niemandem mehr, sie hervorzuholen. Ich möchte mir jetzt mein Mittagessen machen«, sagte die Altbäuerin und stand auf. Sandra wusste, dass sie aus der Frau nichts mehr herausholen würde. Sie wusste aber auch, dass sie endlich den richtigen Weg eingeschlagen hatte.

Als sie durch die Haustür trat, drehte Sandra sich noch einmal um. »Ich komme morgen wieder, Frau Söllner. Nach der Beerdigung. Und dann will ich, dass Sie mir von Ihrem Bruder erzählen und von Ihrem Mann. Das hat alles miteinander zu tun … oder warum verweigern Sie sonst Ihrem Mann das Familiengrab?«

Die Altbäuerin starrte sie an, und Sandra war sich nun sicher, sie hatte die Schwachstelle gefunden.

Am späten Nachmittag berief sie eine Lagebesprechung ein. Sie saß mit Rosa in ihrem Büro. Ihr Chef hatte in Linz zu tun, konnte unmöglich nach Vöcklabruck kommen, war via Konferenzschaltung dabei. Sie informierte die beiden über ihr Vorgehen, bat Martin Holzer noch um ein bisschen Geduld.

»Wenn du dich da nur nicht verrennst«, war sein einziger Kommentar. Dann gab er ihr noch zwei Wochen Zeit, bevor die Akte geschlossen werden würde.

Sandra und Rosa saßen nebeneinander auf dem Schreibtisch und starrten die Unterlagen auf der Wäscheleine an. »Irgendwer aus der Familie hatte die Sekkiererei des Alten satt«, murmelte

Sandra. »Nur wer?«

Sie waren die Motive schon hundertmal durchgegangen. »Ich glaub nicht, dass sich Söllner selbst umgebracht hat, um der Familie weitere Schwierigkeiten zu machen. Wer gibt denn schon sein eigenes Leben hin, nur um im Bewusstsein sterben zu können, dass dafür jemand anderes ins Gefängnis gehen wird? Das ist doch absurd. Und es war auch nicht sicher genug. Das Risiko, einfach begraben zu werden, ohne vorherige Untersuchung, war viel zu groß.« Sandra tippte sich an die Stirn. »Und wer bringt sich schon aus Rache an den Angehörigen um ... so deppert ist doch kein Mensch.«

»Es ist schon verhext. Zu Beginn des Falls soll er keine Feinde gehabt haben, und zwei Wochen später ist die halbe Familie sein größter Gegner«, bemerkte Rosa. »Was, wenn die ganze Familie zusammengearbeitet hat, um den Alten endlich loszuwerden? Wundern würd's mich nicht«, sprach sie einen alten Verdacht aus.

Mai 1944

Am 5. Mai war Marias einundzwanzigster Geburtstag. Ein Ereignis, das sie in Anbetracht der Zeit nicht feiern wollte. Aber ihre Mutter war an diesem Tag nur ihr zu Ehren aus dem Bett gestiegen, das hatte sie seit Jakobs Beerdigung nur mehr ganz selten getan. Sie hatte seit seinem Begräbnis all ihre restliche Kraft verloren, aß kaum mehr etwas, starrte nur noch die Decke ihrer Schlafkammer an, weinte den halben Tag und wartete, dass sie der Sensenmann holen würde.

Auch Maria weinte sich fast täglich in den Schlaf. Inzwischen hatte sie den gesamten Haushalt und die Verantwortung für den Hof übernommen. Eine Herausforderung, der sie noch nicht gewachsen zu sein glaubte, gestand sie Fritz. Der würde in einem Monat achtzehn Jahre alt werden und damit wehrrechtlich volljährig, was für sie bedeutete, dass er jederzeit eingezogen werden konnte. Dann würde Maria ganz allein mit der Arbeit sein. Daran mochte sie gar nicht denken. Einige Bauern machten ihr ein Angebot, den Hof zu kaufen. Aber solche Vorschläge ignorierte Maria. »Der Hof ghört seit über dreihundert Jahren den Hofbauern, und so soll's bleiben, goi Fritz?«

Abends saß Maria jetzt oft bei ihrer Mutter in der Schlafkammer, hielt ihre Hand und erzählte von früher, als sie und Jakob noch Kinder waren. Der Vater immer geschimpft hatte mit ihnen, wenn die Arbeit nicht sofort erledigt worden war. Natürlich lebte sie so gern in der Erinnerung an ihre Kindheit, weil es damals den Jakob noch gegeben hatte. Aber vielleicht auch, weil sie von einem auf den anderen Tag erwachsen werden musste.

Sie war eine wunderschöne Frau mit Rundungen an den richtigen Stellen. Die langen Zöpfe trug sie seit einigen Wochen zu einem Haarkranz gebunden, was sie reifer aussehen ließ. Nur im Stall war sie immer noch die Gleiche, die zweimal täglich ihre beiden Röcke hochzog, den Kübel zwischen die Beine presste und die Kühe molk.

Fritz war in Jakobs Schlafkammer gezogen, die gleich neben Marias lag. Die Mutter interessierte sich nicht mehr für das, was im Haus vor sich ging.

An ihrem Geburtstag hatte Maria Fotos von ihrem Vater und dem Jakob aufgestellt. »Dann sind sie auch dabei. Wie früher.« Nur mit dem Unterschied, dass jetzt der Fritz am oberen Teil des Tisches saß.

Fünf Wochen später war Marias Mutter gestorben, und Maria wähnte, dass ihre Mutter nur darauf gewartet hätte, dass sie einundzwanzig geworden war, denn jetzt konnte sie den Hof übernehmen, ohne einen Vormund vom Gericht zugeteilt zu bekommen.

Marias Hand war kalt.

Das Wetter war, diesmal dem Anlass entsprechend, sehr schlecht. Es hatte mit einem leichten Nieselregen am frühen Morgen begonnen und war im Laufe des Vormittags in einen typischen

Salzkammergut-Schnürlregen übergegangen. Es schien, als habe der Himmel seine Schleusen geöffnet und weine mit der Maria um ihre Mutter. Genau wie die vielen Trauergäste, die im aufgeweichten Boden um das offene Grab standen. Zum dritten Mal innerhalb von drei Jahren war das Familiengrab der Hofbauer geöffnet und wieder geschlossen worden.

Maria fror. Fritz legte seinen linken Arm um ihre Schulter und drückte sie fest an sich, hielt mit der anderen den Regenschirm über sie. Die Trauergemeinde sang ein Lied.

Der Pfarrer betete, besprengte den Sarg mit Weihwasser, und vier Männer, die Fritz zuvor noch nie gesehen hatte, wahrscheinlich Kriegsgefangene, ließen den Sarg vorsichtig in die Grube hinunter. »Jetzt sind alle fort«, schluchzte Maria neben ihm, und mit ihr musste auch diesmal der Pfarrer um Fassung ringen. »Alle Hofbauer sind tot.«

»Du lebst, Maria«, widersprach Fritz.

»Wie soll man in so einer Zeit den Mut nicht verlieren?«, fragte Maria.

»Beten und hoffen«, sagte der Pfarrer in diesem Moment. »Das ist alles, was wir tun können.«

Hoffen und beten, dachte Fritz. Das bringt dir nichts. Dein Leben musst du selbst in die Hand nehmen. Und genau das hatte er getan. Auch wenn es inzwischen zwei Opfer zu beklagen gab. Es war Krieg.

Als alles vorbei war, wünschte man Maria Beileid und eilte davon, heim in die warme Stube.

Fritz konnte nicht genau sagen, wie lange er noch an Marias Seite vor dem Grab gestanden hatte. Es war eine gefühlte Ewigkeit.

Als sie irgendwann später wieder am Hof waren, kam all die Verzweiflung und das Unverständnis aus Maria heraus. »Ich bin so wütend.« Sie stampfte mit dem Fuß fest auf den Boden, schrie Fritz ins Gesicht. »Ich hab keiner Menschenseele etwas zuleide getan ... und was macht er?« Sie deutete gegen die Zimmerdecke. »Er hält 's ned für notwendig, auch einmal auf die Hofbauer zu schauen. Na, er hilft diesem Nazi-Pack und a Familie wia die unsere lost er verrecken wie d' Hund.«

In dieser Nacht war Fritz endgültig in Marias Schlafkammer gezogen. Er hatte gewonnen.

Einige Tage später kam der Herbert heim. Verwundet. Sein Knie würde wohl steif bleiben. Er und Anita verbrachten viel Zeit auf dem Hof bei ihm und Maria. Irgendwann flüsterte der Herbert ihm die Frage zu, auf die Fritz gewartet hatte: »Und, hast ihn verraten?«

»Nix hab ich«, behauptete Fritz.

Anita hatte dem Herbert natürlich sofort erzählt, dass der Jakob geholt worden war. Fritz war sich sicher, dass sie ihm den genauen Wortlaut: Der Teufel ist durch den Wald gritten und hat den Jakob mitgnommen, vorenthalten hatte. War Herbert doch einer dieser Teufel, wenn auch nur im weiteren Sinn. Jedenfalls hatte Maria Fritz gesagt, dass Herbert nun seine Verbindungen spielen lassen müsse, um genau zu erfahren, was passiert sei.

Zwei Tage später hatte Herbert den Knecht noch einmal zur Seite genommen und ihm ins Ohr geraunt. »Und, hast ihn verraten?«

Diese Frage sollte ihm Herbert regelmäßig noch viele Jahre stellen.

Herbert hatte sich sehr verändert, seit er mit seiner Verletzung aus dem Krieg zurückgekehrt war. Nichts war übrig geblieben von dem Soldaten, der ihm mit stolzgeschwellter Brust den Zettel über die Krüppel in die Hand gedrückt hatte. Von den Nazis wollte er nichts mehr wissen. Fritz war wütend geworden, hatte auch Angst, der Herbert könnte ihn verraten. Er würde aber nicht den Preis dafür zahlen, dass für den Herbert auf einmal alles nicht mehr galt, was noch vor einem Jahr rechtens war. Fritz hatte getan, was von ihm erwartet wurde - und wozu Herbert ihm geraten hatte. Ich hab richtig gehandelt, bin kein Feigling, betete er im Stillen herunter.

Er packte seinen Freund beim Ärmel. »Ih an deiner Stelle, würd schön die Goschen halten«, zischte er. »Oder soll etwa deine Braut erfahren, dass du es warst, der mich gegen den Jakob aufghusst hat?«

Herbert wusste, dass er in der Falle saß. Sein Blick verriet es Fritz. In einer Falle, die er sich, ohne es zu ahnen, selbst gestellt hatte. Er wusste, dass er den Mund halten musste.

Dienstag, 8. September

In der Kirche in Unterach fand die Totenandacht für den Altbauern Söllner statt. Es hatte nach Freigabe des Leichnams nicht lange gedauert, eine Todesanzeige mit dem Datum der Andacht und des Begräbnisses darauf zu drucken und im Ort zu verteilen. Für die meisten Einheimischen war ein derartiges Ereignis ein Pflichttermin. Niemand sollte einsam zu Grabe getragen werden. Und so füllte sich das Gotteshaus allmählich mit ernsten Menschen, die in dunkler Kleidung in den hinteren Bankreihen Platz nahmen. Die vorderen Reihen überließ man der Familie und den engsten Freunden, obwohl letztere an einer Hand abzuzählen waren. Als die alte Söllnerin die Kirche betrat, flankiert von Karin und Roman, drehte sich die Trauergemeinde um. Jeder wollte einen Blick auf die Witwe werfen. Gleich dahinter kamen die Franzi, der Konrad und die Urenkel. Aufgereiht wie bei einer Hochzeit, nur dass diesmal die Braut schwarz trug.

Die Altbäuerin stützte sich schwer auf ihren Stock, der jeden ihrer Schritte energisch untermalte.

Tack, Tack, Tack.

Hier kommt die Hofbauerin. Ein Gefühl der Macht durchströmte sie.

Ja, mein Lieber. Jetzt habe ich dich tatsächlich überlebt.

Anita Loidl und ihre Familie hatten in der zweiten Reihe Platz genommen. Gerti und Leopold nickten der Bäuerin zu, als Anita Loidls Arm nach vorn schoss und die Witwe am Ärmel ihres dunklen Mantels zu sich zog. Die Söllnerin blieb stehen und beugte sich, soweit es die Osteoporose zuließ, zu ihr hinab. »Wenigstens habm s' ihn heimbracht zur Mutter«, flüsterte die Alte ihr ins Ohr.

»Ja, wenigstens habm s' ihn heimbracht«, wiederholte die Söllnerin leise.

Sie begriff. Ihre alte Freundin glaubte sich auf Jakobs Begräbnis. Sollte sie ihre Wegbegleiterin dafür beneiden, dass ihr Gehirn sie regelmäßig in die Vergangenheit zurückversetzte? Unmerklich schüttelte sie den Kopf. Nein. Ihre Vergangenheit war zu leidvoll, als dass sie sie noch einmal erleben wollte.

Sie nahm mit ihrer Familie in der vordersten Reihe Platz und starrte stumm in den Altarraum, wo der Sarg aufgebahrt worden war. Zahlreiche Blumenkränze und Schleifen zierten den Deckel. Die Altbäuerin versuchte erst gar nicht, die Inschriften auf den schwarzen Seidenschleifen zu lesen. Ihre Augen taten sich schwer mit der goldenen Schrift auf schwarzem Untergrund. Aber sie wusste auch so, was darauf stand. In Trauer ... unserem lieben Vater, Opa, Ehemann ... Der Roman hatte es so bestellt.

Ab und zu vernahm sie ein Hüsteln oder Schnäuzen. Sie wartete gespannt darauf, was der Altpfarrer, der sich bereit erklärt hatte, die Andacht zu halten, wohl über das ehrenwerte Gemeindemitglied Söllner zu sagen hatte. Immerhin kannte er ihren Mann seit Jahren. Auch wenn er sein schrecklichstes Geheimnis nicht kannte, ja nicht einmal ahnen konnte. Niemand konnte das. Niemand wusste davon, bis auf einen Menschen.

Ob ihr Mann für sein Handeln bereits zur Rechenschaft gezogen wurde, oder wartete der Herrgott mit dem Fegefeuer bis nach dem Begräbnis? Der Gedanke amüsierte die Alte, und sie musste unweigerlich lächeln. Die Vorstellung tat gut, dass der alte Bsuf seine Tat nun büßen musste.

Es war ja so typisch. Jetzt saßen sie alle hier, aufgereiht in den Kirchenbänken, heuchelten entweder Trauer, so wie sie selbst, oder Anteilnahme vor. Konnte es angehen, dass das ganze Leben eine einzige Lüge war?

Die mächtigen Klänge der Orgel nahmen das Gotteshaus in Besitz.

Als die Witwe zwei Stunden später von ihrer Enkelin wieder in die Gutsherrnalm gebracht worden war, heizte sie zum ersten

Mal in diesem Herbst den Ofen ein. Während sie darauf wartete, dass das Holz zu brennen beginnen würde und sie die Ofentür schließen konnte, überlegte sie, wie heiß es wohl in der Hölle war. Frieren würde ihr Mann dort sicher nicht.

Ihr Mann hatte einen schwachen Versuch gemacht, eine Erklärung für sein Handeln zu finden, als sie ihm die Wahrheit auf den Kopf zugesagt hatte.

Rein theoretisch hätte sie den Arzt anrufen können, schon als sie die ersten Symptome bei ihrem Mann bemerkt hatte. Anfangs hatte er versucht, es vor ihr zu verbergen. Dennoch hatte sie registriert, dass er öfter und länger als üblich auf der Toilette verschwunden war, hatte mit angehört, wie er sich übergeben musste. Danach schweißgebadet herauskam, gekrümmt vor Schmerzen. Übelkeit, Benommenheit, starker Harndrang, Schweißausbrüche, krampfartige Magenschmerzen und blutiger Durchfall waren die typischen Anzeichen. Auch wenn sie selbst nur einen Teil davon wahrnehmen konnte, so stand ihre Diagnose innerhalb kürzester Zeit fest. Wahrscheinlich hatte er angenommen, dass sie ihre Freude über seinen bevorstehenden Tod ihm gegenüber offen zeigen würde.

Ein letzter Akt ihrer jahrelangen gegenseitigen Grausamkeiten.

Aktivkohle war das Erste, was man Vergiftungspatienten zuführen sollte. Die hatte sie ihm auf den Tisch gelegt, neben seinen Frühstückskaffee. Natürlich hatte er die Kohle-Kompretten nicht genommen. Nicht aus ihrer Hand. Dieser Narr.

Aber im Grunde genommen war das auch gleichgültig. Es war so oder so zu spät. Auch ein Doktor hätte ihn nicht mehr retten können. Es gab keine Medizin, die sein Sterben nun noch verhindern konnte. Hinauszögern vielleicht. Aber nicht verhindern.

Schon als Kind hatte sie den Unterschied zwischen Bärlauch und Herbstzeitlose auswendig gelernt und oft vor der Mutter aufgesagt. »Die Blätter der Herbstzeitlose sind fleischig, lanzettlich und werden fünfzehn bis zwanzig Zentimeter lang. Die Frucht sitzt im unteren Bereich der Blätter und wird von diesen umhüllt. Alle Teile der Herbstzeitlose sind giftig. Auch in getrockneten Pflanzenteilen bleibt es enthalten. Schon geringe Mengen davon sind tödlich, die Sterblichkeit bei Vergiftungen liegt bei neunzig Prozent. Das Vieh krepiert, wenn es auf den Weiden die Blätter der Herbstzeitlose frisst.«

Die Vergiftungserscheinungen der Herbstzeitlose traten meist erst mit zwei bis sechs Stunden Verzögerung ein. Das hatte auch diese Inspektorin gesagt. Aber wusste sie, wie gering die tödliche Dosis bei Erwachsenen war?

Sie wusste es. Auch er wusste das alles, und er hatte nichts unternommen. Es gab keine Rettung mehr.

Sie war nur überrascht, wie leicht es gewesen war, ihm die Herbstzeitlose unter seinen Auflauf zu mischen, wo er doch akribisch darauf geachtet hatte, dass sie nicht in die Nähe seines Essens kam. Sie hatte Glück gehabt, er hatte nicht aufgepasst. Und er hatte ganz sicher nicht mit Herbstzeitlose im August gerechnet. Aber wer rechnet damit, dass der eigene Mann den Bruder umbringt.

Stieglitz, Stieglitz, `s Zeiserl is krank
Rupf´mer eahm a Federl aus.

Mittwoch, 9. September

Sie hatte letzte Nacht geträumt. Sie und Jakob waren die Alm des Mathiasgutes hinaufgelaufen, hatten versucht, einer Kuh beim Kalben zu helfen, hatten dem Tier zugeredet, es gestreichelt und sich abgemüht, das Kalb aus dem Bauch zu drücken. Aber das Junge war nicht und nicht zur Welt gekommen. Die Mutterkuh war verreckt, der Vater hatte sie Taugenichtse genannt, und dann war sie wach geworden.

Der Wecker neben ihrem Bett hatte vier Uhr morgens gezeigt. Sie war aufgestanden, hatte ihre Arbeitskleidung übergezogen, die Hühner aus dem Stall gelassen, sich vors Haus gesetzt und über alles Mögliche nachgedacht. Kriege, Krankheiten, Mord und Totschlag waren die Geisel der Menschheit.

Und Verrat, fügte sie noch hinzu.

Danach war sie in die Küche gegangen, Frühstück vorbereiten.

Sie stellte das Radio lauter. »Von Bayern ausgehend nähert sich eine Kaltfront Richtung Österreich. Es wird stark abkühlen und stellenweise heftig regnen in den nächsten drei Tagen, die Temperaturen kaum über die Acht-Grad-Marke klettern«, sagte die Stimme des Moderators. »Mit der Sonne ist erst in einigen Tagen zu rechnen.« Es gab sie also doch, die überirdische Gerechtigkeit. So würde der alte Söllner also richtiges Beerdigungswetter bekommen. Dem Teufel würde es egal sein, wenn er kam, um seine Seele zu holen.

Musik begann zu spielen. Die Altbäuerin stellte das Radio wieder ab.

Die alte Söllnerin holte die festen Schuhe aus dem Regal, legte eine Regenhaut bereit, ging in die Küche und frühstückte mit großem Appetit.

Der Entschluss, heute etwas Verrücktes zu tun, war spontan gekommen. Eine längst verloren geglaubte Euphorie machte sich in ihr breit. Sie freute sich plötzlich wie ein Kind auf ihr kleines Abenteuer. Karin und Roman würden fürchterlich mit ihr schimpfen.

Konrad sollte sie gegen halb zehn abholen kommen.

Der Beerdigung würden wenige Einheimische beiwohnen. Einige ehemalige Kameraden von der Feuerwehr, ein paar alte Saufkumpane und natürlich die Familie. Sie würden um das offene Grab ihres Mannes stehen, um von ihrem Vater, Opa, Freund und langjährigen Weggefährten Abschied zu nehmen. Auch wenn der alte Söllner die letzten Jahre kaum mehr außer Haus gegangen war, würden sie ihm diese letzte Ehre erweisen. Und einige würden kommen, weil sie sich nicht entgegen lassen wollten, dass der alte Söllner am Ende des Friedhofs weit weg von der Familie seiner Frau eingegraben wurde.

Er war ein gutes Mitglied der Gemeinde gewesen, würde der Pfarrer behaupten, und niemand würde widersprechen. Warum auch. Niemand wusste, dass Fritz ein Mörder war.

Niemand. Außer Herbert Loidl, und der war tot.
Und Maria Söllner.

Herbert hatte nicht mehr die Kraft gehabt zu schweigen. Die Last wäre im Jenseits zu groß gewesen, hatte er gesagt.

»Fritz hat den Jakob verraten«, hatte er mit leiser Stimme geflüstert und ihr die ganze Wahrheit erzählt. Von dem Zettel, den er dem Fritz in die Hand gedrückt hatte, von Fritz' Ansinnen, Bauer zu werden, und von dem Verrat. Das Geständnis hatte er dem Fritz herausgezwungen, hatte nie aufgehört, danach zu fragen, und irgendwann hat der Fritz es zugegeben, im Suff. Loidls Geständnis hatte für sie nicht wie eine Entschuldigung geklungen, eher wie eine Feststellung, wie eine Geschichte, die er erzählte. Maria Söllner war entsetzt und sprachlos gewesen. Hatte er so etwas wie Vergebung erwartet? Er hatte sie aus leeren Augen angesehen, anfangs unklar formuliert. Aber sie hatte verstanden. Zum Schluss hatte er sie dann doch gebeten, ihm zu verzeihen. Sie war aufgestanden und gegangen. Zum Vergeben war es ohnehin zu spät gewesen. Die Last würde er wohl mitnehmen und sie drüben verantworten müssen, hatte sie ihm geantwortet.

Zwei Stunden später war er tot und auf dem Weg zur Hölle.

Maria Söllner sah auf die Uhr. Es war halb neun. Noch genügend Zeit. Sie wusch das Geschirr und die Messer ab, steckte es in die Abtropf über der Spüle, wischte den Tisch ab und kleidete sich fertig an. Ein letzter Blick aus dem Fenster ließ sie ihre Bergschuhe aus dem Regal holen. Mit den Halbschuhen würde sie sich womöglich doch kalte Füße holen.

Kurz danach schloss sie die Tür, sperrte ab und warf einen langen Blick auf das Bauernsacherl, dann drehte sie sich um und machte sich auf den Weg. Wind kam auf, fegte das abfallende Herbstlaub über den unebenen Feldweg. Maria Söllner achtete nicht darauf, ging weiter, ohne das Tempo zu verlangsamen, immer die Kirchturmspitze im Auge. Über ihr stimmten Vögel ihr Gezeter an. Sie hörte, dass kein Zeiserl darunter war.

Der Regen hatte nachgelassen.

Der Notruf ging knapp vor zehn Uhr in Unterach ein, und Felix Gremel hatte diesmal keine Sekunde gezögert und sofort Sandra Anders informiert.

Maria Söllner war verschwunden.

Das Haus der Söllnerin war abgeschlossen, das wusste Gremel. »Der Roman hat natürlich einen Zweitschlüssel, falls mal was passiert ...« Er machte eine kurze Pause, realisierte wahrscheinlich, dass genau dieser Fall eingetreten war. »Aber die Söllnerin ist nicht im Haus. Wir suchen jetzt die Umgebung ab. Für einen Großeinsatz ist es ja noch zu früh.«

Sandra versprach, dass sie und Rosa sofort kommen würden. Als sie aufgelegt hatte, kam ihr eine Idee. Sie wählte Bucheggers Handy an, wartete ungeduldig, dass er sich meldete, und fragte nach einer kurzen Begrüßung: »Wie schnell können Sie mit Nick in Unterach sein?« Er und sein Golden Retriever hatten ihr schon einmal gute Dienste geleistet. Vor Jahren war eine Wiener Zweitwohnbesitzerin spurlos verschwunden. Damals hatte Buchegger innerhalb kürzester Zeit die Hundestaffel zusammengerufen und die ersten brauchbaren Spuren gefunden. »Ist Nick überhaupt noch im Dienst?« Der Hund musste inzwischen um die neun Jahre alt sein.

»Er hat eine Nase wie ein junger«, kam es aus der Leitung. Nick war sein dritter Hund, mit dem er die Rettungs- und Suchhundeausbildung absolviert hatte.

Sie verabredeten sich in einer knappen Stunde vor dem Unteracher Friedhof. »Vorerst muss Bucheggers Hund genügen«, sagte sie zu Rosa.

Es war ein Phänomen, dass in einem kleinen Ort, wo nahezu jeder jeden kannte, niemand etwas gesehen oder bemerkt haben wollte, wenn tatsächlich einmal etwas passierte. Das lag wahrscheinlich daran, dass auf dem Land niemand mit dem Bösen oder einem Verbrechen vor der eigenen Haustür rechnete.

Der Friedhof war in jedem Ort eine Ruheoase. Ein Ort, an dem man nachdenken, stumme Gespräche führen und sich von seinen

Lieben verabschieden konnte. Ein abgegrenzter Bereich, in dem man flüsterte, die Kinder ermahnte, leise zu sein, so als würde man sonst die Toten in ihren Gräbern wecken.

Aber all das bot der Friedhof in Unterach an diesem Morgen nicht. Er war zu einem Ort der Nervosität, der Diskussion und des Nichtverstehens geworden. Aufgebracht, aber dennoch mit gesenkter Stimme redeten die Trauergäste unter aufgespannten schwarzen Regenschirmen miteinander. Sie standen in einiger Entfernung von dem Sarg, der über dem Grab aufgebahrt war, und sprachen leise, so als könnte der tote Söllner ihre getuschelten Gespräche belauschen. Einige der Trauernden hatten sich auf die Bank vor der Friedhofsmauer gesetzt, warteten, dass das Begräbnis endlich seinen Anfang nehmen würde.

»Die Familie sucht seit einer Stunde nach ihr.« Doktor Hamberger schüttelte traurig den Kopf. »Unsere Polizisten sind unterwegs, suchen den Wald ab.«

»Hat jemand eine andere Idee, wo sie noch sein könnte?«, fragte Sandra, obwohl sie die Antwort kannte. Wenn jemand dieses Rätsel mit ja beantworten konnte, würde man wohl bereits dort suchen. Aber irgendwie stellte man diese Frage automatisch.

Der Arzt schüttelte verneinend den Kopf. Jetzt stieß der Pfarrer zu ihnen, das Gesicht aschfahl, jedoch bemüht, äußerlich Ruhe und Zuversicht auszustrahlen, um sich und die Versammlung der Trauergäste zu beruhigen.

»Unser Altpfarrer«, erklärte der Arzt. »Er hätte das Begräbnis abgehalten, weil er den Söllner schon so lange kennt hat.«

»Konrad wollte sie abholen. Sie hatten vereinbart, sich auf dem Parkplatz zu treffen, aber die Söllnerin war nicht gekommen. Wird schon nichts passiert sein. Weit kann sie ja nicht sein«, eröffnete der Pfarrer das Gespräch, während er zuerst Sandra, dann Rosa die Hand schüttelte.

»Meinen Sie den Parkplatz am Ende des Feldwegs?«, fragte Sandra.

Der Altpfarrer nickte.

»Ist im Moment jemand dort?«

»Ich denke nicht«, antwortete der Altpfarrer.

»Wäre klug, wenn noch einmal jemand hinschaut. Vielleicht ist Frau Söllner inzwischen aufgetaucht und wartet.«

»Ist das nicht unwahrscheinlich?«

»Wir müssen im Moment mit allen Eventualitäten rechnen.« Sandra wandte sich wieder an den Arzt. »Haben Sie eigentlich noch einmal nach ihr gschaut?«

Er schüttelte den Kopf. »Aber der Roman hat mir letztens erzählt, dass sie ganz gut klarkommt.«

»Auch ich hatte den Eindruck, als ich neulich bei ihr war«, bestätigte der Altpfarrer das Empfinden von Roman Söllner. »Ganz im Gegenteil. Sie war klar bei Verstand, sonst wäre sie vielleicht nicht ganz so stur gewesen?«

»Stur?«, wiederholte Sandra fragend.

»Ich wollte mit ihr noch einmal über ihre Entscheidung reden, ihrem Mann das Familiengrab zu verweigern.«

»Und?«

»Na ja, ich hab ihr halt gesagt, sie soll dem Fritz vergeben. Er selbst war nämlich seit einiger Zeit häufig in der Kirche, wenn keine Messe war. Er saß dann ganz allein in der ersten Reihe und starrte auf den Hochaltar. Wussten Sie, dass er aus der Renaissance stammt, obwohl manche Teile barock wirken? Das Bild des Altars stellt die Folterung des Heiligen Bartholomäus dar«, schweifte er ab.

»Warum war er häufig in der Kirche?«, unterbrach ihn Sandra.

Der Altpfarrer räusperte sich. »Es kam mir so vor, als suche er Ruhe oder das stille Gespräch mit unserem, seinem Schöpfer.« Der Gottesmann schwieg einige Sekunden. »Unsere Kirche ist ja dem Heiligen Bartholomäus geweiht. Einem Apostel Jesu«, sagte er ergänzend zu seinen vorherigen Ausführungen, als erkläre dieser Umstand automatisch, warum der alte Söllner sich in letzter Zeit gern in ihr aufhielt.

»Haben Sie mit ihm gesprochen?«

Der Altpfarrer nickte. »Ja. Ich war zufällig öfter zur selben Zeit in der Kirche, hab mich zu ihm gesetzt und ihn nach seinem Befinden gefragt. Er war ja nicht mehr der Jüngste. Es gehört zu unseren Aufgaben, für unsere Mitmenschen ein offenes Ohr zu haben, und diesen Aufgaben gehen wir nach. Auch wenn diese Menschen uns nicht direkt wegen ihres Leids ansprechen.«

»Und?«

»Es gehe ihm nicht sehr gut, hat er gesagt. Natürlich habe ich ihn gefragt, ob er krank sei. Aber er hat nur den Kopf geschüttelt und gemeint, nichts Ernsthaftes. Es habe vielmehr etwas mit seinem Seelenheil zu tun.«

»Aber dafür wären Sie ja zuständig«, meinte Sandra.

»Ja schon. Ich habe ihm ein Gespräch angeboten, auch vorgeschlagen, ihm die Beichte abzunehmen, obwohl ich ja gar nicht mehr Pfarrer bin in Unterach.« Er lächelte milde. »Aber ich dachte mir, weil wir uns schon so lange kennen und er sich vielleicht mir leichter anvertraut. Aber er hat abgelehnt.«

»Hat er das begründet?«

»Er meinte nur, dass es für eine irdische Vergebung wohl zu spät sei. Natürlich habe ich ihm gesagt, dass es für Reue nie zu spät sei. Aber er hat mich nur angesehen und dann hat er gelacht und gemeint: Mit den Kräutern seiner Schwiegertochter halte er das Altwerden schon aus und den Rest müsse er direkt mit dem Herrgott ausmachen.« Dann ist er aufgestanden und gegangen.

»Und das haben Sie der Frau Söllner erzählt.«

»Natürlich. Wenn ein Mensch ernsthaft bereut, muss man ihm vergeben.«

»Aha.« Wieder einmal eine Bestätigung, dass es da etwas zu vergeben gab, dachte Sandra. Sie wandte sich an den Arzt. »Hat der Roman Söllner Ihnen gegenüber vielleicht erwähnt, dass seine Mutter, sagen wir, verwirrt oder zerstreut war?«

»Nein. Er hat gesagt, dass es ihr sehr gut gehe. Und wenn mich mein erster Eindruck nicht täuscht, scheint Frau Söllner weder an Altersdemenz noch an Verwirrtheit oder einer ähnlichen Krankheit zu leiden.«

»Depressionen?«

Der Arzt zuckte die Achseln. »Frau Söllner sieht mir nicht danach aus, aber eine Diagnose kann ich natürlich nicht erstellen. Sie war ja nicht meine Patientin. Denken Sie an Selbstmord?«

»Ich denke im Moment an alles und nichts«, antwortete Sandra.

Ihr Blick fiel auf Anita Loidl, die zusammengesunken auf der Bank neben dem Abgang zur Kirche saß. Ihr Blick war abwesend, so als hätten ihre Gedanken sie weit fortgetragen. Neben ihr saß ihre Tochter und hielt schützend einen Schirm über sie beide.

»Wann haben Sie Frau Söllner zum letzten Mal gesehen?«, fragte sie die beiden Männer, ohne den Blick von der Frau zu lassen.

»Gestern Abend in der Kirche bei der Totenandacht«, antwortete der Pfarrer.

»Das ist die Loidl-Bäuerin mit ihrer Tochter«, riss Doktor Hamberger Sandra aus ihren Gedanken, »die Frau, die Sie die ganze Zeit schon anstarren, heißt Anita Loidl.«

Sie wandte ruckartig den Kopf in seine Richtung. »Ich weiß. Ich habe sie gestern kennengelernt.«

»Der Gerti ihr Mann steht dort drüben.« Der Arzt zeigte auf eine kleine Gruppe Menschen, die auf der anderen Seite des Abgangs stand und angeregt diskutierte. Niemand hatte bisher ernsthafte Anstalten gemacht, den Friedhof zu verlassen oder Schutz vor dem Regen in der Kirche zu suchen.

In diesem Moment tauchte Franziska Fellinger mit ihren beiden Kindern im Schlepptau auf, dicht gefolgt von Karin und Roman Söllner. Die fünf waren außer Atem und ziemlich aufgebracht. Die Kinder hatten Regenmäntel übergezogen, die Erwachsenen Schirme aufgespannt. Ihren Schuhen sah man an, dass sie durch dreckige Pfützen und schlammige Erde gelaufen sein mussten.

»Ist Ihr Mann nicht bei Ihnen?«, fragte Sandra.

Franziska Fellinger schüttelte den Kopf. »Er ist auf die Mathiasalm hinauf.«

»Allein?«

»Nein. Ihre Kollegen sind bei ihm.«

»Vermuten Sie Ihre Großmutter dort oben? Ist ja nicht gerade ein einfacher Weg von der Gutsherrnalm aus.«

»Uns fällt kein anderer Ort mehr ein. Wir wissen nicht, wo sie sonst noch sein könnte«, mischte sich Roman Söllner ein. Der Mann hatte dunkle Schatten unter seinen müden Augen. Er tat

Sandra leid. »Der Konrad wollte sie am Parkplatz abholen«, erklärte er matt.

»Wie lange hat Ihr Schwiegersohn auf sie gewartet?«

»Etwa fünf Minuten, dann ist er rauf zur Gutsherrnalm. Aber die war abgeschlossen. Dann hat er gleich meine Tochter angerufen und sie hat mich benachrichtigt. Ich war ja schon auf dem Friedhof, habe die letzten Details mit dem Pfarrer besprochen.«

»Wann war das?«

»Kurz vor zehn Uhr.«

»Wir haben gleich mit der Suche begonnen, sind all ihre Kräutersammelplätze abgegangen. Durch den halben Wald sind wir gelaufen«, erklärte Karin Söllner.

»Wieso dachten Sie, dass sie heute ihre Kräutersammelplätze aufsucht?«

»Das macht sie gerne, bevor sie zum Grab geht. Sie sammelt wilde Heilkräuter für die Toten. Und wir dachten halt, dass sie vor dem Begräbnis vielleicht einen Kräuterbuschen binden wollte.« Sie zog ein Taschentuch aus ihrer Handtasche, tupfte sich die Tränen aus den Augenwinkeln.

»Ich weiß, dass so eine Situation den Angehörigen sehr zusetzt«, sagte Sandra. »Noch dazu an einem Tag wie heute. Aber in den meisten Fällen finden wir die Person unversehrt.«

Franziska Fellinger hob die Augenbrauen. »Das sagen Sie doch jetzt nur, um uns zu beruhigen.«

»Nein, es stimmt«, bestätigte Rosa. »Es gibt meistens eine ganz natürliche Erklärung für das Verschwinden. Vielleicht wollte sie sich noch auf eine Bank setzen, den Ausblick genießen und hat darüber die Zeit vergessen.«

Karin Söllner sah Rosa zweifelnd an. »Bei Regenwetter? Klingt nicht sehr logisch.« Sie wandte sich an ihren Mann. »Wir hätten sie gestern nicht allein lassen sollen, nach der Totenandacht«, sagte Roman Söllner. »Aber sie war so, wie soll ich sagen, ruhig und gefasst. Außerdem wollte sie gleich schlafen gehen.«

»Machen Sie sich keine Vorwürfe«, versuchte Sandra die Familie zu beruhigen. »Wir werden sie finden«, versprach sie. Und ich hoffe, sie lebt, fügte sie stumm hinzu.

Wieder starrte Sandra in Anita Loidls Richtung. Sie konnte nicht anders. Die alte Bäuerin hatte irgendetwas an sich, was Sandra faszinierte. Sie war nicht, wie Maria Söllner, eine starke und dominante Person, eher zierlich und introvertiert, so hätte Sandra sie beschrieben. Dennoch ging eine gewisse Faszination von ihr aus, das war ihr bei ihrem Besuch auf dem Mathiasgut nicht aufgefallen.

Sandra bat alle Trauergäste zu sich, fragte, wer sich an der Suche beteiligen könne. Die meisten zeigten auf. »Meine Kollegin Inspektorin Rosa Mairinger koordiniert die Suche, damit nicht alle dieselbe Gegend durchkämmen. Sie wird Ihnen eine Position zuteilen, die Sie dann bitte ganz genau absuchen. Schauen Sie auch abseits des Weges, hinter Büsche und Felsvorsprünge. Geben Sie ihr bitte Ihren Namen und Ihre Handynummer. Sie werden sich ebenfalls die Nummer von meiner Kollegin aufschreiben und wenn jemand von Ihnen Frau Söllner gefunden hat, rufen Sie bitte umgehend an. Doktor Hamberger, bitte helfen Sie meiner Kollegin bei der Koordination. Herr Pfarrer, können wir das Pfarrhaus als Zentralstelle nehmen?«

Der Geistliche nickte.

»Wir müssen uns vorher aber noch alle umziehen«, bemerkte Leopold Zenz und zog die Knopfleiste seines dunkelgrauen Lodenmantels ein klein wenig nach vorn. »Regenjacken und Bergschuhe.«

»Das denke ich auch.« Sandra klatschte in die Hände. »Also los! In einer halben Stunde sind bitte alle umgezogen und auf ihrer Position.«

Während sich die Freiwilligen zunächst zerstreuten, um bei sich zu Hause die Trauerkleider abzulegen und gegen wetter- und bergfeste Kleidung zu tauschen, begaben sich Rosa und der Gemeindearzt ins Pfarrhaus.

Sandra wandte sich an den Pfarrer. »Den Sarg können Sie wegbringen lassen, heute wird es kein Begräbnis mehr geben.«

In diesem Moment sah sie Buchegger mit Nick vor der Friedhofsmauer stehen. Sie deutete ihm, noch einen kurzen Augenblick zu warten.

»Ich will, dass Sie sich noch einmal ganz genau im Haus Ihrer

Mutter umsehen. Wenn wir wissen, was fehlt, können wir vielleicht darauf schließen, wo sie hingegangen ist«, erklärte sie den Angehörigen ihr Vorhaben.

Roman Söllner drückte ihr den Schlüssel in die Hand, zeigte wie zuvor Leopold Zenz auf seinen Lodenmantel. »Fahren Sie bitte schon einmal vor. Wir holen uns auch schnell ein anderes Gwand.«

Sandra ging zu Buchegger, begrüßte den dicken Polizisten und kraulte den schwanzwedelnden Nick hinterm Ohr, bevor sie beide, Herrl und Hund, in ihr Auto einlud.

Zehn Minuten später sperrte Sandra die Tür zum Bauernsacherl auf und bat Buchegger, einstweilen die nähere Umgebung rund um das Haus von Nick absuchen zu lassen. Die Hühner machten den Hund ein klein wenig nervös. Sandra konnte sich ausmalen, was passieren würde, wenn Buchegger den Golden Retriever von der Leine ließe.

Sandra wanderte langsam im Erdgeschoss umher. All ihre Sinne waren jetzt geschärft, sie versuchte, jedes Detail, und erschien es ihr noch so unwichtig, aufzunehmen. Die Räume waren sauber und aufgeräumt. In der Abtropf über der Spüle steckte Geschirr. Alles stand, soweit sie das beurteilen konnte, an seinem Platz. Es roch dezent nach Putzmittel und Essig. Die Schuhe im Regal waren nach Größe sortiert. Sie standen in einer Linie, wie mit dem Lineal gezogen. Ein Paar fehlte. Die Hausschuhe hatten ein eigenes Fach. Die Fransen der Fleckerlteppiche waren offensichtlich gebürstet worden. Das Holz der Standuhr und des Tisches glänzte, als wäre es poliert worden. So sah das Haus eines Menschen aus, der Ordnung in seinem Leben haben will.

Sie hörte, wie sich die Eingangstür öffnete. »Kinder! Schuhe draußen ausziehen«, befahl Roman Söllner. »Sonst tragt s'der Oma den ganzen Dreck rein. Ich hol euch gleich Schlapfen.« Er putzte seine Schuhe auf der Fußmatte ab, betrat das Haus und holte den anderen Hausschuhe aus dem Fach neben dem Regal.

Kurz danach befand sich die gesamte Familie in der Küche. Karin Söllner wollte für alle Tee machen.

Sandra schaute sich noch einmal im Flur um. An der Garderobe hing die dunkelgrüne Strickjacke, die Maria Söllner bei ihrer ersten Begegnung getragen hatte. Neben einem Schirmständer standen feste Halbschuhe. »Herr Söllner? Wo bewahrt Ihre Mutter ihren Regenschirm auf?«

»In dem Ständer neben der Garderobe«, kam es aus der Küche.

»Wie viele hat sie?«

»Einen, meines Wissens.«

»Den hat sie nicht mitgenommen«, grübelte Sandra laut. Darüber, ob Selbstmordkandidaten auf ihrem letzten Gang Regenschirme mitnahmen, wenn das Wetter danach war, oder doch eher nicht, dachte sie lieber stumm nach.

»Und ihre Handtasche?«

»Die hängt normalerweise auch an der Garderobe. Da ist sie ja.« Roman Söllner stand plötzlich hinter ihr, deutete auf die Tasche. Dann zeigte er auf einen leeren Haken. »Der dunkle Mantel ist nicht da. Den hatte sie extra rausgesucht für heute.« Er wandte sich um und verschwand Richtung Obergeschoss, kurz darauf kam er zurück. »Im Kasten hängt er auch nicht. Sie muss ihn anhaben. Aber ihre Schuhe stehen noch da.«

»Gut, dann wissen wir, dass sie mit Mantel, aber ohne Regenschirm unterwegs ist, aber welche Schuhe trägt sie?«

Franziska Fellinger war zu ihnen gestoßen, warf einen Blick auf das Schuhregal: »Sie muss ihre festen Bergschuhe angezogen haben. Jedenfalls stehen sie nicht im Regal.«

Die Haustür öffnete sich und Buchegger steckte seinen Kopf herein. »Nick schlägt nicht an. Sie ist sicher nicht in der Nähe.«

»Kommen Sie rein«, forderte ihn Sandra auf. »Es wird noch ein wenig dauern, bis wir aufbrechen können.«

Buchegger befestigte die Leine an der Bank, ließ Nick darunter Platz machen und betrat das Haus.

Sie gingen alle in die Küche zurück.

»Bergschuhe«, wiederholte Sandra. »Das heißt, sie hatte nicht vor, auf den Friedhof zu gehen, oder?«

»Vermutlich«, bestätigte Roman Söllner.

»Hat sich Ihre Mutter in den letzten Tagen irgendwie anders

benommen? Denken Sie nach, jeder Hinweis kann uns ein Stück weiterbringen.«

Karin Söllner reichte jedem eine Tasse Tee. Dann setzte sie sich an den Tisch, senkte den Kopf und legte ihre Hände in den Schoß. Die Erschöpfung war ihr anzusehen, genauso wie den anderen Familienmitgliedern. Hoffentlich kippt mir hier niemand um, dachte Sandra.

»Ich weiß nicht, ob das hilft«, begann Franziska Fellinger. »Sie hat in letzter Zeit ziemlich viel von früher erzählt. Mehr als sonst.«

»Was hat sie erzählt?«

»Von damals, als sie noch jung war, der Jakob und ihre Eltern noch gelebt haben. Aber ich glaub nicht, dass ihr Verschwinden damit zu tun hat, Frau Inspektor.«

Plötzlich schlug Karin Söllner die Hände vors Gesicht. »Wenn sie sich nur nichts antut, die Mama.«

»Wie kommen Sie denn da darauf?«

»Weil sie doch alles so schnell geregelt haben wollt«, schluchzte sie. Ihr Mann reichte ihr ein Taschentuch. Sandra war verwirrt.

»Sie hat die Gutsherrnalm der Franziska übergeben ...«

»Und das Sparbuch mit dem Geld vom Opa, damit sollen wir die Kosten für die Übergabe begleichen«, ergänzte Franziska Fellinger. »Aber deswegen tut sie sich doch nichts an, Mama. Sie wollt des Haus doch schon früher übergeben.«

»Schau mal, Mama.« Christine reichte ihrer Mutter ein Totenbild. »Das hab ich hier noch nie gesehen. Wer is denn des?«

Franziska Fellinger nahm es. »Das ist der Bruder von der Oma. Der Jakob.« Sie reichte es Sandra.

»Warum hat s' des jetzt dahin gsteckt? War des ned in ihrer Kammer?« Karin Söllner stellte die Frage in den Raum, richtete sie nicht an eine bestimmte Person und erwartete wohl auch keine Antwort.

Roman Söllner stand auf und verschwand wieder in Richtung Obergeschoss. Er kam mit einer Schachtel in der Hand zurück. »Hier bewahrt sie alle alten Fotos auf«, klärte er Sandra auf. Er entnahm der Schachtel eine vergilbte Fotografie. Sie zeigte einen ernsten Mann in Uniform. »Das hier ist mein Großvater, kurz bevor er an die Front gekommen war. Und das hier ist meine Großmutter.«

Sandra fand, dass ihr Franziska tatsächlich ein klein wenig ähnlich sah. Zumindest die Augenpartie hatte sie von ihrer Urgroßmutter.

Roman Söllner sah in die Runde. »Sie hat die Fotos von meinem Vater rausgenommen.« Er setzte sich neben seine Frau, die sich inzwischen wieder beruhigt hatte. »Irgendwas stimmt hier nicht.« Er nahm die wenigen Bilder der Reihe nach heraus, legte sie auf den Tisch. Seine Enkelkinder griffen danach, besahen sich jedes einzelne, fragten ihre Mutter nach Personen darauf. Sie hatten offensichtlich die Fotos noch nie vorher gesehen.

»Weiß jemand von Ihnen, was der Loidl-Bauer von Ihrer Mutter am Totenbett wollte. Hat sie mit jemandem von Ihnen darüber gesprochen?«

Franziska Fellingers Handy läutete. »Mein Mann.« Sie hob ab, lauschte, gab dann an alle weiter: »Sie haben die Oma nicht auf der Alm gefunden.«

»Buchegger. Gehen Sie bitte mit dem Herrn Fellinger noch einmal alle Plätze mit Nick ab. Vielleicht liegt sie ja irgendwo am Wegrand, ist verletzt und kann sich nicht bemerkbar machen.«

Franziska Fellinger reichte dem dicken Polizisten ihr Telefon, und er vereinbarte mit Konrad Fellinger und den Kollegen einen Treffpunkt.

Inzwischen hatte Roman Söllner alle Fotos auf dem Tisch aufgereiht.

»Da fehlt noch ein Foto.«

»Welches genau fehlt denn?«, fragte Sandra, nachdem Buchegger gegangen war.

»Das Hochzeitsfoto.«

Juli 1944

Die Hochzeit war einfach.

Am Morgen hatten sie bereits den Hof mit Blumen geschmückt. Nur ganz wenig, hatte Maria gemeint, weil sie alles andere geschmacklos ihren Eltern und dem Jakob gegenüber empfunden hätte. Zwischendurch hatte sie ein bisschen geweint, weil sie traurig war, dass ihr großer Tag ganz ohne Familie stattfinden musste.

Fritz hatte sie ganz fest an sich gedrückt und behauptet: »Die sitzen dort oben auf einer Wolke und freuen sich mit uns.«

Später hatte er seinen Sonntagsanzug übergezogen und Maria ihr Festtagsdirndl, das sie seit drei Jahren nicht mehr getragen hatte. Ihre Haare waren zu einem Haarkranz geflochten. Der Brautstrauß bestand aus selbst gepflückten Margariten und Efeu, die Maria in ein hübsches Bukett verwandelte. An Fritz' Revers und Marias Ausschnitt steckten ebenfalls Margariten. Den Weg zur Kirche traten sie zu Fuß an.

Trauzeugen waren Anita und der Herbert, weil ihnen niemand anders einfiel. Fritz hatte ja keine richtigen Freunde. Er hatte nur den Herbert, und Maria hatte keinen Vater mehr, der diese Aufgabe traditionsgemäß hätte übernehmen sollen.

Es war Sommer und die Sonne schien. Kaum mehr jemand hatte hinter vorgehaltener Hand getuschelt, weil die Bäuerin ihren Knecht heiratete. Ganz im Gegenteil. Die Unteracher vermittelten den beiden das Gefühl, dass sie froh waren, dass der Maria jemand zur Seite stand und es wieder bergauf ging. »Hat' s nicht leicht ghabt, des Mädel. Und ein fescher Kampl is er ja, der Fritz.« Er war endlich dort angekommen, wo er hin wollte.

Bauer sein.

Nach der Zeremonie luden sie die Trauzeugen und den Pfarrer in die Wirtschaft am See auf ein bescheidenes Mahl ein. »Des ghört sich so als Bauer«, hatte Maria gemeint. Danach waren sie von einem Fotografen abgelichtet worden, ein Geschenk von Herbert und Anita, und mit dem Raddampfer Unterach über den See gefahren. Das war der erste Tag seit Jahren, den Fritz in vollen Zügen genossen hatte. Kurz überlegten er und Maria auch noch, mit der Straßenbahn vom Hauptplatz nach Au am See zu fahren. Aber es war schon spät und sie mussten ja noch den Berg zum Hof rauflaufen. Die Kühe mussten gemolken werden. Das Vieh durfte nicht vernachlässigt werden.

Kein guter Bauer tat das.

Als sie die Straße zum Buchenort Hand in Hand entlanggingen, war Fritz unglaublich stolz. Die Nachbarn winkten ihnen zu, sprachen ihren Segen aus und wünschten ihnen alles Glück auf Erden. Wie viele Bauernsöhne hatten um die Maria gefreit? Es waren einige stattliche Kunten darunter gwesen. Einige waren gefallen und manche waren nach wie vor im Krieg. Den Herbert konnte an der Front keiner mehr brauchen. Der Wind hatte sich gedreht.

Im September heirateten Anita und Herbert.

Fritz achtete auf sein Vieh und seinen Hof. Maria hörte nicht auf, jeden Tag das Grab ihrer Familie zu besuchen. Sie vermisste ihre Mutter. Und den Jakob.

Mittwoch, 9. September

Sandra hatte eine Landkarte auf dem Esstisch ausgebreitet. Sie war zu dem Entschluss gekommen, dass es wenig Sinn machte, wenn sie und die Familie noch einmal unkoordiniert im Wald umherliefen. Buchegger und Nick würden ihre Sache gut machen, da war sie sich absolut sicher.

»Zeigen Sie mir bitte hier alle Orte, an denen Sie gesucht haben«, forderte sie die Familie auf.

»Wir haben wirklich alle Ecken und Winkel abgesucht, wo sich die Oma aufgehalten hat, wenn sie unterwegs war«, meinte Karin

Söllner. Sie zeigte auf den Teil der Karte rund um Kaisingen, Kohlstatt bis rüber zum Schneiderbach und dem Kaplan-Mausoleum auf der anderen Seite. »Dort war s' ganz gern«, erklärte Karin Söllner. »Weil s' als Kinder bei seinem Begräbnis dabei sein haben dürfen. Der halbe Ort war damals auf den Beinen, hat s' uns allerweil erzählt ... aber natürlich haben wir auch im Ort unten nach ihr gsucht und beim Jubiläumsbaum, dort is gern gsessen.«

»Und warum die Mathiasalm?«, unterbrach Sandra. »Die hat sie doch seit dreißig Jahren nicht mehr betreten?«

»Wir dachten halt ... sie hat doch so viele Erinnerungen ...«

»Moment mal«, unterbrach Sandra. Ihre Gedanken begannen, Karussell zu fahren, und sie brauchte einen Moment, bis sich in ihrem Kopf eine Idee verfestigt hatte. »Sie haben überall gesucht, sagen Sie. Dort, wo sich Ihre Mutter gerne aufgehalten hat.«

Allgemeines Nicken.

»Ist doch logisch«, bemerkte Roman Söllner. »Wo sollen wir denn sonst suchen?«

»Mir kommt da gerade eine Idee«, dachte Sandra laut nach. »Weiß jemand von Ihnen, wo sich der Bruder Ihrer Mutter versteckt gehalten hat?«

Roman Söllner runzelte die Stirn. »Was soll das denn mit dem Verschwinden meiner Mutter zu tun haben?«

»Weiß ich noch nicht. Kennen Sie den Ort nun oder nicht.«

»Nur ungefähr, nicht genau. Meine Mutter hat ja so gut wie nie darüber gesprochen. Mir is manchmal vorkommen, als hätt s' die ganze Sach aus ihrem Kopf drängt. Sie hat immerhin ihre ganze Familie in diesem verfluchten Krieg verloren, das prägt einen Menschen. Verstehen Sie? Sie hat nicht gern von dieser Zeit gredet.«

»Und auch vom Jakob hat s' nicht viel erzählt«, ergänzte Franziska Fellinger. »Grad halt, dass sie einen Bruder ghabt hat, und er und sie ein sehr gutes Verhältnis hatten.«

Sandra fingerte ihr Handy aus der Jackentasche.

»Hat jemand die Telefonnummer von Gerti Zenz im Kopf?«

»Im Kopf nicht, aber im Telefonbuch finden ma s'«, sagte Karin Söllner und ging auf die Anrichte zu, zog eine Schublade auf und holte ein Telefonbuch heraus. Zwei Minuten später diktierte sie

Sandra die Nummer. Es läutete fünf Mal, bis Gerti Zenz endlich abhob.

»Inspektorin Sandra Anders hier. Frau Zenz, versuchen Sie bitte mal, aus Ihrer Mutter herauszubekommen, wo man den Jakob gefunden hat?«

»Den Jakob?«, fragte Gerti Zenz schrill. »Wieso? Was hat denn das alles jetzt mit dem Jakob zu tun?«

»Ich weiß es noch nicht genau. Fragen Sie sie jetzt einfach«, bat Sandra, »und rufen Sie mich zurück, sobald sie etwas gesagt hat.« Sie gab der Bäuerin ihre Handynummer durch.

»Ich kann Ihnen nicht versprechen, dass meine Mutter mit mir darüber spricht. Sie haben sie doch erlebt.«

»Einen Versuch ist es wert, Frau Zenz. Bitte.«

»Also gut. Das kann aber ein bisschen dauern, denn manchmal reagiert sie überhaupt nicht auf Fragen.«

Der Regen war wieder stärker geworden.

Die Altbäuerin schob die Regenmütze über ihren Kopf und zog den Mantel fester um ihren Körper. Sie ging schon seit einer gefühlten Ewigkeit über Wiesen und Wege, die mit gefällten Baumstämmen gesäumt waren, dann musste sie immer wieder einmal über Wurzeln steigen, um nicht zu stolpern. Sie hätte auf dem markierten Weg bleiben sollen, nicht querfeldein durch den Wald gehen. Der Stock war nur bedingt eine Hilfe, um auf dem unebenen Boden Halt zu finden. Sie war eigentlich nicht trittsicher genug für diesen Untergrund, wollte aber auf gar keinen Fall Wanderern begegnen. Allmählich beschlich sie auch leiser Zweifel, in dieser Gegend richtig zu sein. Konnte es möglich sein, dass sie sich verlaufen hatte? Es sah alles so anders aus als damals. Gut, sie war schon seit Jahrzehnten nicht mehr hier gewesen. Bis zum Jubiläumsbaum war sie sich noch sicher gewesen. Dort hatte ihre Familie gewiss auch schon nach ihr gesucht. Den Weg dorthin kannte sie wie ihre eigene Westentasche, aber danach war ihr alles plötzlich fremd vorgekommen. Dass sie sich derart verschätzt hatte, war schon beängstigend. Immerhin war das ihre Gegend, ihre Region, die sie nie verlassen hatte. Komm schon, Schutzengel, flüsterte sie. Bleib noch ein bisserl in meiner Nähe.

Der Gedanke, dass wahrscheinlich in diesem Moment der halbe Ort auf den Beinen war, um sie an völlig verkehrten Plätzen zu suchen, entlockte ihr ein zufriedenes Lächeln. Sie wollte nicht gefunden werden. Jedenfalls nicht sofort. Ihre Beine schmerzten. Sie musste sich setzen, musste ihre Gelenke schonen, sonst würde es bald schlimmer werden.

Sie blieb am Rande einer kleinen Waldlichtung stehen, horchte und blickte sich um, betrachtete die Landschaft. Bei diesem grauen und diesigen Wetter bot sie einen friedlichen Anblick. Keine Segelboote auf dem See, keine Menschenmassen an den Ufern. Sie war erstaunt, wie gut sie noch sehen konnte. Auch wenn ihre Knochen sie langsam im Stich ließen, ihre Augen leisteten noch gute Arbeit. Nur zum Lesen setzte sie eine Brille auf. Den Rest konnte sie ohne erledigen.

Ein einsamer Baumstamm kam in ihr Blickfeld.

Ihr Magen meldete sich. Sie kontrollierte die Uhrzeit. Es war Essenszeit. Sie beschloss, dass dieser Platz genauso gut war wie jeder andere. Sie setzte sich, warf einen Blick in ihren Rucksack, holte ein Brot heraus, wickelte es aus der Alufolie: Es war mit Schnittlauch belegt, sie biss hinein. Hier draußen schmeckte es so, wie in ihrer Kindheit. Und dieses hier war wohl ihr letztes Picknick.

Noch etwa drei Stunden Zeit schätzte sie, wenn sie sich auf dem richtigen Weg befand. Sie hatte versucht, sich auszurechnen, wie lange es dauern würde, bis man sie fand. Die Inspektorin war schlau, hatte nach Jakob gefragt. Sie hatte ihr Motiv schneller entdeckt, als sie gedacht hatte. Sehr viel schneller. Die Frage war nur, wie viel wusste sie? Egal. Eines war ihr nämlich bewusst, auch wenn sie keine Kriminalistin, sondern nur eine alte Bäuerin war. Diese Polizistin hatte keine Beweise. Welcher Richter würde glauben, dass eine alte Frau ihrem Mann Herbstzeitlose unters Essen mischt, weil er sechzig Jahre zuvor den Bruder dieser Frau verraten hatte? Keiner. Natürlich konnte diese Polizistin argumentieren, dass ihr Leben an der Seite des ehemaligen Knechts Friedrich Söllner alles andere als leicht gewesen war. Sie an der Seite eines schweren Alkoholikers gelebt hatte, der sie um alles gebracht hatte, um ihre Familie, ihren Besitz und ihr Selbstwertgefühl und tagaus, tagein seine Launen hatte erdulden müssen. Das alles konnte sie sagen und doch würden die Beweise fehlen.

Sie schob den letzten Bissen Brot in ihren Mund, drehte den Verschluss der Thermoskanne auf und goss heißen Malzkaffee in den Becher. Schnittlauchbrot und Malzkaffee: Jakob und ihr Mittagessen, wenn sie auf der Alm gewesen waren. Bis die Mutter sie nicht mehr allein hinaufgelassen hatte, weil Jakobs Anfälle immer öfter gekommen waren.

Als sie vom Totenbett des Loidl-Bauern nach Hause zurückgekehrt war, hatte ihr Mann in der Stube gesessen, auf die Uhr gestarrt. Er hatte offensichtlich auf sie gewartet und gesoffen, denn vor ihm stand eine leere Flasche Bier, daneben eine halbvolle Flasche Obstler. Sie hatte ihm nicht erzählt, wo sie hingegangen war, das hatte sie nie, aber zwischenzeitlich war Karin gekommen, hatte die Tiefkühltruhe mit Mahlzeiten aufgefüllt und ihm erzählt, was sie vorgehabt hatte. Ihre Schwiegertochter hatte sich nichts dabei gedacht. Die Gerti Zenz hatte sie angerufen und voll Freude verkündet, dass sich die Alten jetzt bald wieder vertragen würden, und die Karin hatte sich mit ihr gefreut und gedacht, dass ihr Schwiegervater Bescheid wüsste. Die arme Karin, immer auf Harmonie bedacht.

Und dann war sie nach Hause gekommen, hatte den eiskalten Wind, der an diesem Tag draußen geblasen hatte, mit in die Stube genommen.

Sie hatte, ohne ein Wort zu sagen, sich auf die Eckbank gesetzt und ihren Mann minutenlang angesehen. Er wurde nervös, stand auf und ging schwankend auf und ab, seine Fäuste in den Taschen seiner Arbeitshose vergraben. Dabei sah er ihr unentwegt direkt ins Gesicht, versuchte, an ihrer Mimik abzulesen, ob der Herbert ihr das Geheimnis verraten hatte. Sie saß lange einfach nur da und schwieg. Von Minute zu Minute wurde ihr Mann fahriger, bis er sie endlich anschrie. »Jetzt sag halt, was er dir erzählt hat.«

»Du hast es tatsächlich geschafft, sechzig Jahr lang zu schweigen.«

Er wurde rot vor Zorn, bäumte sich vor ihr auf. »Es war Krieg«, spie er ihr entgegen. »Und es war rechtens, damals.« Sein Atem stank nach Alkohol.

»Ich wollt's am Anfang gar ned glauben«, sagte sie mit drohender Stimme. »Aber der Herbert hat mir alles erzählt. Alles. Du hast mich in dem Glauben lassen, dass die Soldaten auf unseren Hof kommen sind, weil der Jakob krank war. Derweil hast du veranlasst, dass sie ihn gholt haben. Du hast der Saubagage gsagt, dass der Hofbauer-Depp in eine Anstalt ghört. Du hast ihnen erzählt, wo der Jakob steckt. Saubártel, dreckiger.«

Er grinste sie höhnisch an. »Verspritz du nur dei Gift, wie du's die ganzen letzten Jahr gmacht hast. Niemand glaubt dir, hörst'. Niemand«, brüllte er. »Außerdem, wen interessiert des heut noch? Ih bin der Bauer im Haus.«

»Gar nichts bist du. Ohne mich wärst ein alter Einleger. Im Armenhaus wärst.« Sie schlug mit ihrem Stock nach ihm, traf ihn an der Schulter.

Ihr Mann hielt sich den Arm, begann zu weinen, der Alkohol hatte ihn zum Schwächling degradiert, und das war erbärmlicher als seine Schreierei. »Aber es war ned mei Schuld! Der Herbert ... des war doch alles rechtens«, wiederholte er. »Der Herbert hat mir doch erst gsagt, was so ein Krüppel kost und ...«

»Du sagst Krüppel, zu meinem Bruder?«, schrie sie ihn wütend an und schlug noch einmal nach ihm. »Der Jakob war koa Krüppel.«

In diesem Moment hatte Maria Söllner beschlossen, die Sache zu Ende zu bringen. So wie sie es ihrem Bruder im Kuhstall nach seinem Begräbnis geschworen hatte. Die Resi war Zeugin. Vor ihrem inneren Auge spielte sich immer wieder die gleiche Szene ab. Wie der Jakob in dem Auto davongefahren war, ohne sich verabschieden zu können. »Und dei' verlogene Rechtfertigung kannst dir sparen. Ich verzeih' dir niemals. Niemals. Ich wünsch mir, dass es nicht den Jakob erwischt hätt', sondern dich. Ein Knecht kann niemals Bauer sein, des hat schon mei Vater gsagt.« Der wütende Ton war aus ihrer Stimme verschwunden, in ihren Worten klang nun Schmerz mit.

Ihr Mann drehte sich um und ging. Sie blieb in der Küche stehen und dachte darüber nach, wann sie begonnen hatte, ihn zu hassen. Der Krieg hatte sie in eine Beziehung gezwungen, die sie unter anderen Umständen wahrscheinlich niemals eingegangen wäre. Ein Abenteuer, eine flüchtige Liebelei, ja. Aber niemals eine Ehe. Ihr Vater hätte niemals zugelassen, dass ein Habenichts seine einzige Tochter heiratet. Dass sie eine falsche Entscheidung getroffen hatte, war ihr erst viel später bewusst geworden. Jahre nach der Geburt ihres Sohnes.

Einen großen Freundeskreis hatten sie nie gehabt. Die Arbeit auf dem Hof hatte das nicht zugelassen. Später hatte sie realisiert, dass es nicht die Arbeit, sondern Fritz gewesen war, der sie beide nach außen hin abschottete, weil er trotz allem immer der Mann von der Hofbauerin geblieben war. Erst die junge Generation hatte in ihm einen vollständigen Bauern gesehen. Die Alten den Knecht, der die Bäuerin hat heiraten dürfen.

Dass der Alkohol sein größtes Problem geworden war, hatte sie lange Zeit nicht wahrhaben wollen. Zuerst hatte sie seine übermäßige Trinkerei auf die verständliche Überforderung geschoben, mit dem Hof und der Hochzeit Verantwortung übernommen zu haben, auf die ihn keiner vorbereitet hatte. Aber dann, nach diesem letzten Gespräch mit Herbert, hatte sie sicher gewusst, dass seine Sauferei nichts mit dem Hof oder der Verantwortung zu tun hatte, sondern die einzige Möglichkeit gewesen war, die Schuld, die auf seinen Schultern lastete, einigermaßen zu ertragen. Der Verrat an Jakob und damit auch an ihrer Familie hatte ihn allmählich zum Alkoholiker werden lassen.

Die Monate bis zu Fritz' Tod verbrachte sie mit Vorbereitungen. Die Entscheidung, wie sie ihren Mann töten würde, war rasch getroffen.

Sie kannte die besten Plätze, um Bärlauch zu sammeln. Auch jene, wo der Bestand stark mit Herbstzeitlosen durchwachsen war. Sie musste lediglich darauf achten, dass niemand die getrockneten Blätter in ihrer Schlafkammer fand. Und dann musste sie nur noch Geduld haben.

Ihr Mann beobachtete nach ihrem Streit jeden ihrer Schritte. Er ahnte, dass sie die Sache nicht einfach auf sich beruhen lassen würde, und ihr Schweigen und ihre vordergründige Untätigkeit machten ihn nervös. Maria Söllner konnte nicht sagen, wovor er mehr Angst hatte. Davor, dass Roman die Wahrheit erfahren oder dass ihn die Rache seiner Frau unbarmherzig treffen würde. Dennoch kam er nicht mehr darauf zu sprechen, vermied jeglichen engeren Kontakt mir ihr allein, beobachtete Maria misstrauisch. Die Altbäuerin hatte einen Spaß an seiner Heidenangst. Seiner Angst und seiner Hilflosigkeit. Sie wusste, dass er viel zu stolz sein würde, um zu den Kindern zu flüchten. Mit welcher Begründung hätte er nun doch, nachdem sie beide so oft abgelehnt hatten, bei ihnen einziehen sollen? »Die Mama will mich umbringen?« Sie hätten ihm nicht geglaubt. Warum auch? Der offensichtliche und einzige Grund, dass sie ihm den Hals hätte umdrehen können, war in den Augen ihrer Kinder der Verlust des Mathiasgutes, und der lag dreißig Jahre zurück.

Sie nahm ein weiteres Brot aus dem Rucksack und begann, leise ein Lied zu singen:

Stieglitz, Stieglitz, \`s Zeiserl is krank
Gehn ma zum Bader, lass ma eahm Ader.
Stieglitz, Stieglitz, \`s Zeiserl is krank.
Rupf\`ma eahm a Federl aus,
mach\`ma eahm a Betterl draus.
Stieglitz, Stieglitz, \`s Zeiserl is krank.
\`s Zeiserl, mei Zeiserl, \`s Zeiserl is krank.
\`s Zeiserl, mei Zeiserl, \`s Zeiserl is krank.

Der Rückruf kam etwa eine Stunde später.

Gerti Zenz begann, mit aufgeregter Stimme zu erklären.

Sandra unterbrach sie, reichte Roman Söllner ihr Telefon. »Ich kenn mich hier nicht so gut aus. Sie wissen garantiert schneller, wo wir suchen müssen.«

Er notierte sich die Beschreibung des Weges. »Dort hätten wir nie gsucht«, sagte er, nachdem er aufgelegt hatte. »Und warum glauben Sie, dass die Mama ausgerechnet dort ist.«

»Einen Versuch ist es wert.«

Sandra rief Buchegger an, gab ihm eine Position durch.

»Sie bleiben bitte hier«, bat Sandra die Frauen. »Nur für den Fall, dass sie in der Zwischenzeit zurückkommt, dann informieren Sie uns gleich.« Danach rief sie Rosa an, nannte ihr den Treffpunkt.

Roman Söllner und Sandra fuhren in ihrem Wagen nach Au am See, bogen unmittelbar vor dem Umspannwerk in die Straße ein und parkten kurz darauf am Ende der Wohnhäuser. Den Rest mussten sie, wie Sandra schon so oft in diesem Fall, zu Fuß zurücklegen. Als sie bei der großen Wiese der Schweizer Alm ankamen, wartete Buchegger mit Felix Gremel und Konrad Fellinger bereits auf sie. Letzterer hatte noch immer seine Trauerkleidung an. Seine ehemals schwarzen Halbschuhe strotzten vor feuchter Erde. Seine dunkle Jacke war übersät von nassen Flecken, aus seinen Haaren tropfte das Wasser.

Rosa kam keine zwei Minuten später.

Buchegger schüttelte resigniert den Kopf. »Hier ist niemand. Nick schlägt nicht an. Vielleicht weiter oben.« Der Hund durchpflügte gerade eine prachtvolle Blumenwiese mit seiner Schnauze. Sie konnten nur aufgrund der Bewegung des hüfthohen Grases ausmachen, wo sich der Golden Retriever gerade befand.

Roman Söllner zeigte mit ausgestrecktem Finger Richtung Wald. »Dort muss es irgendwo sein. Die Gerti hat gemeint, dass der Fritz den Jakob in einer Hütte versteckt hätt' ... die Hütte steht angeblich nicht mehr.«

»Warum hier?«

»Weil man sicher war, dass ihn auf der Schweizeralm niemand suchen würde. Das Land hat dem Viktor Kaplan gehört und davor haben sogar die Nazis Respekt gehabt, dachte man halt. In der Nähe der Hütte war ein alter Fuchsbau, dort is der Jakob hin, wenn er Soldaten gesehen hat.«

»Aber hier ist weder eine Hütte noch Ihre Mutter«, sagte Sandra.

»Das sehe ich selber«, schnaubte Roman Söllner schrill. Er schien der Verzweiflung nahe zu sein, ließ sich auf eine Bank fallen, die am Wiesenrand für Wanderer aufgestellt worden war.

»Verdammt«, fluchte Sandra. Sie sah auf die Uhr. »Fast drei.

Allmählich sollten wir sie finden.« Was sie hier taten, hatte doch alles keinen Sinn. Zeitrahmen hin oder her. Jetzt musste mit einem Großaufgebot aufgefahren werden.

Sandras Handy läutete. Unbekannter Teilnehmer. Sie nahm das Gespräch dennoch an. Es war Franziska Fellinger. »Die Oma ist wieder da.«

Zwanzig Minuten später stand Sandra vor der Gutsherrnalm. Buchegger war mit Nick nach Hause gefahren. Rosa hatte den Suchtrupp aufgelöst, und Doktor Hamberger war mit ihr und Roman Söllner gekommen, um nach der Altbäuerin zu sehen.

Karin Söllner hatte sich bereits um ihre Schwiegermutter gekümmert. Die alte Frau saß in Decken gehüllt bei Tisch und hatte ihre Füße in ein heißes Wasserbad getaucht. Vor ihr stand eine Tasse dampfender Tee.

»Ich hab schon geschimpft mit ihr«, sagte sie, als Roman Söllner mit Sandra und Rosa im Schlepptau die Küche betrat, als handle es sich bei ihrer Schwiegermutter um ein ungezogenes Kind. »Ausgerechnet an Papas Begräbnistag«, schimpfte sie weiter, mehr an sich selbst als an alle anderen gerichtet. »Ich hab Kamillentee gemacht.« Sie zeigte auf die Kanne am Tisch. Niemand reagierte.

»Frau Söllner, wo waren Sie?«, fragte Sandra.

»Sie wollt zum Egelsee«, antwortete ihre Schwiegertochter. »Stellen Sie sich das einmal vor! Da gehen geübte Wanderer gut vier Stunden.« Sie tippte sich an die Stirn. »Nein. Ärger wie die kleinen Kinder sind s', die alten Leut«, schimpfte sie kopfschüttelnd. »Zum Glück hat s' wieder umdreht.«

»Dann waren wir ganz verkehrt«, bemerkte Roman Söllner.

Der Arzt griff nach dem Arm der alten Frau, nahm den Puls. Sie ließ es widerstandslos geschehen.

»Ich wollt einen alten Platz suchen«, sagte sie schließlich. »Hab mich aber vergangen, glaub ich.«

»Was für einen alten Platz?«, fragte Roman Söllner. Er hatte sich ein Bier eingeschenkt, die Aufregung vertrug keinen Kamillentee.

»Sie scheint in Ordnung zu sein«, beendete der Arzt seine Untersuchung. »Vielleicht etwas unterkühlt, aber in Ordnung.«

»Natürlich bin ich in Ordnung. Wegen dem bisserl Regen werd' ich doch nicht krank.« Sie hob belustigt die Augenbrauen. »Aber dass ihr gleich die Kriminalpolizei grufen habt, find ich schon ein bisserl übertrieben.«

»Oma!«, tadelte Franziska Fellinger ihre Großmutter. »Wir haben uns Sorgen gemacht.«

»Was für einen Platz hast du gesucht, Mama?«

»Da war ich als Kind öfter.«

Konrad Fellinger nieste, holte ein Taschentuch aus seiner Hosentasche, schnäuzte sich. Seine schmutzigen Schuhe hatte er vor der Tür stehen lassen. Seine Socken waren nass. »Hock dich hin, Konrad. Ich mach dir auch gleich ein Fußbad«, sagte seine Schwiegermutter. Er setzte sich widerstandslos hin.

»Und warum wollten Sie den aufsuchen?«, fragte Sandra

»Mein Gott, mir war halt danach.«

»Ausgerechnet heute.«

»Ich hab beschlossen, nicht zum Begräbnis zu gehen.«

Man konnte den Gesichtern der Familienmitglieder ansehen, dass diese Mitteilung unerwartet kam.

»Warum?«

Die Altbäuerin sah Sandra in die Augen. »Sie würden's nicht verstehen.«

»Versuchen Sie's.«

Die Söllnerin hob die Füße aus dem Wasser. Ihre Schwiegertochter war sofort zur Stelle und trocknete sie ab. Franziska Fellinger zog ihrer Großmutter dicke Socken über.

»Roman, ich will, dass du morgen zu mir kommst. Nur du, verstanden? Niemand sonst.« Sie zog sich am Stock hoch. »Ich leg mich jetzt nieder.«

In der Tür wandte sie sich noch einmal um. »Ich wollt euch noch sagen, dass ich stolz bin auf euch alle.« Und weg war sie.

Auch Sandra fühlte plötzlich eine bleierne Müdigkeit, überlegte dennoch, das Thema Jakob anzuschneiden, ließ es aber dann doch bleiben. Sie fand, dass jetzt nicht der richtige Augenblick dafür war. Sie nahm sich vor, noch einmal allein mit der alten Frau zu sprechen. Morgen.

Den Rest des Tages waren Rosa und Sandra damit beschäftigt, die Ereignisse, die sich überschlagen hatten, in einem verständlichen Bericht zusammenzufassen. Mit jeder Minute, die sie an diesem Fall arbeiteten, wuchs ihre Überzeugung, dass Maria Söllner ihren Ehemann ermordet hatte. Es bestand kein Zweifel mehr daran, dass ihre Vergangenheit dabei eine wichtige Rolle gespielt und dass Herbert Loidl der alten Söllnerin am Totenbett ein Geheimnis anvertraut hatte.

Das Gespräch mit der Familie hatte zu keinen neuen Erkenntnissen geführt. Nachdem Franziska Fellinger ihre Großmutter zu Bett gebracht hatte, hatten alle aufgeregt miteinander diskutiert, was in die Altbäuerin gefahren sei.

Sandras Energie ließ zwar nicht nach, aber allmählich verlor sie die Geduld.

Als Sandra am Abend nach Hause kam, fand sie ihren Vater im Wohnzimmer. Er las Zeitung. Zu seinen Füßen schlief Miro. Ihre Mutter war bereits zu Bett gegangen. Sie entnahm der Speisekammer ihrer Eltern einen Teller Haschee- und Grammelknödel mit Sauerkraut, der Inbegriff oberösterreichischer Hausmannskost, und stieg die Stufen zu ihrer Wohnung hoch. Während sie ihr Essen aufwärmte, rief sie Bernd an. Er musste für die Zeitschrift noch eine Abendveranstaltung in Vöcklabruck besuchen, wollte danach in seiner Wohnung übernachten. Sandra aß allein vor dem Fernseher, legte sich danach in die Badewanne, um darüber nachzudenken, welche Fragen sie der Altbäuerin am nächsten Tag stellen und wie sie diese formulieren würde. Denn der erste Schritt hieß, sie überhaupt dazu zu bringen, ihr Schweigen zu brechen.

Donnerstag, 10. September

In dieser Nacht starb Maria Söllner.

Roman Söllner rief Sandra Anders am darauffolgenden Morgen direkt auf ihrem Diensthandy an. Noch bevor sie ins Büro nach Vöcklabruck aufgebrochen war. Sandra hatte sofort Rosa benachrichtigt. Wie bei ihrem ersten Besuch hatten sie sich auf dem Parkplatz Kohlstatt verabredet, der Wagen von Doktor Hamberger stand bereits dort.

»Dafür, dass die Söllner nicht seine Patienten waren, ist er in letzter Zeit ziemlich oft bei ihnen«, stellte Sandra fest.

Seite an Seite bewältigten sie die letzten Meter zur Gutsherrnalm wieder zu Fuß. Diesmal in Turnschuhen.

»Diese Familie kommt nicht zur Ruhe, was?«, sagte Rosa.

»Ich denke, mehr wird nicht passieren«, antwortete Sandra.

Der Gemeindearzt kam ihnen kopfschüttelnd entgegen. »Sie hat sich die Pulsadern aufgeschnitten. Der Tod wird so gegen drei Uhr morgens eingetreten sein.«

»Und ist es eindeutig Selbstmord?«

Der Mediziner bejahte, Sandra bedankte sich, danach ging jeder seiner Wege.

Rosa sah Sandra von der Seite an. »Keine Obduktion. Hab ich Recht?«

»Sie hätte es nicht gewollt.«

»Sympathie für eine Mörderin?«

»Sympathie vielleicht nicht, aber Verständnis.«

»Geht mir genauso«, gab Rosa zu.

Vor dem Haus hatten sie eine völlig gebrochene, in sich zusammengesunkene Karin Söllner vorgefunden, die von ihrer Tochter im Arm gehalten wurde. Felix Gremel stand hilflos daneben. Konrad Fellinger war mit den beiden Teenagern zu Hause geblieben.

Roman Söllner hatte seine Mutter im Bett vorgefunden. Auf dem Boden hatte sich eine große Blutlache gebildet. Auch das Bettzeug war voll Blut. Kein Wunder, dass sie darauf bestanden hatte, dass nur ihr Sohn heute Morgen bei ihr vorbeikommen sollte.

In einem Brief bat sie ihre Familie um Verzeihung und erklärte die ganze Geschichte. Wie einen Hund haben sie ihn eingeschläfert, las Sandra stumm. Sie hätte nicht weiterlesen müssen, um zu wissen, worüber die Verstorbene geschrieben hatte. Sie wusste, dass sie damit ihren Bruder gemeint hatte. Die Menschen waren in Niedernhart zum großen Teil durch Luminalinjektionen umgebracht worden. Andere durch Stromstöße oder Nahrungsentzug. Im zweiten Massenvernichtungslager Hartheim hatte man sie vergast, verbrannt und ihre Asche in die Donau gekippt.

»Sie muss alles geplant haben ... in der Nacht noch einmal aufgestanden sein«, erklärte Roman Söllner stockend unter Tränen und reichte Sandra ein Kuvert. Seine Stimme klang monoton. Keine Höhen, keine Tiefen. »Das lag neben dem Bett. Es ist die Sterbeurkunde meines Onkels. 5. Oktober 1943. Herzlähmung.«

»Es war tatsächlich so, wie wir vermutet haben«, sagte Sandra leise zu Rosa. »Sie hat genug gehabt. Aber nicht nur von ihrem Mann, sondern auch von ihrem eigenen Leben.« Sie bewegte langsam den Kopf hin und her.

Sandra fand im Moment keine Worte des Trostes für Roman Söllner. Dieser Mann musste damit klarkommen, dass sein Vater am Tod seines Onkels schuld war und seine Mutter seinen Vater ermordet hatte. Sie legte ihre Hand auf seinen Arm. »Herr Söllner, Ihre Mutter war eine sehr stolze Frau, die viel erduldet hat in ihrem Leben. Behalten Sie sie so in Erinnerung.« Etwas anderes fiel ihr leider nicht ein. Sie war froh, ihm sagen zu können, dass seine Mutter nicht obduziert werden musste, sich die Familie in aller Ruhe von der Altbäuerin verabschieden konnte.

Dass es den Angehörigen nicht leichtfallen würde, das viele Blut wegzuwischen, sagte sie nicht.

Auf dem Rückweg rief Sandra ihren Chef an, um ihm mitzuteilen, dass er nicht zur Schlussbesprechung nach Vöcklabruck kommen müsse, weil die Hauptverdächtige letzte Nacht Selbstmord begangen habe und sie nun die Akte schließen würde. Ja, sie habe einen Brief hinterlassen. Ja, sie habe darin ein vollständiges Geständnis abgelegt. Martin bat um einen kompletten Bericht und legte auf. Für ihn war die Sache erledigt.

»Hast du schon gefrühstückt?«, fragte Sandra.

Rosa schüttelte den Kopf. »Bin gleich losgefahren, nachdem du angerufen hast.«

Im Ort hielten sie bei der kleinen Bäckerei am Hauptplatz, kauften Gebäck und Coffee to go und setzten sich auf eine Bank am See.

»Ich hab Bernd unabsichtlich einen Heiratsantrag gemacht«, begann Sandra, von ihrem Telefongespräch mit Bernd zu erzählen.

»Und? Hat er angenommen?«

»Noch nicht. War ja nur ein Versprecher und kein wirklicher Antrag.«

Es vergingen einige Minuten schweigend.

»Würdest du ihn heiraten, wenn er dich ernsthaft fragt.«

»Ich denke, ja«, gab Sandra zu.

Gegen Mittag verfasste Rosa einen Abschlussbericht, während Sandra damit begann, die Unterlagen von ihrer Wäscheleine abzunehmen und in der dafür vorgesehenen Mappe abzulegen. Eine Art Schwermut lag in der Luft, und Sandra fiel es nicht leicht, die Akte Söllner zu schließen. Den Abschiedsbrief mit dem Geständnis legte sie in Kopie bei. Das Original würde sie heute Abend der Familie zurückbringen. Sie fühlte sich wie nach einer Niederlage. Der Fall war nicht so abgeschlossen worden, wie sie es sich gewünscht hatte, obwohl sie nicht genau wusste, was eigentlich ihr Wunsch gewesen war. Überführung der Täterin? Festnahme? Die alte Söllnerin im Gefängnis? Oder hatte sie tief in ihrem Innern gehofft, dass diese stolze Frau das Schweigen durchhalten würde? Kurz zweifelte sie daran, eine gute Polizistin zu sein, denn eigentlich hätte sie alles daransetzen müssen, die Mörderin von Friedrich Söllner hinter Schloss und Riegel zu bringen, ohne Verständnis für die Tat aufzubringen. Verdammt. Sie war Kriminalistin, hatte nach dem Gesetz zu handeln, egal was sie persönlich darüber dachte oder fühlte. Aber es war müßig darüber nachzudenken.

Der Selbstmord der alten Söllnerin hatte diesen Konflikt für sie beendet.

Sandras Mutter rief an. Sie hätten mit ihr etwas zu besprechen, sie wolle etwas Gutes kochen. Bernd solle ruhig auch mitkommen. Sandra ahnte Schlimmes.

Sie vereinbarten sieben Uhr.

Rosa war fertig mit ihrem Bericht, der Fall Söllner abgeschlossen.

Ihre Mutter hatte ein wahres Festmahl zubereitet: ein Mostbratl. Natürlich wieder einmal viel zu viel und viel zu üppig. Aber Bernd und sie genossen jeden Bissen.

Sandra hatte ihre Eltern selten in einer so feierlichen Stimmung erlebt. Auch wenn es sie ein wenig überraschte, wie weit ihre Eltern die Übergabe der Frühstückspension bereits vorangetrieben hatten. Sie hatten sich bei einem Notar bis ins kleinste Detail erkundigt. »Du bekommst den Hof, und wir machen weiter wie bisher«, erklärte ihre Mutter. »Aber wenn mal was sein sollte mit uns ... du weißt schon ... Pflegefall oder so, dann müssen wir das hier nicht ...« Sie machte eine ausladende Handbewegung und bezog alles mit ein, sogar Miro. »Dann bleibt alles in der Familie.«

Sandra hatte zwar einen kleinen Augenblick gezögert, aber dann mit ihren Eltern und Bernd darauf angestoßen. Denn wenn sie eines gelernt hatte von der alten Söllnerin, dann dieses: Es war etwas ganz Besonderes, das eigene Hab und Gut an die nächste Generation weiterzugeben.

»Dann heirat ich vielleicht ja wirklich in einen Hof ein«, flüsterte Bernd ihr grinsend ins Ohr. Natürlich so, dass es Sandras Mutter nicht hören konnte. Sie wäre dazu imstande, den Standesbeamten mitten in der Nacht aus dem Bett zu läuten, um ihre Tochter endlich unter der Haube zu wissen.

Später, als Sandra neben Bernd im Bett lag und ihn gleichmäßig atmen hörte, dachte sie das erste Mal darüber nach, wie es wäre, Nebenerwerbsbäuerin zu sein.

Wenige Tage später fanden die Begräbnisse von Maria und Friedrich Söllner in zwei verschiedenen Gräbern zu unterschiedlichen Uhrzeiten statt. Roman Söllner hatte nun endgültig und verständnisvoll den Wunsch seiner Mutter akzeptiert.

Das Wetter hatte sich nicht entscheiden können, ob es regnen oder die Sonne scheinen sollte.

Deshalb wechselte es sich ab.

Einmal Regen, einmal Sonne.

Glossar zur Mundart der Attersee Region

auffi	hinauf
Bauernsacherl	kleines Bauernhaus
Bänk	Sitzbank
Bsuf	Trinker
Fleckerlteppiche	Teppich aus unterschiedlichen Materialien
auf die Gachen	auf die Schnelle
Goi	Frage nach Übereinstimmung
hantig –	bitter
Kunten	junge kräftige Männer
ned	nicht
Rauhnächte	einige Nächte um den Jahreswechsel, denen eine besondere Bedeutung zugemessen wird (z.B. Geisteraustreibung)
Reinanken	Forellenfisch, auch Felchen, Maränen
Seiterl	kleines Bier 0,3 l
Urli	Urgroßmutter/Urgroßvater
Zauk –	bösartige, hinterlistige oder liederliche Frau
Zeiserl (Zeisig)	Vogel/gelb-grüner Fink
Zwiderwurzen	mürrischer Mensch

Attersee Krimi im Prolibris Verlag

Beate Maxian, Tod mit Seeblick
237 Seiten, Paperback
ISBN 978-3-935263-56-6

Im Garten einer Villa am schönen Attersee im Salzkammergut liegt die ehemalige Richterin Helga Wolf - unbekleidet und tot. Alles deutet auf einen Mord aus Leidenschaft. Aber wer war ihr Liebhaber? Die unkonventionelle und bisweilen chaotische Inspektorin Sandra Anders und ihre ordnungsliebende Assistentin Rosa Mairinger ermitteln zwischen Urteilssprüchen und heimlichen Liebesnestern. Allmählich beginnt die Fassade der ehrbaren Richterin zu bröckeln. Und dann taucht noch eine zweite Tote auf. Erschlagen. Auf die gleiche Weise wie Helga Wolf. Aber die beiden Opfer verbindet nichts, oder doch?!

Wien Krimi im Prolibris Verlag

Robert Pucher, Katerfrühstück
240 Seiten, Paperback
ISBN 978-3-935263-39-2

Nach einer durchzechten Nacht eine Leiche in seiner Badewanne zu finden, ist schon schlimm genug. Aber nur kurze Zeit später entdeckt der erfolglose, an der Welt verzweifelnde Wiener Schriftsteller Daniel Reichenbach auch noch eine abgesägte Hand am Kahlenberg. Und das ist noch nicht das Ende des Grauens. Wie viele Tote werden ihm noch begegnen?
Die schockierende Mordserie überfordert den Bezirksinspektor Doppler heillos. Zumal die Zusammenarbeit mit seiner Vorgesetzten recht schwierig ist: Sie kann ihn buchstäblich nicht riechen ... Alles in allem keine guten Voraussetzungen für die Lösung des Falls!